가천대학교 아시아문화연구소 아시아교양총서

금색야차 상

가천대학교 아시아문화연구소 아시아교양총서 ❹

금색야차 상(원제: 金色夜叉)

초판인쇄	2019년 12월 20일
초판발행	2019년 12월 30일
지은이	오자키 고요(尾崎紅葉)
옮긴이	박미숙, 박진수, 임만호
기 획	가천대학교 아시아문화연구소
펴낸이	이대현
편 집	이태곤 문선희 권분옥 임애정 백초혜
디자인	안혜진 최선주 김주화
마케팅	박태훈 안현진
펴낸곳	도서출판 역락
주 소	서울시 서초구 동광로 46길 6-6 문창빌딩 2층
전 화	02-3409-2060(편집), 2058(마케팅)
팩 스	02-3409-2059
등 록	1999년 4월 19일 제303-2002-000014호
전자우편	youkrack@hanmail.net
홈페이지	www.youkrackbooks.com

ISBN   979-11-6244-472-6 04830
        979-11-6244-468-9 04830 (세트)

* 책값은 뒤표지에 있습니다.
* 파본은 구입처에서 교환해 드립니다.

이 번역서는 2018년도 가천대학교 교내연구비 지원에 의한 결과임.(GCU-2018-0705)

금색야차 상

오자키 고요 지음
박미숙 박진수 임만호 옮김

4

역락

일러두기

1. 서지

본서는 岩波文庫 『金色夜叉』(上)(2017년 제9쇄)을 번역한 것이다.(岩波文庫 『金色夜叉』 (上)의 저본(底本)은 『紅葉全集』 第七卷(1993년 12월 21일, 岩波書店刊)임.)

2. 각주

본문의 괄호 안에 들어 있는 모든 주는 번역자에 의한 주이다.

3. 어휘

일본 지명과 인명은 일본음을 한글로 표기한 후 한자를 병렬 표기하였으며 도량형 (度量衡)은 원문 그대로 사용하고 괄호 안에 도량형환산으로 나타내었다.

차례

전편

제1장

아직 초저녁이나 정월 소나무 장식이 세워진 문은 모두 한결같이 굳게 닫히고 동(東)에서 서(西)로 쭉 뻗은 큰길은 비로 쓸어버린 듯 아무런 그림자도 머금지 않았다. 자못 쓸쓸히 사람들의 왕래는 끊겼지만 여느 때와 다르게 빈번히 삐걱대는 인력거 바퀴는 때로는 분주한, 때로는 술 취한 신년 손님의 귀가일 것이다. 드문드문 들리는 사자춤 큰 북의 먼 울림은 어느덧 지나간 정월 초사흘을 아쉬워하듯 그 애절함이 애끊는다.

정월 초하루 쾌청, 초이틀 쾌청, 초사흘 쾌청이라고 적힌 일기를 흠집 내려는 것처럼 해질 무렵부터 초겨울 찬바람이 불기 시작하였다. 지금은 '바람아 불지마라, 응 불지 말아다오.' 하며 다정한 목소리로 달래는 이도 없어 노여움이 더한 듯 한껏 불어제친다. 장식대나무

마른 잎을 사정없이 울리고 포효하듯 뛰어가다 미친 듯이 되돌아와 격하게 흔들어 대며 혼자서 실컷 요란을 떤다.

살짝 흐린 하늘은 그 때문에 잠이 깼는지 은빛 자개 같은 수많은 별을 띄우고 예리하고 선명한 빛은 한기(寒氣)를 내뿜어 그 엷은 빛에 드러난 밤거리는 모두 얼어붙으려 한다.

사람은 이 뒤에 서서 어둡고 적막한 사방 속에 어찌 인간세상이, 사회가, 도시와 마을이 있다고 생각하겠는가. 드높은 하늘 아득한 먼 땅이 비로소 혼돈의 경계를 벗어났다 한들 만물은 아직 소생치 못하고 그저 바람만 시험 삼아 불고 있다. 별은 새롭게 빛나는 일대(一大) 황원(荒原)처럼 아무런 의지도 질서도 의도도 없이 그저 아무렇게 널리 가로 놓였을 뿐. 한낮에 끓어오르듯이 즐기고 노래하고 취하고 시시덕거리고 기뻐하고 웃고 이야기하고 흥겨워한 사람들이여. 그들은 여름 한철 속절없이 생을 마감하는 장구벌레처럼 그 모습을 거두고 지금은 어디서 어떻게 있을지 짐작하고도 남는다.

잠시 잠잠해지자 희미한 딱따기 소리가 들렸다. 그 울림이 사라질 쯤 갑자기 한 점 불빛이 보이더니 마을 외딴 곳을 흔들흔들 가로질러 사라졌다. 다시 차가운 바람은 쓸쓸한 별 밝은 밤을 제멋대로 불어댔다. 마무리를 서두른 어느 골목의 목욕탕 처마 밑 하수구에서 뿜어 나온 수증기는 한 덩어리 흰 구름으로 위로 솟구쳤다. 그 불쾌한 온기가 사방으로 퍼지며 고린내를 세차게 내뿜는 곳에서 마주한 인력거는 그 여세로 모퉁이를 돌아 피할 새도 없이 그 속을 달려 빠져나갔다.

"음, 역하군."

소리가 나며 인력거가 지나간 자리에는 버려진 엽궐련 재가 빨갛게 연기를 내었다.

"벌써 물을 빼는 건가?"

"예, 보름까진 일찍 마무리를 합니다요."

이렇게 대답한 인력거꾼은 더 이상 말없이 쏜살같이 인력거를 몰았다. 신사는 이중(二重) 외투 소매를 단단히 여미고 수달 모피 깃 안으로 귀부터 깊이 얼굴을 파묻었다.

회색 모피 깔개 끝을 인력거 뒤로 드리우고 화려한 가로 줄무늬 무릎 덮개에 초롱 표시는 대문자 T 2개를 조합하였다. 인력거는 달리고 달려 이 골목 끝을 북쪽으로 꺾어 조금 넓은 거리로 나와 서쪽으로 들어갔다. 그 남쪽 중간쯤 처마램프에 미노와(箕輪)라고 적힌 화살촉 모양으로 깎은 대나무 장식의 솟을대문 안으로 들어갔다. 현관 장지문에 불빛은 비치나 굳게 잠긴 격자문을 인력거꾼은 두드리며,

"계십니까, 계십니까?"

안쪽의 요란한 소동과 뒤섞여 대꾸가 없자 두 인력거꾼은 함께 소리를 내며 계속 두드리니 마침내 잰 발소리가 나며 사람이 나왔다.

머리를 둥글게 말아 올린 흰 피부의 작고 야윈 마흔 가량의 여자로 다갈색 줄무늬 명주실로 짠 평상복에 가문(家紋)이 새겨진 검은 비단 하오리(일본 옷 위에 입는 짧은 겉옷)를 입었는데 이 집의 안주인인 것 같았다. 그녀가 서둘러 문 열기를 기다렸다가 신사는 유유히 안으로 들어가려 했으나 봉당 한 쪽에 가득 찬 신발로 지팡이를 세울 수조차 없어 머뭇거렸다. 그러자 그녀는 황급히 내려와 이 공경해야할 손님

을 위해 가까스로 길 한 쪽을 터놓았다. 이리하여 신사가 벗은 통 나막신만이 홀로 장지문 안쪽에 놓여졌다.

　미노와 부인은 다다미 열 장 객실과 여덟 장의 가운데 방 사이를 가로질러 갔다. 큰방에 세워진 놋 촛대 열 개의 오십 돈(1돈=3.75g) 초는 연안 고기잡이배 횃불처럼 한창 타오르는데다 방마다 천장에 니켈도금 램프를 켜서 사방은 대낮보다 밝고 사람들 얼굴도 눈 부실정도로 널리 빛났다. 삼십여 명의 젊은 남녀는 두 원을 만들어 화투놀이가 한창이었다. 초의 불꽃과 숯불 열기, 그리고 많은 사람의 훈김이 뒤섞인 일종의 온기는 대부분 응축되어 담배 연기와 등불 기름 연기 등과 서로 뒤엉켜 정체된 방안을 소용돌이치며 피어올라 떠돌았다. 북적거리는 사람들 얼굴은 모두 불그스레 달아올랐으며 백분이 살짝 벗겨진 이도 머리가 헝클어지고 옷매무새가 흐트러진 이도 있었다. 여자는 치장한 만큼 흐트러짐도 더욱 눈에 띄었다. 남자는 셔츠 겨드랑이가 터진지도 모르고 조끼만 입은 이도, 하오리를 벗고 띠가 풀어진 엉덩이를 쭉 내민 이도, 또 열 손가락 중 네 개를 종이로 묶은 이도 있었다. 그토록 숨 막히는 온기도 메이는 연기 소용돌이도 모두 미쳐서 모르는 것 같았다. 오히려 즐거이 왁자지껄 떠들어 대는 소리, 웃어젖히는 소리, 맞붙고 짓밟고 밀치락달치락, 일제히 울려 퍼지는 그칠 새 없는 소동 속에 낭자하게 희롱 대는 꼴은 삼강오륜도 전혀 개의치 않고 내던져 버린 그저 아수라장을 마구 되풀이할 뿐이었다.

　바다에서 풍랑을 만났을 때 약간의 기름을 항로에 부으면 기이하게도 풍랑은 금세 가라앉아 배는 구사일생한다고 한다. 지금 이 어찌할 수도 없는 난맥(亂脈)의 좌중을 그 기름의 기세로 지배하는 여왕이 있었다. 사납디 사나운 남자들 마음도 그녀 앞에서는 누그러져 마침내 숭배하지 않는 이가 없었다. 여자들은 모두 질투하면서도 경외하였다. 가운데 원좌 기둥 쪽에 자리 잡고 묵직하게 좌우로 말아 올린 머리에 연보라색 리본으로 장식하고 붉은 빛이 감도는 쥐색 비단 하오리를 입었다. 그녀는 시원스런 눈매로 사람들의 소동을 흥미로운 듯 지켜보는 정숙하게 옷매무새를 다듬은 여자였다. 화장에서 얼굴 생김새까지 한층 두드러지고 범상치 않은 색기는 여색을 파는 여인의 가면이 아닐까하고, 그녀를 처음 보는 이들은 모두 의심하였다. 한 판 승부가 끝나기도 전에 미야(宮)라는 여자의 이름은 모두가 알게 되었다.

아가씨들도 많이 있었다. 마치 유모 옷을 빌려 입은 듯한 혹은 만담 촌극 여주인공인지 갈피를 잡을 수 없이 추한 이도 있는가 하면 그 중에는 보통 이상으로 뛰어난 이도 있었다. 차림새는 미야 보다 훨씬 훌륭한 이가 많아 그 점에서는 그녀는 중간 정도에 불과했다. 귀족 위원의 금지옥엽 딸은 매우 유감스럽게도 가장 못생겼으나 가장 예쁘게 치장하였다. 그 딱 벌어진 어깨에 문양이 새겨진 세 겹 고급 비단옷을 걸치고 자주 수자직 비단에 꺾인 백합 가지를 비단 금사로 입체감 있게 수놓은 허리띠는 사람들 눈을 부시게 하고 마음도 혼란스럽게 하여 눈살을 찌푸리게 했다. 이 밖에도 형형색색의 현란함 속에서 미야 옷차림은 희미한 새벽 별빛을 머금은 정도에 지나지 않았다.

그러나 그녀의 하얀 피부는 그 어떤 아름다운 염색보다도 뛰어났고 또한 정돈된 얼굴은 어떤 화려한 직물보다도 기교가 있었다. 추한 사람이 아무리 치장하여도 그 추함을 덮을 수 없듯이 그녀는 아무리 꾸미지 않아도 그 아름다움을 해치지 않았다.

선반과 장지문 사이 한 편에 작은 화로를 둘러싸고 밀감을 까면서 이야기 나누는 한 남자는 그녀 옆모습에 넋을 잃고 아득하게 들여다보더니 마침내 견딜 수 없다는 듯 감탄의 소리를 내었다.

"좋군, 좋아, 정말 좋구나! 옷이 날개라 하나 옷이 아름다움에 이르지 못하는 군. 그 자체가 아름답도다! 옷이야 아무런들 어떠랴. 실은 아무것도 입지 않아도 좋다."

"나체라면 더할 나위 없지!"

이렇게 심한 맞장구를 친 건 미술 학교 학생이었다.

인력거로 급히 달려온 신사는 잠시 휴식을 취한 뒤 안주인 안내를 받으며 들어왔다. 그 후 지금까지 거실에 숨어있던 주인 미노와 료스케(箕輪亮輔)도 곁에 있었다. 자리는 뒤 헝클어지고 지금이야말로 운명을 가를 때인 양 격한 승부가 한창이어서 그들을 알아차린 이는 적었으나 한 쪽 구석에서 대화를 나누던 두 사람은 재빨리 시선을 돌려 신사의 풍채를 보았다.

큰 방 불빛은 입구에 서있는 세 사람 모습을 선명히 비추었다. 작은 체구의 살결이 흰 안주인 입은 신경성으로 일그러졌고, 그녀 남편은 이마선에서 벗겨진 머리가 매끈하게 빛났다. 부인은 보통보다 작지만 남편은 두드러지게 체격이 크고 살이 쪘으며 항상 조심성 있는 부인

표정에 비해 살아있는 칠복신 포대처럼 복스러운 인상이었다.

신사는 스물예닐곱 가량의 큰 키에 적당히 살이 있고 백옥 같은 피부에 볼 부위는 연한 다홍색을 띠었다. 두툼한 이마와 큰 입, 좌우로 넓은 턱은 정방형에 가까운 얼굴이었다. 느슨하게 기복이 생긴 머리를 왼쪽 옆머리에서 한일자로 곱게 매만지고 기름을 약간 발랐다. 짙지 않은 콧수염과 작지 않은 코에 금테 안경을 끼고 다섯 가문(家紋)이 새겨진 두툼한 검정 비단 하오리에 꽃문양 윗옷자락을 길게 입고 여섯 치(1치=3.03cm) 수자직 띠에 금사슬을 늘어뜨렸다. 그가 의젓하게 얼굴을 들고 좌중을 둘러보는 모습은 실로 빛을 발하는 것처럼 주위를 압도하였다. 이 원좌 안에 그처럼 살결이 희고 말쑥한 몸차림에 게다가 아름답게 치장한 사람은 없었다.

"뭐야, 저자는?"

아까 이야기를 나눴던 그 한 사람이 아주 밉살스럽다는 듯이 중얼거렸다.

"재수 없는 녀석이군!"

침을 뱉듯이 말하고 학생은 일부러 얼굴을 돌렸다.

"슌, 잠깐." 안주인은 손짓으로 군중 속에서 딸을 불렀다.

슌은 신사를 모시고 온 부모님을 보자 황급히 일어나서 왔는데 그 얼굴은 예쁘지는 않지만 애교가 넘치고 아버지와 매우 닮았다. 높게 치켜 올린 머리에 오글쪼글한 살구빛 비단 하오리에 잡힐 만큼 어깨 부분을 징그었다. 얼굴을 붉히며 신사 앞에 무릎을 꿇고 공손하게 머리를 숙이자 그는 허리를 약간 굽힐 뿐이었다.

"이쪽으로 오십시오."

딸은 안내하려고 기다렸으나 신사는 그다지 내키지 않는 듯이 끄덕였다. 어머니는 일그러진 입을 괴상하게 움직이며,

"이것 보렴. 이렇게 훌륭한 신년 선물을 주셨단다."

슌은 다시 한 번 머리를 숙였다. 신사는 미소를 머금고 목례했다.

"자, 어서 들어오십시오."

남편이 권하는 옆에서 아내는 딸을 재촉하였고 슌은 신사를 모시고 객실 도코노마(다다미방 정면에 바닥을 약간 높여 만들어 놓은 곳) 장식기둥 앞 화로 쪽으로 갔다. 아내는 거기까지 시중을 들러 따라 갔다.

두 남자는 안주인이 신사를 극진히 대하는 모습을 의아스럽게 여기며 그가 앉을 때까지 일거일동을 놓치지 않고 보았다. 마침 그의 왼쪽 얼굴 반이 보이면서 원좌 사이를 지나갈 때 약지(藥指)에서 예사롭지 않은 강한 빛이 반짝였다. 이 빛이 등불과 함께 똑바로 쳐다볼 수 없을 정도로 강렬하게 눈동자를 쏘자 사람들은 적잖이 놀라고 당황하였다. 천상의 가장 밝은 별이 내 손에 있다는 듯 신사는 그들이 이제껏 본 적 없는 큰 다이아몬드 금반지를 끼고 있었다.

슌은 화투자리로 돌아오자마자 옆 아가씨 무릎을 살짝 툭 치고 빠르게 속삭였다. 그녀는 급히 얼굴을 들어 신사 쪽을 바라보고 사람보다 그 손가락에서 빛나는 진기한 물건에 놀란 모습이었다.

"어머, 저 반지는! 잠깐, 다이아몬드?"

"그래."

"큰 거네."

"삼백 엔이래."

그녀는 슌의 설명을 듣고 왠지 소름이 끼쳤다.

"어머! 좋다."

요 몇 해 동안 동경해도 멸치 눈알만 한 진주반지조차 쉬이 허용되지 않던 아가씨는 갑자기 어떤 일을 떠올리곤 전쟁을 알리는 북처럼 가슴이 두근거렸다. 그녀가 멍하니 정신을 놓은 사이 옆에서 뻗어 온 긴 팔은 코앞의 화투 한 장을 번개처럼 낚아채었다.

"어머, 너 왜 그래?"

슌은 안절부절 못하며 그녀의 옆 무릎을 연달아 쳤다.

"어, 어. 이젠 괜찮아."

그녀는 비로소 헛된 꿈에서 깨어 이르지 못할 자신의 신분을 체념하였으나 일단 강렬한 다이아몬드 빛에 달구어진 마음은 다소 이성을 잃은 듯하였다. 그리하여 이제까지 놀라왔던 그녀의 솜씨는 금세 산만해져 어이없게도 이때부터 의지가 되지 않는 슌의 아군이 되어버렸다.

이리하여 그녀로부터 이쪽으로, 갑에서 을로 전하여,

"다이아몬드!"

"응, 다이아몬드."

"다이아몬드?"

"과연 다이아몬드!"

"어머, 다이아몬드야."

"저게 다이아몬드라고?"

"봐봐, 다이아몬드."

"어머나 와! 다이아몬드??"

"굉장한 다이아몬드네."

"무섭게도 빛나는군, 다이아몬드가."

"삼백 엔이나 하는 다이아몬드래."

순식간에 삼십여 명은 서로 맞장구치며 신사의 재력을 강조했다.

그는 사람들이 번갈아가며 자신을 바라보자 그 손에 보기 좋게 시가(cigar)를 쥐고 오른손은 소맷부리 속에 넣은 채 나른한 듯이 도코노마 기둥에 기대어 안경 밑으로 아래 세상을 널리 바라보듯 두루 살피었다.

이 같은 표지가 있는 사람의 이름은 누가 물을 것도 없이 순 입에서 흘러나왔다. 그는 도미야마 다다쓰구(富山唯継)라는 일대(一代)에서 부를 이룬 시타야구(下谷區)에서 유명한 자산가의 후계자였다. 같은 구에 있는 도미야마 은행은 그의 부친이 창설하였고 시회의원(市會議員)에서도 도미야마 주헤이(富山重平)의 이름은 찾을 수 있었다.

미야(宮) 이름이 남자들 사이에서 회자되듯이 도미야마라고 밝혀진 그의 이름 역시 금세 여자들 입에서 입으로 오르내렸다. 아 한번쯤 이 신사와 짝이 되어 세상의 훌륭한 보석에 다가가는 영광을 얻고 싶다고 그녀들 중에서 바라지 않는 이가 드물었다. 누구라도 그를 지척에 두는 영광을 얻는다면 단지 비길 데 없는 눈의 즐거움뿐만 아니라 그 맡기 힘든 바이올렛 이향(異香)까지도 맡을 수 있는 행운을 갖게 될 것이다.

남자들은 자연히 거칠어져서 여자들이 모두 모여 다이아몬드에 마음을 빼앗긴 모습을 시기하거나 혹은 비참하게 느껴 조금이라도 흥이 식지 않은 자가 없었다. 단 미야 만이 동요하지 않고 그 맑은 눈빛은 다이아몬드와 빛을 겨루듯이 주의 깊고 고상하게 행동하였다. 그녀의 숭배자들은 그 모습을 보고 더욱더 기뻐하며 우리들이 사모한 보람이 있다고 일심(一心)으로 이 임을 받들어 충의를 다해 미(美)와 부(富)로 한판 승부를 가려 밉살스런 신사의 낯짝을 벗기려 만반의 준비를 하고 기다렸다. 그러나 미야와 도미야마의 기세는 마치 해와 달을 나란히 걸어놓은 것 같았다. 미야는 누구와 짝을 이루고 또 도미야마는 누구와 짝을 이룰 것인가. 이는 사람들의 제일(第一)관심사가 되었는데 놀랍게도 제비뽑기 결과는 예상외로 겨냥된 신사와 미인이 다른 세 명과 함께 한 조가 되었다. 처음에 둘이었던 원은 이 때 합쳐져 하나의 큰 원좌를 이루었다. 게다가 도미야마와 미야는 서로 옆자리에 앉아 낮과 밤이 함께 찾아온 것처럼 모두 허둥대고 소란스러웠으며 바로 그 옆에 자칭 사회당이라 하는 한 조(組)가 출현하였다. 그들의 주의는 불평이고 그 목적은 파괴였다. 즉 그들은 오로지 완력을 이용하여 어떤 조의 행운과 평화를 방해하려고 하였다. 또 그 맞은편에는 여자 한 명이 안을 지키고 다부진 남자 네 명이 좌우로 원정군을 조직하여 좌익을 불한당, 우익을 유린대라 칭한 것도 사실은 다이아몬드 콧대를 꺾기위해 정신없이 일하는 것에 지나지 않았다. 아니나 다를까 그 조는 이 승부에서 대패하였다. 그리하여 방약무인한 신사도 과연 머쓱해지고 미인도 얼굴을 붉히며 더 이상 그 자리에 있을 수 없을 정도로 면목을 잃었다. 이 한판으로 신사의 모습은 어느 사이엔가 보이지 않았다. 남자들은 만세를 불렀지만 여자들 중에는 수중의 보석을 잃어버린 기분이 든 이도 많았다. 호되게 깨지고 행패를 당하고 유린당한 도미야마는 너무나도 문명적이지 않은 유희에 겁에 질려 몰래 주인의 거실로 도망갔다.

가발을 쓴 듯 정돈되었던 그의 머리는 싸리비처럼 헝클어지고 고리 한쪽도 빠져버린 하오리 띠는 긴팔원숭이가 달을 붙들려는 모양으로 대롱대롱 늘어졌다. 주인은 그를 보자마자 당황한 얼굴로,

"어찌 되신 겁니까? 아니, 손에서 피가 납니다."

그는 바로 담뱃대를 내려놓고 대접에 소홀함이 없도록 허겁지겁 몸을 일으켰다.

"아 험한 꼴을 당했습니다. 아무래도 저런 난폭함에는 어쩔 수가 없군요. 소방복이라도 입지 않으면 견딜 수 없겠더군요. 업신여기더군요! 머리를 두 대쯤 맞았습니다."

도미야마는 손등의 피를 빨면서 불쾌한 표정으로 마련된 자리에 앉았다. 미리 준비해 둔 적갈색 문양의 보료 옆에 칠보로 구워진 큰 타원형 화로와 국을 담은 자개상이 놓여 있었다. 주인은 손뼉을 쳐서 하녀를 불러 급히 술과 요리를 준비시켰다.

"그런 당치도 않은 일을. 더 다치신 곳은 없으십니까?"

"그러게 그런 일이 생겨서야 되겠습니까?"

주인도 어찌 할 도리가 없어 쓴웃음만 지었다.

"곧 반창고를 드리겠습니다. 어쨌든 모두 서생(書生)이어서 상당히

난폭한가 봅니다. 특별히 초대드리고선 대단히 송구스럽습니다. 이제 저쪽으로는 나가지 마십시오. 차린 건 없습니다만 여기서 편히 쉬십시오."

"그런데 다시 한 번 가볼까도 생각중입니다."

"예? 또 가신다고요?"

입을 다문 채 웃는 도미야마의 턱은 점점 넓어졌다. 재빨리 그 의중을 알아차린 주인의 웃음 띤 눈은 마치 억새에 베인 상처처럼 거의 보일 듯 말 듯하였다.

"그럼 마음에 드신 분이라도, 예?"

도미야마는 점점 웃음을 띠었다.

"있으셨지요, 그렇고 말고요."

"왜 그렇습니까?"

"왜라고 할 것도 없습죠. 누구나 인정하는 바가 아니겠습니까요."

도미야마는 끄덕이며,

"그렇군요."

"그 분 괜찮지요?"

"네, 좀 괜찮더군요."

"우선 그 뜻으로 뜨거운 거 한잔 드십시오. 깐깐한 귀하께서 좀 괜찮다 하실 정도면 상당히 빼어난 미인이라 할 수밖에요. 좀처럼 없는 일입죠."

허둥지둥 들어 온 안주인은 생각지도 않게 도미야마를 보고,

"어머나, 여기 계셨습니까?"

그녀는 아까부터 계속 부엌에 머물며 휴게(休憩) 간식준비를 지도하였다.

"형편없이 져서 도망 왔습니다."

"그거 잘 나오셨습니다."

안주인은 그 일그러진 입을 오므리며 속이 보이게 웃었다. 그런데 바로 그의 하오리 띠 한 쪽이 떨어져 나간 것을 수상히 보고 고리가 없어진 사실을 발견하고서는 당황하고 놀라 일어서려 했다. 왜냐하면 그 고리는 순금이었다. 도미야마는 대수롭지 않은 듯이,

"뭐, 그까짓 것 괜찮습니다."

"괜찮지 않습니다. 순금이라면 큰일입니다."

"그까것 괜찮다고 하는데." 말을 다 하기도 전에 그녀는 큰방 쪽으로 나갔다.

"그런데 그녀의 신분은 어찌 됩니까?"

"그러게요, 나쁘지는 않은 것 같습니다만."

"하지만이라니 어째서입니까?"

"하지만, 대단치는 않습니다."

"그건 그렇겠죠. 한데 대충 어떤 신분인가요?"

"원래는 농상무성(農商務省)에 근무했습니다만 지금은 지대(地代)나 세를 받아 생활하는 것 같습니다. 돈도 좀 있다는 이야기가 있고 시기사와 류조(鴫沢隆三)라는 사람으로 바로 옆 마을에 사는데 아주 견실하고 소박하게 삽니다."

"허어, 뻔하구만."

자신의 아래턱을 만지자 그 다이아몬드는 반짝 빛났다.

"그래도 상관없는데, 그런데 시집을 보내겠습니까? 대를 이어야 되는 거 아닙니까?"

"그러게요. 외동딸인 것 같습니다만."

"그건 곤란하겠군요."

"제가 자세한 건 모르니 한번 물어봅죠."

얼마 지나지 않아 안주인은 고리를 찾아 돌아왔는데 누구의 장난인지 귀이개처럼 길게 늘려져 있었다. 주인은 부인에게 미야 집안에 대해 묻자 그녀는 자신이 아는 내용을 대강 이야기하였다. 그리고선 딸이 더 자세히 알 테니 나중에 불러 물어보겠노라 한 뒤 부부는 계속해서 술잔을 권했다.

도미야마 다다쓰구가 오늘밤 이곳에 온 이유는 신년인사도 화투놀이도 아닌 아가씨들이 많이 모이는 기회에 신붓감을 찾기 위해서였다. 그는 재작년 겨울 영국에서 귀국하자마자 팔방으로 수소문하여 신붓감을 찾았으나 미색을 밝혀 이십여 건의 혼담은 모두 뜻을 이루지 못하고 오늘 지금까지도 더욱더 그 일에 매달렸다. 당시 급히 지은 잔디 깔린 새 집은 여태껏 사람이 살지 않아 벌써 해에 그을리고 어떤 곳은 비에 썩은 채로 집지키는 노부부가 어둑어둑한 방에서 이마를 맞대고 적적히 옛 이야기를 나눌 뿐이었다.

제2장

화투놀이는 열두 시가 다 되어서야 끝났다. 열 시쯤부터 한 두 사람이 일어나더니 금세 삼분의 일 넘게 빠져 나가고 남은 사람은 여전히 기세 좋게 승부를 계속하였다. 도미야마가 모습을 감춘 사실을 모르는 이들은 분명 그가 져서 달아났다고 생각하였다. 미야는 모임이 끝날 때까지 머물렀다. 만약 그녀가 일찍 돌아갔다면 아마도 그곳에 남은 사람은 채 삼분의 일도 안됐을 거라고 도미야마는 우쭐대며 주인과 이야기를 나누었다.

그녀에게 호의를 품은 남자들은 모두 그녀의 심야 귀갓길을 염려하였다. 그들은 본인이 할 수 있는 한 어디라도 배웅하려는 생각으로 가득 찼으나 미야의 귀갓길에는 이미 한 남자가 따르고 있어 그들의 친절은 무용지물이 되었다. 그 사람은 고등중학(제국대학의 예비교육기관) 제복을 입은 스물넷, 다섯 정도의 학생이었다. 다이아몬드에 이어 그의 거동에 주목한 이유는 모임에서 미야와 친해 보이는 단 한 사람이었기 때문이다. 이 이유 외에 그가 이목을 끌만한 점은 없었고 말수가 많지도 또 떠들썩대지도 않고 시종 조용했다. 끝날 때까지 이 두 사람이 일행인 사실은 드러나지 않았다. 그렇다 하더라도 지나치게 서먹했다. 그들이 함께 나서는 모습을 보고 비로소 실망하는 이가 적지 않았다.

미야는 짙은 보랏빛 회색두건을 쓰고 촘촘한 엷은 노랑 옷감에 작은 흰 무늬가 있는 모직 숄을 걸쳤다. 학생은 짙은 밤색 오버코트를 입고 몸을 움츠려 불어오는 찬바람을 앞세우고 뒤처진 미야가 다가오기를 기다렸다 말을 꺼냈다.

"미야, 그 다이아몬드 낀 녀석 어때? 몹시 거드름 피우는 녀석 아닌가?"

"그래요. 하지만 모두가 그 사람을 눈엣 가시로 여기고 난폭하게 굴어 딱하던걸요. 옆자리여서 저까지 험한 꼴을 당했어요."

"응, 그 녀석이 오만한 얼굴을 하니까 말이야. 실은 나도 옆구리를 두어 번 정도 찔러 줬지"

"어머, 너무 했네요."

"그런 녀석은 남자가 보면 재수 없는데 여자들한텐 어떤가. 그런 녀석이 여자마음엔 드는 거 아닌가?"

"난 싫던데요."

"향수를 짙게 풍기고 다이아몬드 금반지에 귀족 같은 복장을 하니 분명 좋아하겠지."

학생은 비웃듯이 웃었다.

"난 싫어요."

"싫은 사람이 짝을 이루나?"

"짝은 추첨이니까 어쩔 수 없잖아요."

"제비뽑기긴 하지만 짝이 돼서 싫은 기색은 없던걸."

"그런 말도 안 되는 소리를."

"삼백 엔 다이아몬드는 도저히 우리들이 견줄 수가 없지."

"몰라요."

미야는 숄을 추슬러 올려 콧잔등까지 덮었다.

"아 추워!"

남자는 어깨를 올리며 그녀에게 바싹 다가갔다. 미야는 여전히 말 없이 걸었다.

"아 춥다!!"

미야는 계속 대답하지 않았다.

"아아 춥다!!!"

그녀는 이때 비로소 남자 쪽을 향하여,

"왜 그래요?"

"아아 춥다!"

"어머 정말 왜 그래요?"

"추워서 못 참겠으니 그 안에 들어가게 해줘."

"어디 안으로요?"

"숄 안으로."

"이상해, 싫어요."

남자는 재빨리 그녀가 잡고 있던 숄 자락을 빼앗아 그 안으로 몸을 넣었다. 미야는 걸을 수 없을 정도로 웃으며,

"어머나 간이치(貫一) 씨. 이럼 거북해서 걷기 힘들어요. 아, 앞에서 사람이 와요."

그가 거리낌 없이 이런 장난을 해도 그녀 역시 책망하지 않고 하는 대로 두는 그들의 관계는 대체 어떤 것일까. 사정이 있어 십 년 동안 시기사와 집에 기거하는 이 하자마 간이치(間貫一)는 올 여름 대학에

들어가면 미야와 결혼할 사람이었다.

제3장

하자마 간이치가 십여 년 동안 시기사와 집에 신세를 지게 된 까닭은 의지할 곳이 없어 이 집에서 키워줬기 때문이었다. 하자마 모친은 그가 어렸을 때 돌아가시고 부친은 그의 중학교 졸업을 보지 못한 채 병으로 돌아가셨다. 그는 비탄 속에 아버지와 함께 자신의 앞날의 희망도 같이 묻을 수밖에 없는 불행에 맞닥뜨렸다. 아버지 생전에도 월사금 납부가 피땀을 쥐어짜듯 고되고 가난한 살림살이로 당시 겨우 열다섯인 하자마 집안의 호주는 배움에 앞서 먹고사는 일에 쫓기었다. 그 어린 가장의 배움에 앞서 먹고 살아갈 일, 먹고 살아갈 일에 앞서 장례를 치러야 하는, 또한 이에 앞서서는 부친의 간호와 약값이 다급한 처지가 아니던가. 혼자 생활할 수 없는 어린 아이가 어찌 이런 변고를 해결할 수 있었겠는가. 말할 필요도 없이 간이치 힘으로 가능할리도 없고 시기사와 류조 혼자 그 일을 도맡아 여러 가지로 보살펴주었다. 고아의 부친은 류조의 은인으로서 그는 조금이라도 그 옛 은혜에 보답하고자 그의 부친이 비단 병석에 있을 때뿐만 아니라 항상 마음에 담아두고 간이치의 월사금까지도 때때로 내주었다. 이리하여 가난한 아버지를 여윈 고아는 유복한 후견인을 얻어 시기사와 집에서 자라게 되었다. 류조는 은인에 대한 보답이 그 짧은 시간으론 충분치 않다 생각하여 아무튼 그 아들을 훌륭한 인물로 키워 부친이 하루도 잊지 않은 뜻을 이어나가도록 하였다.

고인이 항상 말하기를 적어도 무사집안에 태어났는데 무슨 면목으로 내 아들 간이치까지 남에게 멸시를 받게 하겠는가. 바라건대 내 아들은 학사가 되어 다시 모든 사민(四民) 위에 세우고 싶다. 간이치는 부단히 이 말로 훈계되었고 류조 또한 만날 때마다 이 말을 들었다. 부친은 유언을 남길 새도 없이 갑자기 세상을 떠났으나 그 전에 항상 말한 바가 바로 그의 유언이 되었다.

그러므로 시기사와 집안에서의 간이치는 결코 성가신 존재로 은근히 소외되고 괴로움을 당하는 신세가 아니었다. 어설픈 의붓자식으로 태어나기보다 이러한 존재가 얼마나 다행이냐고 지인들은 서로 이야기하였다. 실로 류조 부부는 그를 은인의 남겨진 자식으로서 소홀함 없이 보살폈다. 그가 이만큼 사랑받는 것을 보고 틀림없이 류조 부부는 간이치를 사위로 삼으려 한다고 생각한 이도 있었으나 당시 그들은 특별히 그런 생각은 아니었다. 그러나 학문에 크게 힘쓰는 간이치 모습을 보며 차츰 그런 마음이 생기고 그가 고등중학에 들어갔을 때 비로소 그들의 마음은 분명해졌다.

간이치는 면학에 힘쓸 뿐만 아니라 성품도 곧고 행동도 반듯하여 이 인물로서 학사를 받는다면 정말로 얻기 힘든 사윗감이라고 부부는 은근히 기뻐하였다. 이 재산을 물려받고 타성(他姓)으로 바뀌는 말로 할 수 없는 굴욕을 참는 것은 그가 떳떳하게 여기는 바는 아니었다. 그러나 그는 아름다운 미야를 아내로 맞이할 수 있다면 이 재산도 굴욕도 아무것도 아니라고 오히려 류조 부부보다 더한 기쁨을 품고 더욱더 학문에 힘썼다. 미야도 간이치를 사모하였지만 어쩌면 간이치 사랑의 반도 되지 않았을 것이다. 그녀는 자신의 아름다움을 알기 때문이다. 세상의 어느 여자가 자신의 아름다움을 모르겠는가. 문제는 스스로 너무 잘 아는 데 있다. 말하자면 미야는 자신의 아름다움이 얼마만큼의 가치인지를 당연히 알고 있었다. 그녀의 아름다움으로 겨우 이 정도의 재산을 상속받고 세상에 흔한 학사 정도를 남편으로 맞이하는 것은 결코 그녀가 바라는 희망의 절정은 아니었다. 그녀는 귀인 아내 중에 미천한 신분에서 나온 예가 적지 않음을 보았다. 또 부자가 못생긴 부인을 꺼리고 아름다운 첩을 가까이 하는 것도 보았다. 남자는 재능만 있으면 입신양명이 마음먹은 대로 되듯이 여자는 미색으로 부귀영화를 얻을 수 있다고 믿었다. 더구나 그녀는 미모로서 부귀를 얻은 몇 명의 여자들을 보았고 그 미모가 자신만 못하다는 사실을 알았다. 그뿐만 아니라 그녀는 가는 곳마다 그 아름다움을 칭송받지 못하는 경우가 없었다. 게다가 또 하나, 그녀 생각을 가장 굳히게 한 일이 있었다. 그것은 그녀가 열일곱 살 때의 일이었다. 당시 그녀는 메이지(明治)음악학원에 다녔는데 독일인 바이올린 교수는 그녀의 귀여운 소매에 연서(戀書)를 넣었다. 이는 물론 비정상적인 사랑이 아닌 부부의 언약을 바라는 사랑이었다. 거의 동시에 불과 지난해 부인과 상처한 나이 사십 넘은 모 아무개 원장도 그녀와 재혼하고자 은밀히 방으로 불러 자신의 애절한 마음을 털어놓은 일이 있었다.

이때 그녀의 작은 가슴은 터질 듯이 두근거렸다. 반은 일찍이 느껴

보지 못한 부끄러움으로, 반은 돌연 큰 욕망이 깃들었기 때문이었다. 그녀는 이 일로 비로소 자신의 미모가 적어도 관료 이상의 명사를 남편으로 맞을 만한 가치임을 믿었다. 그녀를 아름답게 여긴 사람은 교수와 원장뿐만이 아니라 담을 사이에 두고 늘 그녀를 보고자 소란스러운 남자부 학생 모두라는 사실도 미야는 모르지 않았다.

교수와 결혼할 것인가, 아니면 사십의 원장을 따를 것인가. 그들의 영예로운 지위는 그녀가 학사를 신랑으로 맞아 시기사와 대를 잇는 것에 견줄 바가 아니라고 생각하였다. 일단 품은 희망은 해가 갈수록 커져서 그녀는 시종 꿈을 꾸며 당장이라도 귀인이나 부자 혹은 명성 있는 자가 꽃가마를 지고 자신을 데리러 올 인연이 반드시 있을 것이라 믿어 의심치 않았다. 그녀가 간이치를 그 정도로 연모하지 않은 이유는 순전히 이 때문이었다. 그러나 결코 그를 싫어하지는 않았으므로 그와 결혼해도 역시 즐거울 것이라고 생각하였다. 이처럼 분명히 이것이라고는 할 수 없지만 그러나 있을 법한 행운을 바라면서도 그녀는 변함없이 간이치를 사랑하였다. 간이치는 그녀 마음속에는 자신 외에 그 무엇도 없다고 생각하였다.

제4장

칠흑 같은 어둠속에 간이치의 서재 자명종은 열 시를 울렸다. 그는 오후 네 시부터 무코지마(向島) 야오마쓰(八百松)에서 신녀회가 있어 아직 돌아오지 않았다.

미야는 안에서 손 램프를 가지고 들어와 책상 위 독서등을 켜고 하녀는 받침 달린 부삽에 숯불을 담아 가져왔다. 미야는 이것을 화로로 옮겼다.

"그리고 안채 쇠 주전자도 가져다 줘. 이제 두 분은 주무실 테니까."

한동안 아무도 없던 방의 냉기는 지금 갑자기 사람의 온기를 얻은 기쁨으로 금세 깨물 듯이 살갗에 다가왔다. 미야는 분주히 화로에 다가서며 눈을 들어 서가에 걸린 시계를 보았다.

어둡고 조용한 밤에 등불만이 홀로 그녀의 아름다운 얼굴을 비추는데 그 모습이 한없이 곱고 아름다웠다. 정초여서 그녀는 평소보다 치장을 하여 이슬을 머금은 꽃가지에 달이 비친 듯 뒷벽에 드리운 검은 그림자마저 향기를 내품는 것 같았다.

다이아몬드와 빛을 겨룬 눈이 아낌없이 휘둥그레져서 시계 초침을 지켜보았다. 화롯불을 쬐는 그녀의 손을 보아라, 보석과 같다. 그리고 꽃과 새와 산수(山水)를 화려하게 염색한 보라색 비단 장식깃 속의 그녀 가슴을 생각해 보아라. 그녀가 지금 그 가슴으로 어떤 생각을 하는지 상상해보아라. 그녀는 사모하는 이의 귀가를 애타게 기다리고 있다.

또 한 차례 심한 추위를 느낀 그녀는 시계에서 눈을 떼며 화로 맞은편 간이치 깔개로 자리를 옮겼다. 이것은 그녀가 손수 수를 놓아 만든 깔개로 그가 항상 앉던 것을 오늘밤은 그녀가 앉았다.

혹시나 했던 인력거 소리는 점점 더 가깝게 울려 퍼지더니 마침내 우리 집 문 앞에서 멈췄다. 미야는 틀림없다고 생각하여 일어나려 할 때 손님은 매우 취한 목소리로 말했다. 간이치는 술을 전혀 못해 지금껏 술에 취해 돌아온 적이 없으므로 미야는 힘없이 다시 앉았다. 시계를 보니 벌써 열한 시를 울리려 했다.

문을 열고 취한 발소리가 봉당으로 들어왔을 때 미야는 영문을 알 수 없어 당황하여 램프를 들고 나갔다. 부엌에서 하녀도 나왔다.

발 디디는 것조차 불안할 정도로 취해서 모자는 떨어질 듯 기울어지고 손수건으로 싼 도시락을 왼쪽에 걸고 장식수레 인형처럼 흔들흔들 서 있는 사람은 바로 간이치였다. 얼굴은 당장이라도 터질 듯이 새빨갛게 달아올랐고 혀가 마르는지 참지 못하고 끊임없이 헛침을 뱉었다.

"늦었지. 자 선물입니다. 돌아와서 이걸 아내에게 줄려고. 이 얼마나 배려가 있는가."

"어머나, 많이 취했네요! 어떻게 된 거예요?"

"취해버렸지."

"어머, 간이치 씨. 여기서 자면 안돼요. 자 빨리 들어와요."

"이렇게 보이는데도 신발을 벗을 수가 없군. 아 취했어."

미야는 벌렁 쓰러진 간이치 다리를 힘껏 안아서 간신히 신발을 벗겼다.

"일어날게, 아, 지금 일어난다. 자, 일어났다. 일어났지만 손을 잡아주지 않으면 걸을 수 없습니다."

미야는 하녀에게 램프를 맡기고 간이치 손을 잡으려고 하자 그는 비틀거리며 그녀 어깨에 기대어 아무리해도 떨어지지 않았다. 미야는 자기 몸 하나조차도 위태롭게 겨우겨우 부축하여 서재로 들어갔다.

깔개 위에 내려진 간이치는 쓰러지는 몸을 책상에 지탱하며 미야를 올려다보고 작은 소리로 읊조렸다.

"그대에게 권하니, 금루 옷을 아쉬워 하지마라. 그대에게 권하니, 모름지기 소년의 시간을 아쉬워할지어다. 꽃이 있으면 기다리지 말고 바로 꺾어라. 꽃이 지기를 기다려 헛되이 가지를 꺾지 말지어다."

"간이치 씨, 왜 이렇게 취한 거예요?"

"취했죠, 나는. 저기, 미이 씨, 너무 취했죠."

"취했어요. 괴롭죠?"

"아, 괴로울 정도로 취했지. 이렇게 취한 건 큰 이유가 있지. 그래서 또 미야가 많이 보살펴주고 좋은 구실이지. 미야 씨!"

"싫어요, 난. 그렇게 취해있는 거. 평소에 싫어하면서 왜 그렇게 마신 거예요? 누가 먹인 거예요? 하야마(端山) 씨나 아라오(荒尾) 씨, 시라세(白瀬) 씨도 같이 있으면서 너무하네요. 이렇게 취하게 놔두고. 열시엔 꼭 온다고 해서 기다렸는데 벌써 열한 시가 넘었어요."

"정말로 기다렸던 거야, 미야 씨? 땡큐, many thank you! 만약 그게 사실이라면 나는 이대로 죽어도 여한이 없습니다. 이렇게 취한 것도 실은 그 때문이지."

그는 미야 손을 잡고 사랑에 견딜 수 없다는 듯 꽉 쥐었다.

"우리 두 사람 일은 아라오 말고는 아는 사람이 없어. 아라오는 결코 입 밖에 낼 남자가 아니고. 그런데 그게 어떻게 알려졌는지 모두가 알고서……난 정말로 놀랐다고. 사방팔방에서 축배다 축배 하며 열 잔 스무 잔 한꺼번에 잔을 건네더군. 축배 같은 거 받을 일 없다고 한 사코 물렸지만 모두 여간해선 듣질 않더군."

미야는 살며시 웃음을 띠고 여념 없이 들었다.

"그럼 축배의 뜻을 바꿔서 적어도 그런 미인과 함께 침식하는 게 이미 부러운 일이다. 그것을 축하하는 거다. 다음으로는 너도 남자라면 한발 더 나아가 아내로 맞이하도록 충분히 애써라. 십 년이나 같이 지냈는데 이제 와 다른 남자에게 빼앗긴다면, 그건 비단 간이치 개인의 치욕일 뿐만 아니라 우리 벗들 모두의 체면에 관한 일이다. 우리들 뿐만이 아니다. 더 나아가 고등중학의 불명예도 되니 반드시 네가 그 미인을 아내로 맞이하도록. 이것은 우리들이 마음을 하나로 모아 월하빙인(月下氷人)에게 기원한 술이니 물리치면 예의가 아니다. 받지 않으면 오히려 신벌(神罰)이 내릴 거다. 장난인줄 알지만 구실이 재미있어 닥치는 대로 벌컥벌컥 해치웠지.

미이 씨와 부부가 되지 못하면, 하하하하 고등중학교의 불명예가 된다고. 어처구니가 없어서. 아무쪼록 잘 부탁드립니다."

"싫어요, 정말이지 간이치 씨는."

"친구 사이에 그렇게 알려졌으니 어엿한 부부가 되지 못하면 여차하면 내 남자로서의 자존심이 서지 않는 거라고."

"이미 정해져 있는 일을 새삼스럽게……."

"그렇지 않아. 요즘 아저씨와 아주머니 눈치를 보면 아무래도 나는……."

"그런 일은 결코 없어요. 억측이에요."

"실은 아저씨나 아주머니 생각은 아무래도 괜찮아. 미야 당신 마음 하나지."

"내 마음은 정해져 있어요."

"그럴까?"

"그럴까라니요? 그건 너무해요."

간이치는 취기를 버티기 힘들어 미야 무릎을 베개 삼아 쓰러졌다. 미야는 그의 불같은 볼과 이마에 손을 대며,

"차를 드릴게요. 어머나, 또 잠들어⋯⋯간이치 씨, 간이치 씨."

참으로 맑고 깨끗한 사랑이구나. 이때는 미야 가슴 속에도 그 더러운 희망은 흔적을 지우고 그녀의 아름다운 눈은 간이치 외에 보아야 할 것이 있을 리 없다는 듯 그 힘을 잠든 그의 얼굴에 모았다. 간이치 무릎에서 전해지는 한 줄기 어렴풋한 온기에 부귀도 사리사욕도 녹아 그녀는 그저 이상하리만큼 향기로운 감로(甘露)의 꿈에 취해 정신을 차릴 수가 없었다.

여러 가지 꺼림칙한 망상은 이 밤처럼 눈을 감고 이 방에 그들 두 사람밖에 없는 듯이 그녀는 세상에서 다른 이의 그림자를 쫓지 않았다. 또 이 분명한 불빛이 특별히 그들 두 사람만을 비추는 것 같았다.

제5장

어느 날 뜻밖에도 미노와 부인이 찾아 왔다. 그녀의 딸 순과 미야는 학교친구로 서로 오가기는 했으나 지금껏 집안끼리의 왕래는 없었다. 그녀들이 학교를 다닐 때조차도 부모끼리는 서로 면식이 없었고 지금은 두 사람도 점점 소원해졌다. 그러므로 갑자기 순의 모친이 찾아 온 것은 대체 무슨 일인가 싶어 미야도 부모님도 의아해하였다.

대략 세 시간 정도 머문 뒤 미노와 부인은 돌아갔다.

먼저 의아해 한 아내는 그녀가 찾아온 사실보다 그 용건이 더욱 뜻밖이어서 놀라지 않을 수 없었다. 간이치는 집에 없어 이 특별한 손님의 방문을 몰랐고, 또 미야도 굳이 말하지 않은 채 이틀이 지나고 사흘이 지났다. 그 날부터 미야는 식사도 잠도 줄었다. 간이치는 아무것도 몰랐고 미야는 더더욱 알리려 하지 않았다. 그동안 부모님은 몇 번이나 이야기를 나눴지만 선뜻 그 일을 결정하기 어려웠다.

그의 뒷전에서 생긴 일, 혹은 보이지 않는 사람 마음속에 떠오르는 일은 간이치도 알 도리가 없지만 그 눈이 잠시도 잊지 못하는 미야가 평소와 다르다는 사실은 알아채기 어렵지 않았다. 이전과 달리 갑자기 안색이 빛을 잃고 행동도 새삼스레 힘이 없는데다가 웃음조차도 우울한 것을.

미야의 거실이라고 할 만한 것은 아니지만 그녀의 옷장과 소지품을 놓아 둔 작은 방이 있었다. 여기에 마루 일부를 잘라 각로(脚爐)를 만들어 겨울이면 한가한 사람들이 와서 지내는 장소로도 사용되었다. 그녀는 항상 이곳에서 바느질을 하고 지겨우면 거문고도 탔다. 그녀가 소일거리로 꽂아 둔 버드나무는 이미 밑동이 물러져 중심이 기울고 수반은 먼지가 뜬 채 책상 옆에 놓여 있었다. 미야는 정원을 향한 팔걸이 창문의 밝은 곳에 종이깔개를 펼치고 무릎 위에 홍견 겹옷을 올려놓았지만 바늘은 잡지 않고 나른한 듯 각로에 기대었다.

그녀는 잘 먹지도 자지도 못하면서 이곳을 즐겨 찾아 깊은 사색에 잠겼다. 부모님은 내막을 알고 있으니 그녀의 이런 모습을 이상히 여기지 않고 그저 그녀가 하는 대로 나두었다.

이 날 간이치는 시업(始業)식만 있어 일찍 돌아왔는데 객실에는 아무도 보이지 않았다. 각로 있는 방에서 미야 기침소리가 들릴 뿐 모두 조용하여 자신의 귀가를 모르는 것 같아 발소리를 죽이고 살피려고 다가갔다.

약간 열린 맹장지 틈으로 보니 미야는 각로에 기대어 유리장지문을 바라보고는 시선을 떨구고 또 가슴이 아픈 듯이 위를 향해 한숨 지었다. 그러더니 갑자기 무슨 소리를 귀담아 듣는 것처럼 아름다운 눈을 크게 뜨는 모습은 무언가를 골똘히 생각하는 게 틀림없었다. 누군가가 엿보고 있음을 모르니 그녀는 입으로 호소하듯 마음속 고민을 주저없이 그 몸으로 나타내었다.

간이치는 수상히 여기면서도 숨을 죽이고 여전히 그녀가 하는 행동을 보았다. 미야는 잠시 후 각로에 들어가더니 이윽고 각로 틀에 엎드렸다.

기둥에 몸을 기대어 비스듬히 안을 살피던 간이치는 눈살을 찌푸리며 갈피를 잡지 못하였다.

　그녀는 무슨 연유로 그토록 번민하는 걸까. 그토록 번민하면서도 어째서 자신에게 털어놓지 않는 걸까. 그 이유는 물론 번민할 일이 있다는 사실조차 그는 믿을 수 없었다.

　이리하여 또 번민하는 그의 얼굴도 자연히 떨구어졌다. 묻지 않으면 알 수 없다 생각하여 다시 안을 살피니 미야는 여전히 엎드려 있었다. 언제 떨어졌는지 자개 빗이 떨어진 줄도 모르고서.

　인기척에 놀란 미야가 얼굴을 들었을 때는 이미 간이치가 그녀 옆에 있었다. 그녀는 당황하여 고민하는 모습을 숨기려했다.

　"어머나 깜짝 놀랐어요. 언제 오신 거예요?"

　"지금 돌아왔어."

　"그래요. 전혀 몰랐네요."

　미야는 자신의 얼굴을 자꾸 쳐다보자 쑥스러운 듯이,

　"뭘 그렇게 봐요. 싫어요."

　하지만 그는 여전히 눈을 떼지 않았고, 미야는 일부러 등을 돌려 천주머니 속 물건을 찾기 시작했다.

　"미야, 당신 무슨 일이 있소? 음, 어딘가 안 좋은 건가?"

　"아무렇지도 않아요. 왜요?"

　이렇게 말하며 찾는 손이 점점 더 빨라졌다. 간이치는 모자를 쓴 채로 각로에 한쪽 팔을 걸치고 비스듬히 그녀 얼굴을 바라보았다.

　"그러니까 내가 시종 남남같이 서먹서먹하다는 거야. 그렇게 말하면 바로 의심이 많다는 둥 예민하다는 둥. 하지만 분명 그런 게 아닌가."

"하지만 아무렇지도 않은데요······."

"아무렇지도 않은데 멍하니 생각에 잠기고 한숨 쉬고 우울해 하나? 아까부터 내가 문 밖에서 봤다고. 어디 아픈 건가, 아님 걱정이라도 있는 거야? 말해 줘도 되잖아?"

미야는 할 말을 찾지 못해 그저 무릎 위 홍견을 만지작거리기만 하였다.

"아픈 거야?"

그녀는 간신히 고개를 저었다.

"그럼 걱정이라도 있는 건가?"

그녀는 여전히 고개를 저었다.

"그럼 왜 그런 거야?"

미야는 그저 가슴속에서 수레바퀴가 도는 것 같아 진실도 거짓도 그 어떤 말도 꺼낼 방법이 생각나지 않았다. 그녀는 결국 지은 죄를 끝까지 숨길 수 없다는 두려움으로 마음이 전율되었다. 어떻게 대답해야 할지조차 망설이는데 옆에서 간이치가 더욱더 힐책하듯이 기다리니 몸을 쥐어짜듯 좁혀오는 호흡 사이로 뭐라 형언할 수 없는 식은땀이 흐르고 흘렀다.

"그럼 어떻게 된 거야?"

간이치의 어조는 점점 더 초조해졌다. 그녀가 아무 말도 하지 않자 이를 이상하게 여겼기 때문이다. 미야는 놀라서 적당히 이야기를 시작했다.

"왜 그런지 저도 모르겠는데, ······제가 요 이, 삼 일 왜 그런 건지……갑자기 여러 일을 생각하면서 왠지 세상이 부질없고 그냥 슬퍼요."

기가 막힌 간이치는 눈도 깜작이지 않고 귀를 기울였다.

"인간이란 오늘 이렇게 살아 있어도 언제 죽을지 모르는 거잖아요. 이렇게 있으면 즐거운 일도 있지만 대신에 괴로운 일, 슬픈 일, 고통스러운 일도 있어서 둘 다 좋은 건 없으니 생각하면 할수록 저는 이 세상이 불안해요. 문득 그런 생각이 들더니 매일 그 생각만 하게 되고 기분도 불쾌해져서 스스로도 왜 그럴까 하는데, 저 아파 보여요?"

눈을 감고 귀담아 듣던 간이치는 조용히 눈을 뜨더니 눈살을 찌푸렸다.

"그건 병이야!"

미야는 의기소침해져 고개를 떨구었다.

"하지만 걱정할 건 없어. 신경 쓰면 안 돼, 알았지?"

"네, 그럴게요."

전에 없이 가라앉은 그 쓸쓸한 목소리를 간이치는 어떻게 들었을까.

"그건 병 때문이야. 머리라도 아픈가 보군. 그런 걸 생각하면 하루도 웃고 지낼 날이 없지. 원래 세상이란 그렇게 재미나기만 하진 않으니까. 또 사람 일만큼 알 수 없는 일도 없어. 그건 틀림없이 그렇지만, 모두가 그런 생각만 해봐. 온 세상이 절간이 돼버릴 거야. 덧없는 게 세상이라고 각오하고 그 덧없고 부질없는 속에서 적어도 즐거움을 찾으려고, 그러니까 우리들은 일하는 거라고. 우울해 한들 부질없는 세상에 덧없는 인간으로 태어난 이상, 이제와 방법이 있겠어? 그러니 재미없는 세상을 조금이라도 재미있게 지내려는 수밖에 없는 거지. 그럴려면 무언가 즐거움이 있어야해. 하나라도 이렇다 할 즐거움이 있으면 결코 세상은 시시하지 않아. 미야는 그런 즐거움이 없는 게로군. 이런 즐거움이 있어 비로소 산다는 그 정도의 즐거움 말이야."

미야는 아름다운 눈을 들어 애원(哀願)하듯 살며시 간이치 얼굴을 보았다.

"분명히 없는 거지?"

그는 웃음을 머금었지만 괴로운 듯이 보였다.

"없지?"

간이치는 미야의 어깻죽지를 잡고 자신을 향하도록 하였다. 그녀는 그가 하는 대로 천천히 몸을 돌렸지만 얼굴만큼은 부끄러운 듯 돌리지 않았다.

"자 있는 거야, 없는 거야?"

어깨에 얹은 손으로 자꾸 흔드니 미야는 쇠망치로 맞는 것 같아 기분이 편치 않았다. 식은땀이 또 한 차례 흘러내렸다.

"이거 안 되겠군."

미야는 불안해하며 그의 안색을 살폈다. 그는 여는 때와 마찬가지로 장난을 쳤다. 그 얼굴은 온화하고 한 점의 노여움도 없이 오히려 입가에 미소를 머금었다.

"나한테는 크디 큰 즐거움이 하나 있어 세상이 유쾌하고 유쾌해서 견딜 수가 없지. 지나가는 하루하루가 아쉽고 아쉬워. 난 세상이 재미없어 그 즐거움을 만든 게 아니고 그 즐거움 때문에 이 세상을 살아가는 거라고. 만약 이 세상에서 그 즐거움을 빼앗아 가면 세상은 없어! 간이치라는 자도 없고! 나는 그 즐거움과 생사를 함께 하는 거야. 미야, 부럽지 않아?”

미야는 갑자기 전신의 피가 얼어붙을 것 같은 한기를 참지 못해 몹시도 떨렸으나 이 속마음을 눈치 채지 못하게 약해지는 자신을 추슬렀다.

“부러워요.”

“부러우면 당신이니까 나눠 줄게.”

“주세요.”

“어, 모두 줘 버려라!”

그가 오버코트 주머니에서 봉봉 초콜릿 한 봉지를 꺼내 각로위에 놓자 열기로 봉지 입구가 느슨해지더니 홍백의 알들이 주르르 흐트러져 나왔다. 이것은 미야가 제일 좋아하는 사탕이었다.

제6장

이틀 후 미야는 간이치의 권유로 진찰을 받으러 가서 위병이라 하여 물약 한 병을 받아왔다. 간이치는 정말로 위병이라고 생각했다. 미야는 그런 건 전혀 아니라고 생각하면서도 그 약을 복용하였다. 번뇌하고 우울을 견디지 못하는 그녀 몸에는 조금의 변화도 나타나진 않았지만 그 마음에서는 물과 불이 서로 상극하는 고통이 점점 더 심해져 멈추지 않았다.

간이치는 그녀가 사랑하는 사람이 아니었던가. 이상하게도 요즘 그녀는 그처럼 사모하는 그를 보기가 두려웠다. 보지 않으면 역시 보고 싶지만 얼굴을 마주하면 식은땀이 흐를 정도로 두려움을 일으키고, 그의 애정 어린 말을 들으면 살이 에이는 느낌이 들었다. 미야는 그의 다정한 심성을 보기가 두려웠다. 미야의 심기가 편치 않으면서부터 그녀에 대한 간이치의 다정함은 평소보다 한층 더하여 그녀는 죽음을 바랄수도 삶을 바랄수도 없는 고뇌로 마음이 어지러워져 정말로 견딜 수 없는 한계에 다다랐다.

미야는 결국 이 괴로움을 부모님께 호소했는지, 어느 날 그녀와 어머니는 급히 나갈 채비를 갖추고 분주히 차를 타고 외출하였다. 그들은 작지 않은 여행가방 하나를 손에 들었다.

태풍이 자자든 뒤 외딴집이 홀로 서있듯이 적적하게 집을 지키는 류조는 혼자서 바둑판을 앞에 두고 바둑책을 펼쳤다. 나이는 아직 육십이 멀었으나 머리는 심하게 백발이고 길게 자란 수염도 절반이상은 새었다. 얼굴은 말랐으나 아직 노쇠하지 않은 용모가 온후하고 거친 파도 없는 잔잔한 바람 같았다.

이윽고 돌아온 간이치는 두 사람이 보이지 않자 의아하게 여겨 주인에게 물었다. 그는 조용히 긴 수염을 만지며 살며시 미소 지었다.

"두 사람은 말이지, 오늘 아침 신문을 보더니 문득 뭔가 생각이 났는지 아타미(熱海)로 떠났네. 안 그래도 어제 의사가 온천 치료가 좋다고 자꾸 권한 것 같더군. 갑자기 뭐가 떠올랐는지 느닷없이 소란을 피우더니 열두 시 삼십 분 기차로 출발했다네. 아, 혼자서 적적하던 참에 자, 차라도 마시자고."

간이치는 있을 수 없는 일이라 의심하였다.

"아니 그건, 왠지 꿈같군요."

"허어, 나도 그렇다네."

"그래도 온천 치료는 좋을 것 같습니다. 며칠 정도 체류할 생각으로?"

"뭐 사오 일쯤이라고 그냥 입은 채로 나갔는데, 아니 바로 질려서 사오 일이나 있으려나. 전지요양보다 집이 편하지. 뭔가 맛있는 거라도 먹지 않겠나? 둘이서 말이야."

간이치는 옷을 갈아입기 위해 서재로 돌아왔다. 미야가 남긴 편지라도 있지 않을까 싶어 찾았지만 보이지 않았다. 그녀의 거실을 찾아봐도 없었다. 급히 출발해서 그랬겠지, 내일은 꼭 소식이 오겠지 라고 다시 생각해도 여전히 마음이 즐겁지 않았다. 그가 여섯 시간 동안 학교에 있다 돌아올 때는 그녀의 아름다운 모습에 굶주려 마음이 여윌 만큼 여위어 돌아오는 것인데. 그는 헛헛한 마음을 안고서 위안도 되지 않는 책상을 향했다.

'정말로 너무하군. 아무리 급히 떠나도 뭔가 한마디 정도 남길 수 있는 거 아닌가. 잠깐 이 근처에 간 것도 아니고 사오 일이라도 여행은 여행인데. 전언도 없고, 전언이라기보다는 온천에 가면 간다고 애초에 이야기가 있을 법한데. 갑자기 생각이 났다? 갑자기 생각이 났어도 급히 가야 하는 곳도 아니고 나를 기다렸다 말을 하고 내일 가는 것이 순서일 텐데. 사오 일 정도의 이별은 얼굴을 보지 않아도 그녀는 괜찮다는 건가.

여자가 본래 남자보다는 정이 깊은 법이다. 그것이 깊지 않다면 사랑하지 않는다고 밖에. 설마 그녀가 사랑하지 않는다고는 생각할 수도 또 그런 일은 결코 없다. 하지만 충분히 사랑한다 할 만큼 정이 깊지는 않구나.

원래 그녀의 성격은 냉담함. 그래서 소위 '여자다운' 데가 별로 없다. 자신의 생각처럼 정이 깊지 않은 것도 그 때문인지 모른다. 어렸을 때부터 과연 그런 경향은 있었지만 지금처럼 심하지는 않았던 것 같다. 어렸을 때 그랬다면 지금은 더 그래야 한다. 그걸 생각하면 의아하다. 의심하지 않을 수 없다!

그에 비해 나 자신은. 내가 사랑하는 정도는 실로 대단하다. 거의……거의가 아니라 완전히. 완전히 빠졌다. 스스로도 왜 이럴까 싶을 만큼 빠져있다!

이 정도로 나는 생각하는데 좀 더 정이 깊어야만 한다. 때때로 정말로 서먹서먹하게 구는 일이 있다. 오늘 일도 상당히 심한 이야기다. 이것이 서로 사랑하는 사이에 있을 법한 태도인가. 깊이 사랑하는 만큼 이런 일을 당하니 정말로 밉구나.

소설적일지도 모르겠으나 핫겐덴(八犬伝)의 하마지(浜路)다. 시노(信乃)가 내일은 떠나버린다 하니 부모 눈을 피해 새벽에 만나러 오는 그런 정분이어야 한다. 아니, 묘하다! 내 처지도 시노와 닮았다. 어렸을 때 부모와 헤어져 이 시기사와에 신세를 지고 그 딸과 약혼……닮았구나, 닮았도다.

그러나 우리 미야는 이러면 안 된다. 나만 애태우고 너무나 밉구나. 있을 수 없는 매정한 처사다. 지금부터 편지를 써서 생각한대로 퍼부어 줄까. 밉긴 밉지만 아픈 연인에게 걱정을 끼치는 것 또한 가엾구나.

자신은 또 너무 예민해서 지나치게 크게 생각하는 부분도 있을 거다. 그건 평소에도 그녀로부터 듣는 말이다. 하지만 자신의 지나친 생각인지 그녀의 정이 부족한 건지는 하나의 의문이다.

때때로 그렇게 생각하는 경우가 있다. 자신은 이 집의 성가신 존재, 그녀는 집안의 대를 이을 딸이다. 그래서 자연히 주인과 하인 같은 생각이 시종 있어서, ……아니, 그것도 그녀에게 자주 듣는 말이다. 그 정도라면 처음부터 허락하지 않는다. 좋아하니까 이런 이유로, ……그래, 그래. 그 말을 꺼내면 심하게 화를 냈다. 그 말에 제일 화를 냈다. 물론 조금이라도 그런 모습을 보인 적은 없다. 자신의 자격지심에 지나지 않겠지만 마음이 풀리지 않으니 푸념도 나오는 거다. 그러나 만약 그녀 마음에 그런 근성이 손톱의 때만큼이라도 있다면 자신은 이 인연을 깨끗이 끊어 버릴 것이다. 멋지게 끊어 보이겠다! 자신은 사랑의 포로는 될지언정 아직 노예가 될 마음은 없다. 어쩌면 이 연을 끊으면 자신은 그녀를 잊지 못해 상사병으로 죽을지도 모른다. 죽지는 않더라도 미칠지도 모른다. 상관없어! 어떻게 되든 끊어버릴 것이다. 어찌 끊지 않고 그대로 두겠는가.

이는 자신의 곡해로 그녀는 그런 마음이 조금도 없다. 그 점은 자신도 잘 알고 있다. 하지만 애정이 두텁지 않고 또 냉담한 것도 사실이다. 그러니까 냉담해서 정이 두텁지 않은 건가. 자신에 대한 애정이 그 냉담을 허물만큼 뜨겁지 않단 말인가. 아니면 뜨거워질 수 없는 것이 냉담한 사람의 애정이란 말인가. 이것이야말로 궁리할 문제다.'

그는 마음에 차지 않는 일이 있을 때마다 반드시 이 문제를 풀어보려 했지만 아직껏 풀지 못했다. 오늘은 또 어떻게 풀어낼 것인가.

과연 다음날 아타미에서 편지는 왔으나 도중의 무사와 숙박을 통지하는 겨우 엽서 한 장에 지나지 않았다. 수신인은 류조와 간이치였고 미야의 필적이었다. 간이치는 다 읽자마자 엽서를 갈기갈기 찢어버렸다. 미야가 있었다면 어떻게 해서라도 그에게 설명했을 터이다. 그녀가 직접 설명하면 아무리 화가 나더라도 간이치 마음이 풀리지 않는 일은 없었다. 그는 미야 앞에서는 항상 분노도 원망도 근심도 잊었다. 지금은 그리운 얼굴을 보지 못하는 실망에 이 불쾌한 일까지 겹치고 게다가 마음 풀어줄 이도 없으니 그의 분노는 지칠 줄 모르고 널리 불타는 들불 같았다.

이날 저녁 류조는 식사 후에 그에게 차를 권했다. 혼자서 적적하니 잡고서 이야기라도 할까 해서였다. 그러나 간이치가 근심어린 얼굴로 끊임없이 다른 생각으로 치닫는 기색에,

"자네 어찌된 일인가? 음, 기운이 없군."

"예, 좀 가슴이 아파서요."

"그건 안 좋은데. 심하게 통증이라도 있는 건가?"

"아니, 뭐, 이제 괜찮습니다."

"그럼 차는 한 잔 할 수 있겠나?"

"예, 잘 마시겠습니다."

이러한 볼꼴 사나운 분노를 다른 사람에게 돌리는 태도는 전혀 정당한 이유가 없다고 스스로를 억제하였다. 그는 서재로 돌아가 괜스레 마음을 상하기보다 사람과 마주하여 잠시 시름을 잊는 것이 나을 것 같아 애써 태연하려 했으나 조금만 자칫하면 마음이 건성이 되어 주인 말을 흘려들었다.

오늘 편지에 다정한 말을 세세하게 쭉 써 보냈다면 나는 얼마나 기뻤겠는가. 같이 있으며 질리지 않게 얼굴을 마주하는 것과 달리 그 즐거움 또한 깊었을 텐데. 그랬다면 그 원망도 잊고 이삼 일 밤 소원하여도 그 편지를 낙으로 삼아 그리움을 달래는 일 역시 재미있을 텐데. 미야는 자신이 갑작스레 떠난 것을 내가 얼마나 서운해할지 잘 알 텐데. 그것을 알면서 왜 편지 한통으로 자신을 위로하지 않았을까. 그 편지 한통을 자신이 얼마나 기뻐할지 알 텐데. 나를 사랑하는 사람이 왜 그리 하지 않았을까. 여태껏 얕은 사랑의 세계에 있었단 말인가. 의심스럽구나, 의심스럽다. 간이치 마음은 다시 혼란해졌다. 류조 목소리에 놀라 그는 금세 그 일을 잊어야 하는 자신으로 돌아왔다.

"좀 할 얘기가 있는데. 허어, 정말 묘한 이야기란 말이지."

웃는 것도 찡그리는 것도 아닌, 약간 스스로 비웃는 듯한 류조 얼굴은 등불에 비춰져 평소에는 볼 수 없는 이상한 모습으로 느껴졌다

"예, 무슨 말씀이십니까?"

그는 긴 수염을 초조하게 만지고는 또 다시 아래턱 언저리를 서서히 쓸어내리고 먼저 꺼낼 말을 생각하였다.

"자네에 관한 일인데 말일세."

간신히 이렇게 말하고서 그는 또 망설였다. 그 수염은 등에에 괴로워하는 말 꼬리처럼 흔들렸다.

"드디어 자네도 올해 졸업이군."

간이치는 갑자기 존경심이 들어 자신도 모르게 정좌를 했다.

"그래서 나도 그럭저럭 안심이 되고 이로서 어느 정도 자네 부친에 대한 보답도 한 것 같군. 그러니 자네도 더욱더 공부를 해줘야 하네. 앞으로 대학을 졸업하고 그리고 회사에 취직도 하여 상응하는 지위까지 오르지 못하면 나도 어깨를 필 수 없지 않겠나. 부디 유학이라도 하여 손꼽을 만한 인물이 될 생각으로 이제부터 전력을 다해 보살펴야 하는 자네 몸이란 말일세, 안 그런가?"

이를 들은 간이치는 쇠사슬에 얽매인 듯 마음이 무거워 견딜 수 없이 괴로웠다. 그 은혜가 너무나도 커서 그는 그 안에 있으면서도 그것을 잊어버린 일상을 돌이켜보았다.

"네. 생각해 보니 너무나 큰 은혜를 받아서 말로는 감사를 드릴 수도 없습니다. 아버지가 어느 정도의 일을 하였는지는 모르겠습니다만, 좀처럼 이런 보은(報恩)을 받을 정도는 아닐 것입니다. 아버지 일은 차치하고서라도 저는 저대로, 이 은혜는 어떻게든 제대로 갚고 싶습니다. 아버지가 돌아가신 그 때, 이 댁에서 받아주시지 않았다면 저는 지금쯤 무엇이 되어 있을까. 그것을 생각하면 세상에 저만한 행운아도 아마 없을 것입니다."

그는 열다섯 소년의 놀랄 정도로 어른스런 자신과 그 입은 의복과 그 앉은 방석을 보고, 마침내 아름다운 미야와 함께 이 집 주인이 될 자기 자신을 생각하자 공연히 눈물이 솟구쳤다. 실로 칠천 엔 지참금으로 백만금으로도 살 수 없는 사랑하는 아내를 얻을 학사여. 그는 조금 사 둔 쌀을 보자기에 싸서 그의 그림자처럼 여읜 개와 함께 달밤을 달렸던 소년이었음을.

"자네가 그리 생각해 주니 나도 보람이 있군. 그래서 말인데 자네에게 부탁이 있는데 들어주겠나?"

"예, 말씀하십시오. 제가 할 수 있는 일이라면 무엇이든 하겠습니다."

그는 이렇게 미련 없이 대답했지만 마음속에서는 불안이 없는 것도 아니었다. 사람들이 이런 말을 꺼낼 때는 무리한 부탁을 강요하는 예가 많기 때문이었다.

"다른 게 아니라, 미야에 관한 일일세. 미야를 시집보낼까 해서."

차마 눈 뜨고 볼 수 없는 간이치의 놀라움을 애써 흩뜨리고자 그는 다급하게 말을 이었다.

"이 일에 관해서는 나도 여러 가지로 생각해 보았네만 크게 생각하는 바가 있으니 차라리 미야는 이렇게 시집보내고, 자네는 이제 곧 대학을 졸업하니 사 오 년 정도 유럽에 가서 학업을 완전히 마무리 짓고 나서 가정을 이루는 것이 어떻겠나?"

네 목숨을 내놓으라는 일에 직면하면 그 때 사람들 심정은 어떠할까? 무서울 정도로 안색을 잃은 간이치는 공허하게 류조 얼굴을 주시할 뿐이었다. 류조는 몹시 난처한 모습으로 긴 수염을 쓸어 비벼댔다.

"자네에게 약속해 놓고 이제 와 말을 바꾸는 건 참으로 미안하나 이 일에 대해서는 나도 크게 생각한 바가 있다네. 자네를 위해서도 절대로 나쁘게는 하지 않을 테니, 알겠나. 미야는 시집보내는 걸로 해주게나."

기다려도 간이치가 말을 하지 않자 류조는 적잖이 당황하였다.

"이보게, 나쁘게 받아들여선 곤란하네. 미야를 시집보낸다고 해서 우리 집과 자네와의 연이 끊기는 것은 아니니, 알겠나. 대단치는 않지만 이 집은 전부 자네에게 물려줄 걸세. 자넨 역시 우리 집안의 대를 이을 사람이니, 알겠나. 그래서 유학도 보내려는 거고. 절대로 나쁘게만 받아들여서는 안 되네.

약속한 미야를 다른 곳으로 시집보낸다 하면 자네에게 뭔가 부족함이 있어 그런가 하겠지만 결코 그런 건 아니니, 그건 자네가 잘 이해해주고 오해하지 말게. 또 자네도 학문을 완성하여, 이보게, 훌륭한 인물이 되는 일이 첫 번째 바람일걸세. 그 뜻을 이루기만 한다면 미야와 함께하는 건 그럴만한 일도 아니지 않나. 이보게, 그렇지? 하지만 이것은 구실이니 자네도 불복할지도 모르겠군. 그래서 내가 이렇게 부탁하는 걸세. 자네에게 부탁이 있다 한 건 이 일일세.

지금까지도 자네를 보살폈듯이 앞으로도 더욱 보살필 테니 말이야, 그 점을 봐서 마음을 풀고 자네도 이 부탁을 들어주게나."

간이치는 떨리는 입술을 깨물며 애써 천천히 내뱉은 목소리는 평소와는 달랐다.

"그럼 아저씨 사정으로 아무래도 미야 씨는 제게 주실 수 없다는 겁니까?"

"글쎄, 꼭 줄 수 없다는 건 아니지만 자네 마음은 어떤가? 내 부탁은 들어주지 않더라도 또 자신의 학업에 방해가 되더라도, 그에 개념치 않고 무슨 일이 있어도 미야를 원한다는 건가?"

"……."

"그렇지는 않겠지?"

"……."

말이 나오지 않는 간이치 가슴에는 도리에 맞는 것 같으나 실은 그렇지 않은 그의 억지에 분개하여 추궁할 일, 따질 일, 욕할 일, 약속을 깬 일, 모욕당한 일 등 갖가지가 용솟음치듯이 차올랐다. 그러나 그는 신보다도 나은 은인이다. 도리에 맞는지를 불문하고 그의 말을 거역해서는 안 된다고 생각하니 피가 나올 때까지 혀를 깨물더라도 결코 말하지 않을 것이라 각오하였다.

그는 또 생각하길, 은인은 이처럼 은혜를 족쇄로 조이고 자신은 이 족쇄 때문에 굴해야 하지만 류조는 어떠한 도끼로 미야의 사랑을 자르려는 것일까. 미야 사랑이 내 생각대로 깊진 않더라도 나를 버릴 정도의 얕은 정은 아닐 텐데. 그녀만 자신을 버리지 않는다면 족쇄도 불합리함도 두려워 할 것은 없다. 기댈 것은 오로지 미야 마음뿐이다. 기댈 수 있는 것도 미야 마음뿐이라고 그는 사랑스런 미야를 생각하며 그녀 아버지에 대한 분노를 누그러뜨리려 애썼다.

자신은 항상 미야의 애정이 두텁지 않은 것을 의아해 했다. 공교롭게도 이 불합리함이야말로 그녀의 사랑을 시험하기에 충분하다. 그래, 그래, 얽히고설키지만 않는다면.

"시집을 보낸다 하시면 어디로 보내시는 겁니까?"

"그건 아직 확실치는 않네만은 시타야에 있는 도미야마 은행의 그 도미야마 주헤이가 말일세. 그 아들의 며느리로 삼고 싶다는 이야기가 있었다네."

그는 미노와 화투모임에서 삼백 엔 다이아몬드를 과시한 바로 그 자가 아닌가. 간이치는 은근히 비웃었다. 하지만 그 사람이라는 의외로움에 너무나도 놀라 바로 또 혼자서 웃었다. 이는 반드시 의외라고는 할 수 없다. 적어도 우리 미야처럼 아름다운 여성을 눈이 있고 심장이 있다면 어느 누구라도 사랑할 수밖에 없을 것이다. 다만 이상하고 수상한 점은 류조 마음이다. 자신과의 십 년 약속을 가볍게 깨서도 안되고 게다가 알 수 없는 것은 외동딸을 시집보내려는 것이다. 장난이 아닐까. 정신이 이상해진 것이 아닐까. 간이치는 오히려 이렇게 의심하며 이 일이 그의 진심에서 나온 것이 아닐 것이라고 믿었다.

그는 경쟁자가 다이아몬드임을 듣고 일단은 더럽혀지고 모욕당한 분노를 느꼈다. 하지만 이미 승부는 분명하니 자신은 팔짱을 끼고 한 걸음 물러나 이 약한 적이 스스로 쓰러지는 모습을 보겠구나 싶어 마음이 조금 진정되었다.

"네에, 도미야마 주헤이, 들었습니다. 대단한 자산가라고."

이 한마디에 류조 얼굴은 화끈거렸다.

"이에 관해서는 나도 많이 생각했네. 어쨌든 자네하고의 약속도 있고 또 외동딸 일이기도 하고. 그러나 자네 장래나 미야 일신에 관해서도, 또 우리는 점점 나이를 먹어가니 그 노후라든가. 그런 것들을 생각해 보니, 자네도 알다시피 우리 시기사와 집안에는 이렇다 할 친척도 없어 무슨 일이 있을 때마다 정말로 마음이 놓이질 않는다 말이야. 우리는 점점 나이를 먹어가고 자네들은 젊으니, 여기에 믿음직한 친척이 있다면 얼마나 마음이 든든할까싶어서 말일세. 그래서 도미야마라면 친척으로도 부끄럽지 않은 집안이고. 우리가 미안한 마음으로 자네와의 약속을 저버리고 또 외동딸을 다른 곳으로 보내는 이유도, 그러니까 서로의 장래를 위해 좋겠다 싶어서이지 다른 건 없다네.

게다가 도미야마는 간절한 열망으로 무리하게 외동딸을 얻는 것이니 아들부부는 시기사와 자식과 마찬가지로 도미야마도 시기사와도 한 집안처럼 결코 시기사와 집안을 소홀히 하지 않겠다고. 딸이 집을 떠나 불편함이 있다면 어떻게든 조치하겠다고 말일세. 그것은 상당히 조리 있는 이야기더군.

결코 욕심은 아니지만 좋은 친척을 두는 건 사람으로 말하면 즉 좋은 친구일걸세. 자네도 그렇지 않나. 좋은 친구가 있으면 모든 일에 이야기 상대가 되는 무언가 힘이 되고. 그렇지, 소위 친척은 한 집안의 친구지.

자네가 앞으로 세상에 나가더라도 여러모로 도움이 될 걸세. 이것저것 생각해보니 집에 두기보다 보내는 편이 누구를 위해서가 아니라 모두에게 좋으니 나도 결심해서 더 보내려는 걸세.

내 생각은 이러하니 꼭 나쁘게만 받아들여선 곤란하네, 알겠나. 나도 나잇값도 못하고 일을 벌려 어찌 젊은 사람에게 득이 되지 않는 걸 생각하겠는가. 자네도 그 점을 잘 생각해 보게.

나도 이렇게 부탁한 이상, 자네 부탁도 들어보겠네. 올해 졸업하고 바로 유학이라도 가고 싶다 하면 나 또한 그 일에 제일 힘쓰지 않겠나. 내일이라도 미야와 부부가 되어 우리를 안심시키기 보다는 자네도 나도 조금 참고 견디어 차라리 박사가 되어 우리를 기쁘게 해주지 않겠나?"

그는 생각한대로 아주 잘 구슬렸다는 표정으로 느긋하게 수염을 어루만졌다.

간이치는 그의 설명을 들으면서 마침내 그 심중을 불 보듯 분명히 알았다.

그가 수많은 말로 혀를 놀리며 지칠 줄 모르는 것은 필경 이(利) 한 글자를 덮어 가리기 위함뿐이다. 가난한 자가 훔치는 것이 세상사라는데 가난하지도 않은 자가 훔치려는 건가. 자신도 이 더러운 세상에 태어났으니 자신도 더러운 것을 모른 채 혹은 더러운 생각을 일으켜 더러운 행동을 하는 경우도 있을 것이다. 그러나 스스로 추악하다 알면서 스스로 더럽히는 일이 있겠는가. 아내를 팔아 박사를 산다! 이 어찌 추악함 중 가장 추악한 짓이 아니겠는가.

세상은 더럽고 사람도 더럽혀졌다 해도 나는 항상 내 은인 한사람만은 추악함에 물들지 않았다고 믿어 의심치 않았다. 지나 버리면 꿈보다도 덧없는 작은 은혜조차도 잊지 않고 가난한 고아를 기른 후의는 이를 증명하고도 남는 것을. 인간의 비열함인가, 자신의 어리석음인가. 은인은 매정하게 나를 속였다. 바야흐로 세상이 모두 추악해졌구나. 슬퍼한들 이미 더렵혀진 세상을 어찌하겠는가. 그토록 더러워진 세상에 단 하나 더러워지지 않은 것이 있었다. 기뻐할 만한 일이 아니겠는가. 간이치는 사랑하는 미야를 생각하였다.

나의 사랑은 죽음으로 위협받아도 굴하지 말지어다. 미야의 사랑은 모 황제의 관을 장식한 세계무쌍의 다이아몬드로 사려한들 어찌 움직이겠는가. 자신과 그녀의 사랑이야말로 진흙 속에서 빛나는 보석으로 나는 이 일말의 더러움도 없는 보석을 품고 이 세상 모든 추악함을 잊어버리자.

간이치는 이렇게 스스로 위로하면서 정말이지 그의 교언을 믿고 원망스럽게 생각하면서도 굳이 그렇지 않은 듯이 들었다.

"그래서 이 이야기는 미야 씨도 알고 있습니까?"

"어렴풋이 알고 있네."

"그럼, 아직 미야 씨 의견은 듣지 않으시고."

"그건, 뭐, 좀 듣긴 했지만."

"미야 씨는 뭐라 했습니까?"

"미야? 미야는 특별히 어떻다는 건 없네. 아버지, 어머니가 좋으신 대로 하시라고. 미야 쪽에서 반대는 없었네. 그 애에게도 이유를 모두 설명해 주었더니 그런 연유라면 하고 결국 납득하더군."

단연코 거짓일거라고 생각하면서도 간이치의 가슴은 요동쳤다.

"네? 미야 씨가 승낙을 했단 말씀이신가요?"

"그렇다네, 이의는 없었네. 그래서 자네에게도 승낙해 달란 것일세. 얼핏 들으면 무리인 듯하지만 실은 조금도 무리가 아닐세. 내가 지금 이야기한 이유는 자네도 잘 이해했을 테고 말이야."

"예."

"그 이유를 알았다면 자네도 흔쾌히 승낙해주게나. 알겠나, 간이치."

"예."

"그럼 자네도 승낙한 걸세. 그러니 나도 정말로 안심이 되는군. 자세한 일은 언제 다시 천천히 이야기 하세나. 그리고 자네 부탁도 들을 테니, 뭐 여러 가지 잘 생각해 두면 좋을 걸세."

"예."

제7장

아타미는 동경보다 십 도 이상 따뜻해서 이제 막 일월 중순을 지났는데 매화 숲 이천 그루의 우듬지엔 꽃이 흐드러지게 피었다. 햇빛은 사람 얼굴을 영롱하게 비추고 길을 메운 청아한 맑은 향기는 굳게 엉기어 두 손으로 뜰 수 있을 정도였다. 매화 외에 다른 나무는 한 그루도 없었으며 곳곳에 돌이 어지러이 낮게 누워있을 뿐이었다. 양탄자 같은 평평한 잔디정원 안을 구슬을 부수어 뿜어내는 듯한 물보라와 부드러운 명주를 찢어 뒤집어 놓은 듯한 물살이는 여울이 옆으로 가로질러 흘렀다. 뒤에 등진 소나무와 삼나무 녹음은 화창하게 갠 하늘을 가리키고 정상 부근에 깨나른하게 걸린 구름은 잠든 것 같았다. 바람 한 점 없는데도 꽃은 가볍게 흩날리며 자꾸 떨어져 마치 휘파람새들이 다투어 지저귀는 듯하였다.

미야는 어머니와 함께 숲으로 들어갔다. 그녀들은 다리를 건너 나무 아래 배 널조각으로 만든 의자를 향하여 느리게 걸었다. 그녀는 아직 병이 낫지 않았는지 엷은 화장을 한 안색도 떨어진 꽃잎처럼 생기가 없었다. 또 걸음걸이도 힘이 없고 걸핏하면 고개를 떨구고 이내 생각이 나면 애써 나뭇가지 끝을 바라보았다. 그녀는 생각에 잠길 때 항상 입술을 꼭 깨문다. 그녀는 지금 끊임없이 입술을 깨물었다.

"어머니, 어떻게 해야 하나요?"

꽃이 탐스럽게 핀 가지를 한참 올려다보던 어머니의 눈은 그제서야 겨우 딸을 향했다.

"어떻게 하냐니, 네 마음 하나에 달려있는 게 아니겠니? 처음에 네가 가고 싶다 해서 이야기가 이런 된 거 아니겠니. 그걸 이제 와서……."

"그건 그렇지만, 아무래도 간이치 씨가 마음에 걸려서요. 아버지는 이미 간이치 씨에게 말씀 하셨겠지요, 그죠 어머니?"

"그럼, 벌써 하셨을 테고말고."

미야는 또 입술을 깨물었다.

"저는, 어머니, 간이치 씨를 대할 낯이 없어요. 그러니까 만약 시집을 가게 되면 더 이상 만나지 않고 바로 가버리고 싶어요. 그렇게 사정을 살펴주세요. 전 더 이상은 만나지 않을래요."

목소리는 낮아지고 아름다운 눈은 촉촉해졌다. 그녀는 잊지 못할 것이다. 그 눈물을 닦는 손수건은 두 번 다시 만나지 않으려는 그 사람의 정표임을.

"네가 그렇게 까지 생각한다면 왜 스스로 가겠다고 한 거니? 그렇게 언제까지나 망설이고 있음 곤란하지 않겠니. 하루가 지나면 하루만큼 이야기가 진행되니 정말로 어떻게든 확실히 정해야 한다. 네가 싫어하는데 무리하게 시집보내려는 게 아니니 거절할거면 빨리 거절해야지. 그렇지만 지금 와서 거절해도……."

"알겠어요. 가긴 하겠지만 간이치 씨를 생각하면 전 비참해져서……."

간이치 일은 어머니도 마음이 개운치 않아 딸이 그 이름을 말할 때마다 지은 죄를 드러내는 기분이 들어 기뻐할 만한 좋은 혼담인데도 역시 마음을 열어 기뻐할 수 없었다. 어머니는 일부러 미야를 위로하려고 하였다. 이는 곧 자신의 위로이기도 하였다.

"아버지께 이야기를 듣고 간이치 군도 그것으로 납득하면 끝나는 일이고, 또 네가 그쪽으로 시집가서 앞으로도 간이치의 힘이 된다면 서로의 행복이니 그 점을 생각하면 간이치도……. 게다가 남자들은 단념이 빠르니 네가 걱정할 만한 일은 아닐 게다.

이대로 만나지 않고 가면 그건 오히려 네게 좋지 않으니 역시 만나서 잘 이야기하고 그리고 깨끗하게 헤어지렴. 앞으로도 형제로서 계속 왕래해야 되지 않겠니.

머지않아 오늘이나 내일 소식이 오면 상황을 알 수 있을 테니 그럼 돌아가서 서둘러 준비를 시작해야겠구나."

미야는 의자에 앉아 반은 듣고 반은 생각에 잠겨 듣는 둥 마는 둥 하며 무릎에 흩어져 내리는 꽃잎을 주워 자신의 입술을 대신하여 잘 게 씹었다. 휘파람새 소리 사이로 흐르는 물소리는 흐느껴 우는 듯이 멈추지 않았다.

미야는 무심히 얼굴을 들어 올리다가 조금 떨어진 나무 사이 그늘 에 남자가 한가로이 거니는 모습을 보았다. 그녀는 바로 시선을 멈춘 채 나무숲은 울타리처럼, 꽃은 장막처럼 가려진 틈새를 누비듯이 한 참 그 그림자를 쫓다가 마침내 누군가를 발견했다. 다급하게 어머니 에게 속삭였다. 그녀는 갑자기 의자에서 일어나 대여섯 걸음 나아가 자 상대방도 두 사람을 발견하고서 재빨리 그들을 불렀다.

"거기에 계셨습니까?"

그 목소리는 조용한 숲을 움직여 울렸다. 미야는 그 소리를 듣자마 자 두려운 기색으로 의자 끝에 움츠렸다.

"네, 조금 전에 방금 나왔습니다. 용케도 찾으셨군요."

어머니는 이렇게 인사하며 그를 맞이하러 일어났다. 미야는 그쪽 을 쳐다보지도 않고 그가 잰 걸음으로 다가오는 소리를 들었다.

모녀 앞에 나타난 젊은 신사는 누구인지 설명할 필요도 없었다. 그 는 눈부신 큰 다이아몬드 반지를 반짝였다. 녹색 사자 탈 모양의 옥 손잡이가 달린 상아처럼 윤이 나는 흰 지팡이를 손에 들고 그 끝으로 낮은 우듬지 꽃을 치고 또 쳐서 떨어뜨렸다.

"방금 외출 나가셨다 듣고 뒤쫓아왔습니다. 덥지 않으십니까?"

미야는 겨우 얼굴을 돌리고 정숙하게 일어나서 공손히 인사를 하였다. 다다쓰구는 매우 기쁜 눈으로 인사를 받으면서도 여전히 거만하고 거들먹거리는 것을 잊지 않았다. 그 팽팽한 턱과 비스듬히 다문 얇은 입술, 두드러진 금테 안경은 그의 거만함에 적지 않은 광채를 곁들임은 의심할 여지가 없었다.

"어머, 그러셨군요. 그거 죄송해서요. 날씨가 너무 좋아 슬슬 나와 봤습니다. 정말 오늘은 덥게 느껴질 정도네요. 자, 여기 앉으세요."

어머니는 의자를 털고 미야는 길을 비켜 옆에 우두커니 서 있었다.

"두 분도 앉으세요. 오늘 아침에 말입니다, 도쿄에서 편지로 급한 일이 있으니 즉시 돌아오라고 해서요. 이번에 제가 대단치는 않지만 회사를 세운답니다. 외국에 이쪽 칠기를 파는 회산데 작년부터 계획해서 마침내 이번 삼사 월쯤엔 어엿하게 완성될 겁니다. 그래서 지금 저도 상당히 바쁜 몸이죠, 어찌되었든 사장이니까요. 그래서 제가 가야만 해결되는 일이라 부르러 왔다는 겁니다. 그래서 내일 아침 출발해야 합니다."

"어머, 그건 급한 일이네요."

"두 분도 같이 출발하지 않으시겠습니까?"

그는 미야 얼굴을 힐끗 엿보았다. 미야가 말하려는 기색이 없자 또 어머니가 대답했다.

"네, 감사합니다."

"아니시면 좀 더 계시겠습니까? 여관에 계시기도 불편하시고 또 재미도 없지 않습니까? 내년쯤엔 별장이라도 하나 지어야겠습니다. 뭐, 별거 아닙니다. 대지를 넓게 잡아서 그 안에 운치 있는 시골집을 만드는 거죠. 먹을거리 등은 도쿄(東京)에서 주문하고, 그렇게 해야 사실 휴양 아닙니까? 집이 완성되고 나서 천천히 놀러 오십시오."

"아주 좋습니다."

"미야 씨는 뭐, 이런 시골의 조용한 곳을 좋아하시나요?"

미야는 미소를 머금은 채 아무 말이 없자 어머니는 옆에서,

"얘는 노는 일이라면 싫어하지 않죠."

"하하하하 누구나 그렇습니다. 그럼 앞으로 열심히 노십시오. 어차피 매일 일도 없으니 시골이든 도쿄든 교토(京都)든 좋아하는 곳에서 즐기는 겁니다. 배는 싫어하십니까? 하아, 배가 괜찮으면 다음에 중국에서 미국 쪽을 구경할 겸 여행가는 것도 재미있을 겁니다. 일본 국내는 유명한 유람지에서 아무리 호화롭게 논들 뻔하지 않습니까?

돌아가시면 언제 한 번 아카사카(赤坂) 별장으로 놀러 오십시오, 아셨죠? 매화가 좋습니다. 거긴 큰 매화 숲에 한 그루 한 그루 모두 종(種)이 다른 이백여 그루의 고목들입니다. 여기 매화는 모두 별롭니다! 이런 어린 야생 매화는 장작 같아서 정원에 심을 꽃이 아니죠. 이걸 아타미 매림(梅林)이라고 떠들어 대니 어처구니가 없군요. 꼭 저희 집 매화를 보여드리고 싶습니다. 하루 놀러 오십시오. 대접을 하겠습니다. 미야 씨는 무엇을 좋아하십니까, 네? 제일 좋아하는 것은요?"

그는 미야와 이야기하길 은근히 바랐으나 여전히 그녀는 말없이 부끄러운 듯 미소만 지었다.

"그럼, 언제 돌아가십니까? 내일 함께 출발하지 않으시겠습니까? 여기에 그리 오래 머물러야 할 사정이 있는 건 아니시죠? 그렇다면

함께 출발하시는 게 어떠십니까?"

"예, 감사합니다만, 좀 집에 사정이 있어서요. 이삼 일 내로 소식이 오기로 돼있어서 실은 그 소식을 기다렸다 돌아가려고요. 모처럼의 말씀입니다만."

"아하, 그럼 어쩔 수 없군요."

다다쓰구는 그 특유의 거만한 태도로 하늘을 노려보듯 올려다보고는 지팡이 사자머리를 어루만지며 잠시 궁리하였다. 하얀 비단 손수건을 유유히 꺼내어 한쪽 손으로 한번 휘이 흔들더니 코를 닦았다. 숨이 메일 정도로 바이올렛 향기가 널리 퍼졌다. 미야도 어머니도 그 자극적인 향기에 깜짝 놀랐다.

"아, 제가 지금부터 잠시 산책할까 합니다. 이리로 나가서 물결 따라 논 쪽으로 말입니다. 저도 잘은 모르지만 경치가 상당히 좋다더군요. 같이 가시면 거리가 꽤 있어 어머니께서는 힘드실 것 같습니다. 두 시간만 미야 씨를 빌려주십시오. 저 혼자 걸어도 무료해서요. 미야 씨는 위가 안 좋으니 산책이야말로 아주 좋은 약이지요. 지금부터 가 봅시다. 자아."

그는 지팡이를 다시 쥐고 벌써 일어나려 하였다.

"네. 고맙습니다. 미야, 모시고 다녀오렴."

미야가 주저하자 다다쓰구는 일부러 자리에서 일어났다.

"자 가 봅시다. 어어, 위에 좋은 약이랍니다. 그렇게 머뭇거리면 안 되죠."

갑자기 다가와 미야 어깨를 가볍게 두드렸다. 미야는 금세 얼굴을 붉히며 어떻게 할지 몰라 망설였다. 어머니 앞에서 조차 거리낌 없는 이 남자의 무례한 친숙함이 밉지는 않았으나 자신이 천박스럽게 느껴져 부끄러웠다.

형언할 수 없는 천진난만함이 몸에 스미어 퍼지는, 이 참을 수 없는 느낌은 무관계하게 다다쓰구 눈 속에 나타나서 혼자 불가사의한 웃음을 지었다. 이 귀엽고 사랑스럽고 아름다운 아가씨의 부드러운 손을 잡고 인적 드문 한적한 들길을 따라 담소를 나누면 얼마나 즐겁겠는가. 그는 이미 마음도 들떠 있었다.

"자, 가 봅시다. 어머니께서 허락도 해주셨으니 괜찮지 않겠습니까? 당신도 괜찮죠?"

어머니는 미야가 더욱 수줍어하자,

"다녀오렴, 어떠니?"

"어머니, '다녀오렴'이라고 말씀하시면 안 됩니다. '다녀와라'라고 명령을 내려주셔야죠."

미야도 어머니도 무심코 웃었다. 다다쓰구도 뒤질세라 따라 웃었다.

미야는 또 인기척을 느끼고 주위를 살폈는데 사람은 보이지 않고 구두 소리만 들렸다. 매화를 구경하는 사람인지 아니면 볼일이 있는지 바삐 발을 내딛는 소리였다.

"그럼 함께 다녀와라."

"자, 갑시다. 바로 저기까지만 말입니다."

미야는 작은 목소리로,

"어머니도 함께 가셔요."

“나 말이니? 아니다. 자, 다녀오너라.”

어머니를 모시고 가면 운치도 전혀 없을뿐더러 좀 묘하겠다 싶었던 다다쓰구는 이것만큼은 막으려했다.

“아니, 어머니께는 오히려 폐입니다. 길이 좋지 않아 어머니께서는 힘드실 겁니다. 사실 어머니께 무리하게 권하지 못하는 이유도 그래서입니다. 뭐 멀리 가는 것도 아니니 어머니가 함께 안 가셔도 괜찮지 않겠습니까, 그렇죠?. 제가 모처럼 생각했으니 잠깐 저기까지만이라도 함께 해 주십시오. 당신이 싫다하면 바로 돌아올 겁니다. 거긴 경치가 상당히 좋다니까요. 뭐 저한테 속는 셈치고 가보시죠, 어서요.”

이 때 바삐 들렸던 발소리는 멈췄다. 그 사람은 떠난 것이 아니라 칠, 팔 간(間)(1간=1.818182m) 떨어진 나무그늘 저편에 발걸음을 멈추고 살며시 엿보고 있었다. 그러나 세 사람 중 어느 누구도 이를 알지 못했다. 멈춰 선 사람은 고등중학 제복위에 짙은 갈색 외투를 입고 어깨에 낡은 상피(象皮)가죽 학교가방을 메었다. 그는 바로 간이치가 아니던가.

또 다시 구두소리가 높이 울렸다. 그가 갑작스레 다가오는 모습에 놀라 세 사람은 비로소 소리 나는 쪽을 언뜻 보았다.

꽃이 흩날리는 사이로 걸어오며 간이치는 모자를 벗었다.

“아주머니, 저 왔습니다.”

모녀는 너무 놀라 거의 실성한 것 같았다. 모친은 사물을 볼 힘도 없이 완전히 기가 막힌 눈을 공허하게 휘둥댄 채 잠시 돌처럼 움직이지 않았다. 미야는 살아있느니 바로 사라져 차라리 흙이 돼버리는 게 마음 편하겠다며 그 희읍스레한 입술을 물어 찢을 듯이 깨물고 또 깨물었다. 생각컨대 그녀들의 경악과 공포는 자신이 죽인 사람이 뜻밖에도 살아 돌아와 맞닥뜨린 그런 느낌이었을 것이다. 마음이 싱숭생숭한 어머니는 잠꼬대처럼 말을 꺼냈다.

"어, 왔나."

미야는 조금이라도 자신의 모습이 그의 눈에 닿지 않도록 기원하듯이 나무그늘에 몸을 기울여 가빠지는 호흡을 다른 사람에게 들리지 않게 손수건으로 입가를 막았다. 보기 괴로우나 보지 않아도 고통스러운 간이치 얼굴을 숙인 이마너머로 살피고 게다가 다다쓰구의 기색까지도 신경을 썼다.

다다쓰구는 그녀들 마음에 그 정도의 대파란이 일어난 것을 모르고 전해들은 적 있는 시기사와 식객이라 여겼다. 그는 다이아몬드 손을 보란 듯이 지팡이를 세운 채 자랑스럽게 나무 끝을 향해 턱을 치켜 올렸다. 간이치는 이번 일도 또 그가 다다쓰구임도 알고 있었다. 이미 이 곳 상황을 모르진 않지만 할 말은 후에 단단히 이르고 지금은 잠시 내색도 하지 말자며 찢어질 듯이 원통한 마음을 간신히 진정시키고 고통스런 미소를 띠었다.

"미야 씨 병은 어떻습니까?"

미야는 견디기 힘들어 몰래 손수건을 깨물었다.

"아아, 많이 좋아져서 이, 삼 일 내로 곧 돌아가려 했네. 자네 잘 왔군, 학교는?"

"교실 공사가 있어 오늘 오후부터 모레까지 휴교입니다."

"아, 그런가."

다다쓰구와 간이치를 좌우로 감당해야 하는 어머니의 절체절명의 모습은 잘못하여 들판의 오래된 우물에 떨어져 가라앉지도 위로 떠오르지도 못하고 생명줄이라고 간신히 매달린 풀뿌리를 쥐가 와서 갉아먹는 형국이었다. 어떻게 해야 할지 혹은 두렵고 혹은 망설여졌으나 결국은 피할 수 없는 일이니 그녀는 간신히 마음을 정했다.

"외람된 말씀입니다만, 마침 집에서 사람이 와서 저희들은 이제 숙소로 돌아가겠습니다. 언제 나중에 찾아뵈러 가겠습니다만……."

"아아, 그럼 내일 아침은 함께 돌아갈 수 있겠군요."

"네, 이야기 모양새로는 그럴지도 모르겠습니다만 일단 나중에 꼭 찾아뵙고,……."

"그렇군요. 그럼 유감스럽습니다만 저도 산책은 그만둬야겠군요. 산책은 그만두고 이제 돌아가겠습니다. 가서 기다리겠으니 나중에 꼭 오십시오. 괜찮겠습니까, 미야 씨? 그럼 나중에 꼭 오세요. 오늘은 정말 유감이군요."

그는 가려다가 다시 미야 곁으로 다가와서,

"당신, 이따가 꼭 오세요, 아셨죠?"

간이치는 눈도 깜작이지 않고 보고 있었다. 미야는 난처하여 그에게 목례조차도 못했다. 여자의 수줍은 마음이라고만 생각한 다다쓰구는 더 가까이 다가와 응석부리듯이 부드럽게 말했다.

"괜찮으시죠? 안 오시면 안 됩니다. 저 기다립니다."

간이치는 불타오르는 눈빛으로 미야 옆모습을 노려보았다. 그녀는 두려워 곁눈질도 못하고 분명히 간이치가 자신을 노려보리라 마음을 졸이면서도 여전히 다다쓰구가 어떤 말을 꺼낼지 몰라 어쨌든 그 상황을 얼버무렸다. 모녀를 위해서는 얼마나 다행스러운가. 그는 간이치에게 한 점 의심도 품지 않고 그저 어디까지나 사랑스런 미야에게 마음을 두고 갔다.

그 뒷모습을 뚫어지듯 주시하는 간이치는 넋을 잃고 잠시 멈춰 섰다. 두 사람은 그 마음을 헤아릴 수 없어 말도 꺼내지 못하고 숨죽인 채 소란스런 여울물 소리를 공허하게 들을 뿐이었다.

이윽고 두 사람을 향한 간이치는 핏기 잃은 심상치 않은 얼굴로 웃으려 해도 웃을 수 없는 희미한 미소를 흘렸다.

"미야, 방금 저 녀석은 지난번 화투모임에 왔던 그 다이아몬드군."

미야는 고개를 숙인 채 입술을 깨물었다. 어머니는 못 들은 척 때마침 휘파람새 소리가 들려오는 나무사이를 살폈다. 간이치는 이 모습을 보고 더욱 비웃었다.

"밤에 볼 땐 그 정돈 아니더니 낮에 보니 정말로 역겨운 놈이군. 그리고 뭐야, 저 시건방진 낯짝은!"

"간이치." 어머니는 갑자기 말을 걸었다.

"예."

"자네 아버지께 얘긴 들었겠지? 이번 일."

"예."

"아, 그렇다면 됐네. 헌데 평소 자네답지 않게 그렇게 남 험담을 하는 건 아닐세."

"예."

"자, 이제 돌아가지. 자네도 피곤할 테니 온천이라도 하고. 참 아직 점심 전이겠군."

"아닙니다. 기차에서 초밥을 먹었습니다."

세 사람은 함께 걷기 시작했다. 간이치는 자신의 외투어깨를 누군가 털어주자 뒤돌아다보았다. 그 때 미야 얼굴과 딱 마주쳤다.

"거기에 꽃이 붙어서요."

"그거 고맙군!!!"

제 8 장

어슴푸레 안개 낀 하늘과 달빛은 향기를 떨어뜨리고 희미한 흰 바다는 아득히 멀어 그 끝을 알 수 없는 천진난만한 꿈을 깔아놓은 것 같았다. 밀려왔다 밀려가는 파도소리도 졸린 듯이 느려지고 불어오는 바람은 사람을 도취시키려 한다. 이 해변을 함께 거니는 간이치와 미야였다.

"난 그저 가슴이 터질 것 같아 아무 말도 할 수 없군."

대여섯 걸음을 걷고서 마침내 미야는 입을 열었다.

"용서해주세요."

"특별히 이제 와서 사과할 건 없어. 도대체 이번 일은 아저씨, 아주머니 생각에서 나온 건지 아니면 당신도 동의한 건지, 그것만 들으면 되니까."

"……"

"여기에 올 때까진 그래도 난 완전히 믿었지. 당신만큼은 그런 생각을 할 리 없다고. 실은 믿고 안 믿고도 없어. 부부사이에 뻔한 이야기이니.

어젯밤 아저씨께 자세히 이야기를 듣고 게다가 부탁한다는 말씀까지 하시더군."

머금은 눈물에 그의 목소리는 떨렸다.

"큰 은혜를 입은 아저씨, 아주머니 일이니 부탁하신 이상, 난 물불 속이라도 뛰어들어야만 하지. 물론 아저씨, 아주머니 부탁이라면 난 물속이든 불속이든 뛰어들거라고. 물불이라면 뛰어들겠는데 이 일만큼은 나도 들어드릴 수가 없군. 물불속으로 뛰어들라는 것보다도 더한, 너무나도 무리한 부탁이 아닌가. 나는 죄송하지만 아저씨가 원망스럽군.

그리고 내게도 할 말이 있을 테니 이 부탁을 들어주면 유학을 보내주신다더군. 아……아……아무리 간이치가 비럭질 무사집안 고아여도 아내를 판 돈으로 유학이라니!"

간이치는 벋디디어 서서 바다를 향해 울었다. 미야는 이때 비로소 그에게 다가가 걱정스럽게 그의 얼굴을 들여다보았다.

"용서해 주세요. 모두 제가……부디 용서해주세요."

간이치 손에 매달려 바로 그의 어깨에 얼굴을 파묻는가 싶더니 그녀도 울었다. 파도는 일렁이며 멀리 흐려지고 달은 어슴푸레 만(湾) 일대의 잔모래를 비추었다. 희읍스레한 하늘과 물가 속에 하염없이 서있는 두 사람 모습은 먹물이 방울져 떨어진 듯한 그림자를 만들었다.

"그래서 나는 생각한 거지. 이건 한편으론 아저씨가 나를 설득하고, 아주머니는 당신을 설득하려고 억지로 여기로 데리고 온 게 틀림없다고. 아저씨, 아주머니 부탁이기에 난 거절할 수 없는 처지니 '예예' 하고 들었지만 미야는 얼마든지 고집부려도 되잖아. 어떻게든 당신만 싫다고 끝까지 우기면 이 혼담은 그걸로 깨지는 거야. 내가 곁에 있으면 잔꾀로 방해할테니 멀리 데리고 나와 억지로, 억지로 설득시킬 계획이구나. 아아 걱정되고 또 걱정돼서 난 어제 밤새 한 숨도 못 잤다고. 그런 일은 만에 하나라도 없겠지만 이런저런 얘기를 듣고 사정상 싫다 못하고 만약 승낙이라도 하면 큰일이다 싶어 아저씨껜 학교에 가는 척 하고 일부러 찾아 온 거야.

바보 같은, 바보 같으니라고! 간이치만큼 어리석은 바보가 이 세상 어디에 있겠는가!! 난 내가 이렇게나 어리석은 바보라는 것을 스물다섯인 오늘날까지도 모……모……몰랐다."

미야는 슬픔과 두려움에 휩싸여 작은 소리까지 내며 울었다.

분노를 억누르는 간이치의 호흡은 점점 더 거칠어졌다.

"미야, 당신은 나를 잘도 속였군."

미야는 자기도 모르게 몸이 부들부들 떨렸다.

"아프다고 이쪽에 온 건 도미야마를 만나기 위해서였군."

"아니, 그것만은……."

"아니, 그것만은?"

"억측이 너무 지나쳐요. 너무 심해요. 아무리 그래도 그렇게 심한 말을."

마냥 울어대는 미야를 곁눈질 하며,

"당신도 심한 줄 아는 건가, 미야? 이 정도가 심하다고 울면 완전히 바보가 된 간이치는……간이치는……간이치는 피눈물을 흘려도 모자라겠군.

당신이 승낙하지 않았다면 여기 오면서 말 한마디도 안 할 순 없는 법이야. 갑자기 나오느라 그럴 여유가 없었다면 나중에라도 편지를 건네면 되지 않나. 몰래 집을 빠져 나갔을 뿐만 아니라 아무런 소식도 전하지 않은 건 처음부터 도미야마와 만날 계획이었던 거지. 아님 함께 온 건지도 모르겠군. 미야, 당신은 간부(奸婦)다. 간통한 것과 마찬가지다."

"그런 심한 말을. 간이치 씨, 너무하네요, 너무해요."

그녀는 정신을 잃을 정도로 쓰러져 울며 다가오자 간이치는 거리낌 없이 밀쳐냈다.

"정조를 버렸으면 간부가 아니던가."

"제가 언제 정조를 버렸나요?"

"아무리 바보 천치인 간이치라도 자기 부인이 정조를 버리는 걸 곁에서 보고 있겠는가! 간이치라는 버젓한 남편이 있는데 그 남편을 몰래 따돌리고 다른 남자와 온천에 왔다면 이것이 간통의 증거가 아니고 무엇이겠는가."

"그렇게 말하면 전 무슨 말도 할 순 없지만 도미야마 씨와 약속해서 만났다는 건, 그건 정말 간이치 씨 억측이에요. 우리들이 여기에 온 소식을 듣고 도미야마 씨가 나중에 찾아 온 거예요."

"어째서 도미야마가 나중에 찾아 온 거지?"

미야는 그 입술에 못이 박힌 것처럼 다시 말을 꺼낼 수 없었다. 간이치는 이렇게 힐책하는 동안 그녀가 반드시 잘못을 후회하고 사죄하며 그 몸은 물론 목숨까지도 틀림없이 자신이 원하는 대로 맹세하리라 믿었다. 설령 믿을 순 없다 해도 마음속으로 은근히 바랐다. 그런데 어찌된 것인가. 그녀는 조금도 그런 기색이 보이지 않고 끌어당겨도 울타리에서 떨어지지 않는 나팔꽃처럼 한결같은 변심을 간이치는 좀처럼 믿을 수 없어 질려버리고 말았다.

미야는 나를 버렸다. 나는 내 아내를 다른 남자에게 빼앗겼다. 내 목숨과도 바꿀 만큼 가장 사랑한 사람은 나를 쓰레기처럼 증오하는구나. 원한은 그의 뼈에 사무치고 분노는 그의 가슴을 세차게 찢어 자신도 세상도 다 잃어버린 간이치는 간부의 육체를 씹어 먹어 이 끓어오르는 분노를 가시려 했다. 갑자기 그는 머리가 터질 것 같은 고통을 견디지 못하고 엉덩방아를 찧으며 쓰러졌다.

미야는 보자마자 놀랄 새도 없이 그와 함께 모래투성이가 되어 힘껏 껴안았다. 그의 감긴 눈에서 흐트러져 떨어지는 눈물에 잠긴 잿빛 뺨 위를 달빛은 구슬프게 떠돌고, 막힌 숨결은 격하게 요동치는 가슴의 울림을 전했다. 미야는 그의 뒤에서 매달려 끌어안아 흔들며 전율하는 목소리를 높이니 그 소리는 더욱 떨렸다.

"왜 그래요, 간이치 씨. 어떻게 된 거예요!"

간이치는 힘없이 미야 손을 잡았다. 미야는 눈물로 얼룩진 남자 얼굴을 매우 정성스럽게 닦았다.

"아아, 미야, 이렇게 둘이 함께하는 것도 오늘 밤뿐이군. 당신이 나를 보살펴 주는 것도 오늘 밤뿐. 내가 당신에게 말 하는 것도 오늘 밤뿐이군. 일월 십칠 일. 미야, 똑똑히 기억해둬. 내년 정월 오늘 이 밤, 간이치는 어디서 이 달을 볼 것인지! 내후년 정월 이 밤……십년 후 오늘 밤……일생동안 나는 정월 이 밤을 잊지 않고 아니 잊을 것인가. 죽어도 나는 잊지 않는다! 알겠나, 미야. 일월 십칠 일이다. 내년 일월 이 밤이 되면 내 눈물로 반드시 저 달을 흐리게 할 테니. 달이……달이……달이……흐려지면 간이치는 어딘가에서 미야 당신을 원망하며 오늘밤처럼 울고 있다고 생각하게."

미야는 으스러지듯 간이치에게 매달려서 미친 듯이 오열하였다.

"그런 슬픈 얘기 말고 네, 간이치 씨. 물론 화도 나겠지만 저도 생각이 있으니 부디 용서하고 조금만 참아주세요. 저는 가슴속에 하고 싶은 말이 많아요. 하지만 너무 힘든 이야기뿐이어서 입 밖으로 내진 못하지만, 단 한마디, 전 당신을 잊지 않아요. 저는 평생 잊지 않을 거예요."

"듣기 싫어! 잊지 않는다며 어째서 버리는 거지?"

"그러니까 저는 결코 버리지 않아요."

"뭐라고, 버리지 않는다고? 버리지 않겠다는 사람이 시집을 가는 건가. 어처구니없군! 두 남편을 섬기겠다는 게야?"

"그러니까 제게 생각이 있으니 조금만 참고 그걸, 제 마음을 봐 주세요. 저는 꼭 당신을 잊지 않는다는 증거를 보일 게요."

"아니, 당황해서 쓸데없는 말 하지 말라고. 먹을거리가 없어 몸을 팔아야만 하는 것도 아니고, 무엇을 고심하여 시집가는 거지? 집에는 칠천 엔이나 되는 재산이 있고 더군다나 당신은 그 집 외동딸이 아닌가. 게다가 이미 신랑까지 정해졌고, 그 신랑도 사오 년 후엔 학사가 되고 앞으로 장래성도 있는데. 더구나 당신은 그 신랑을 평생 잊지 않을 만큼 사모한다고. 그런데 무엇이 부족하여 무리해서 시집을 가야만 하지? 천하에 이렇게 이유모를 이야기가 있나. 아무리 생각해도 그럴 필요가 없는데 무리하게 궁리하여 시집을 가려니 분명 무슨 사정이 있어야만 한다고.

내가 신랑으로 부족한 건가. 아니면 부자와 연을 맺고 싶은 건가. 주된 이유는 결코 이 두 가지 외에는 있을 수 없다. 말해. 배려 따윈 필요 없으니. 자, 자, 미야, 가릴 거 없어. 일단 남편으로 정해진 사람을 떨쳐버릴 정도로 배려 없는 자가 이런 일에 겸손도 뭣도 필요하겠는가."

"제가 잘못한 거니까 용서해주세요."

"그럼 신랑이 부족한 거군."

"간이치 씨, 그건 너무해요. 그렇게 의심하면 저는 어떤 일이라도 해서 증거를 보일 거예요."

"신랑에게 부족함은 없다? 그럼 도미야마 재산인가? 그렇다면 이 결혼은 욕심때문이군. 나와의 파혼도 욕심 때문이고. 그래서 당신도 이 결혼을 승낙한 게군, 그렇지? 아저씨, 아주머니에 쫓겨 어쩔 수 없이 당신도 승낙했다면 내 생각으로 혼담을 깨는 방법은 얼마든지 있어. 나 혼자 나쁜 사람이 되면 아저씨, 아주머니를 비롯해 당신에게도 폐가 되지 않고 혼담을 깨버릴 수도 있다고. 그러니 당신 심정을 들으면 방법이 있으니 당신도 해볼 생각은 있는 건가?"

간이치의 눈동자는 그 전신의 힘을 모아 고민하는 미야 얼굴을 날카롭게 주시하였다. 다섯 보, 일곱 보, 열 보를 가도 그녀는 대답이 없었다. 간이치는 하늘을 올려다보며 탄식하였다.

"됐어, 이제 됐어. 당신 마음은 잘 알았다고."

이제 더 이상 말해도 소용없으니 다시는 입을 열지 않으리라. 그는 어지러운 마음을 가라앉히기 위해 일부러 눈을 떼어 바다를 바라보았다. 이내 참을 수 없어 다시 말하려 뒤돌아보니 미야는 옆에 없고 육, 칠 간(間) 뒤 물가에 얼굴을 파묻고 울고 있었다.

괴로워하는 모습이 달빛에 비치고 바람에 흩날려 가련하게도 사라질 듯 서성이는 곳으로, 끝없는 바다 저편에서 하얗게 부서져 밀려오는 파도. 그 아름답고 가여운 풍경에 간이치는 분노도 원망도 잊고 잠시 그림을 보는 것 같았다. 더욱이 이 아름다운 사람도 이제는 내 사람이 아니라니 꿈이 아닐까하고도 의아해 하였다.

"꿈이다 꿈이야. 긴 꿈을 꾼 거다!"

그는 고개를 숙이고 발길 닿는 대로 물가로 걸어 나가자 울부짖으며 걸어오는 미야와 서로 모르고 마주쳤다.

"미야, 뭣 때문에 우는 거지? 당신은 울 일이 전혀 없지 않은가? 거짓 눈물!"

"결국 그래요."

그 소리는 거의 알아들을 수 없을 정도로 눈물에 묻혔다.

"미야, 당신만은 그런 마음이 없을 거라고 난 내 자신만큼이나 믿었는데, 그럼 역시 당신 마음은 욕심이군. 재산인거군. 아무리 그래도 너무나도 무정하군. 미야, 당신은 그런 자신이 싫지 않던가?

대단한 출세를 하고 필시 호사도 누릴 수 있고 당신은 그것으로 좋겠지. 하지만 돈에 버려진 내 처지가 되면 원통하다 할까, 분하다고 할까. 미야, 난 당신을 찔러 죽이고, 놀랄 거 없어! 차라리 죽고 싶군. 그것을 참고 당신을 다른 남자에게 빼앗기는 걸 손 놓고 보는 내 심정은 어떨 것 같아, 어떨 것 같냐고!

본인만 좋으면 다른 이는 어떻게 되든 상관없는 건가. 대체 간이치는 당신의 무엇이지? 뭐라고 생각하는 거야? 시기사와 가(家)엔 성가신 식객이더라도 당신을 위해서는 남편이 아닌가. 난 당신 첩이었던 기억은 없다고. 미야, 당신은 간이치를 노리개로 생각했군. 평소 당신 행동이 서먹서먹하단 생각도 일리가 있었어. 처음부터 나를 한 때의 노리개로 여겼을 뿐 진정한 사랑은 없던거지. 그것도 모르고 난 내 자신보다도 당신을 사랑했지. 당신 외엔 어떤 즐거움도 없을 정도로 당신을 사모하였지. 그렇게까지 사모하는 간이치를, 미야, 당신은 어떻게든 버릴 생각인가?

물론 재력은 도미야마와 비교도 안 되지. 그 녀석은 굴지의 재산가, 나는 본디 일개 서생이니. 하지만 미야 잘 생각해봐. 인간의 행복만큼은 결코 돈으로 살 수 있는 것이 아니야. 행복과 돈은 완전히 다른 거라고. 인간 행복의 제일은 집안의 평화지. 집안의 평화는 무엇인가? 바로 부부가 서로 깊이 사랑하는 그 외엔 아무것도 없는 거라고. 당신을 깊이 사랑하는 마음은 도미야마 따위가 백 명 모인들 내 사랑의 십 분의 일에라도 미치겠는가. 도미야마가 재산을 자랑한다면 나는 그들이 꿈 꿀 수도 없는 이 사랑으로 겨뤄 보이겠다. 부부의 행복은 전적으로 이 사랑의 힘, 사랑이 없다면 이미 부부가 아닌 것을.

이 몸을 바쳐 당신을 사모할 정도의 애정을 지닌 간이치를 버리고 부부간의 행복에 아무 도움도 안 되는 아니 오히려 해가 되기 쉬운 그 재산을 바라고 결혼하려하다니. 미야, 무슨 마음인거지.

무릇 돈이란 사람 마음을 현혹하여 지자(智者)나 학자, 호걸 같은 천만인보다 출중하고 훌륭하고 훌륭한 남자조차 돈을 위해서는 꽤 추한 일도 마다치 않지. 그걸 생각하면 당신의 갑작스런 변심도 어찌 보면 무리는 아니겠군. 그러니 난 책망은 하지 않겠어. 단 다시 한 번, 미야, 잘 생각해 보게. 그 재산이, 도미야마 재산이 당신 부부사이에 얼마만큼 효력이 있는가를.

참새가 먹는 쌀은 겨우 열이나 스무 톨이지. 한 섬을 둔들 한 번에 한 섬을 먹을 수 있는 게 아니야. 나는 시기사와 재산을 물려받지 않아도 쌀 열, 아니 스무 톨이 없어 당신을 굶길 만큼 그런 무기력한 남자도 아니라고. 만약 잘못하여 그 열이나 스무 톨을 마련하지 못했다면 내가 굶더라도 결코 당신을 굶주리게 하지는 않을 거라고. 미야, 나는 이……이토록 당신을 생각한다!"

간이치는 떨어지는 눈물을 훔치며,

"당신이 도미야마에게 시집가면 아마도 넉넉한 생활은 물론 부귀영화와 안락함도 누리겠지. 하지만 그 재산은 결코 며느리를 위해 마련된 돈이 아님을 당신도 알아야 될 거야. 애정 없는 부부 사이에 풍요로운 생활이 무엇이겠는가! 부귀영화가 무슨 소용이겠는가! 세상에는 근심어린 창백한 얼굴로 마차를 타고 밤 연회에 초대되어 가는 여인이 있는가 하면, 자신의 처자를 손수 인력거에 태워 꽃구경 가는 차부(車夫)도 있다. 도미야마로 시집가면 집안사람도 또 드나드는 사람도 많을 것이다. 따라서 마음 쓸 일도 고생도 이만저만이 아닐 거고. 그 집안에 들어가서 마음을 다치면서 사랑하지도 않는 남편을 두고 당신은 무슨 낙으로 살겠다는 건가. 그렇게 애쓰면 그 재산이 마침내 당신 것이 되는 겐가. 도미야마 부인이라 하면 훌륭할지도 모르겠으나 먹는 바는 참새의 열이나 스무 톨에 지나지 않을 텐데. 가령 그 재산이 당신의 자유가 된들 여자 몸으로 몇십만이 넘는 돈을 어찌 하겠는가. 몇십만의 돈을 여자 몸으로 흥겹게 쓸 수 있겠는가. 참새에게 쌀한 섬을 한 번에 먹으라는 게 아니겠는가. 남자를 두지 않고는 여자의 지위가 서지 않는다면 일생의 고락을 타인에 의존하는 것이니 여자의 보배라 함은 그 남편이 아니겠는가. 몇백만 엔의 재산이 있다한들 그 남편이 보배로 삼기에 부족하다면 여자의 허전함은 인력거를 타고 꽃구경 가는 차부 아내와 비할 바가 되겠는가. 듣자니 그 도미야마 부친은 집에 두 명 말고도 세 명이나 더 첩을 두었다더군. 돈 있는 자는 대부분 그런 행동을 하고 부인은 그저 침실 장식품으로 여기지. 소위 버려지는 거라고. 버려지고도 그 사랑받는 첩보다 책임도 고생도 많아 괴롭기만 할뿐 즐거움은 없지. 당신이 시집가는 도미야마 역시, 물론 원해서 당신을 맞이하니 한동안은 꽤 사랑도 하겠지만 그 사랑이 오래 계속되겠는가. 재산이 있으니 마음 내키는 짓도 할 수 있고, 다른 즐거움에 변심하여 머지않아 그 사랑이 식어버릴 게 뻔하지. 그 때가 되서 당신 심정을 생각해 보라고. 그 도미야마 재산이 그 괴로움을 덜어주겠는가. 많은 재산만 있으면 당신은 남편에게 버려져 침실 장식품이 되어도 그것으로 즐겁겠는가? 만족하겠는가?

내가 다른 남자에게 당신을 뺏기는 원통함은 말할 것도 없지만 삼년 후 당신의 후회가 눈에 선해 변심한 미운 당신이지만 역시 가여워 견딜 수 없어 진실로 말하는 거다.

당신이 나에게 싫증이 나고 도미야마에게 반해 시집을 간다면 나는 미련이 남아도 아무 말도 하지 않겠지만 미야, 당신은 그저 부잣집이라는 것에만 미혹된 거야. 그건 잘못된, 그건 정말로 잘못된 거라고. 애정 없는 결혼은 결국 누구나 후회하지. 오늘 밤 바로 여기에서 당신 분별(分別) 하나로 당신 일생의 고락(苦樂)이 정해지니, 미야, 당신도 자신을 소중히 여기고 또 간이치도 측은하게 생각한다면 부탁하오! 부탁이니 다시 한 번 신중히 생각해보지 않겠는가.

칠천 엔의 재산과 학사 간이치만으로 우리 두 사람의 행복을 지키기엔 충분하지. 지금도 우리는 충분히 행복하지 않은가. 남자인 나도 당신만 있으면 도미야마 재산 따위 부럽다 생각지 않거늘, 미야, 당신은 어찌된 거지! 나를 잊은 건가, 나를 사랑하지 않는 건가.”

그는 위태로운 고비를 구하려는 듯이 미야에게 꼭 매달려 흘러넘치는 눈물을 향기 넘치는 옷깃 언저리에 흩뿌리며 마른 갈댓잎이 바람에 시달리듯 몸을 전율하였다. 미야도 떨어지지 않으려고 꼭 껴안고 함께 떨면서 간이치 팔꿈치에 매달려 흐느껴 울었다.

"아아, 나는 어찌하면 좋을지! 만일 제가 저쪽으로 간다면 간이치 씨는 어떻게 하나요, 그걸 말해 주세요."

간이치는 나무를 쪼개듯이 미야를 뿌리쳤다.

"그렇다면 당신은 정말로 시집을 갈 생각이군! 지금까지 이렇게 말했는데도 들어 주지 않는군. 에이, 정신 썩어빠진 년! 간부(姦婦)!"

그 목소리와 함께 간이치는 다리를 들어 미야 옆구리를 탁 걷어찼다. 땅이 울리며 미야는 옆으로 굴렀으나 좀처럼 소리도 내지 못하고 그 고통을 참으며 그대로 모래 위에 엎드린 채 울었다. 간이치는 맹수라도 때려눕힌 것처럼 움직이지도 못하고 힘없이 쓰러져 있는 미야 모습을 더욱 증오하듯 주시하였다.

"미야, 넌, 넌 간부(姦婦)야! 네가 변심한 탓으로 간이치라는 한 남자는 실망한 나머지 미쳐서 소중한 일생을 그르치고 말았다. 학문도 무엇도 이제 중지다. 이 원한 때문에 간이치는 악마가 되어 너 같은 축생의 육체를 먹어 줄 각오다. 도미야마의 영……영……영부인! 이제 평생 만나지 않을 테니 그 얼굴을 들어 아직은 반듯한 우리 간이치 얼굴을 잘 봐 두어라. 긴긴 세월 은혜를 베풀어 주신 아저씨, 아주머니께는 한 번이라도 뵙고 일일이 감사를 드려야만 하나 곡절이 있어 이대로 긴 작별을 고하니 아무쪼록 건강하시고 편안하시기를…… 미야, 당신이 그렇게 잘 말해 주게. 만약 간이치는 어떻게 되었냐고 물으시면 그 바보천치는 정월 십칠 일 밤에 실성하여 아타미 해변가에서 행방을 알 수 없게 되었다고⋯⋯."

미야는 그 자리에서 벌떡 일어서려다 아픈 다리 때문에 애쓴 보람도 없이 맥없이 쓰러졌다. 가까스로 기어서 간이치 다리에 매달려 소리와 눈물이 다투듯이,

"간이치 씨, 기⋯⋯기⋯⋯기다려 주세요. 당신 이제 어⋯⋯어디로 가나요?"

과연 간이치는 놀랐다. 풀어헤쳐진 옷 사이로 수줍게 드러난 미야의 하얀 무릎은 피로 물들고 떨고 있었다.

"어이, 다쳤는가?"

다가서려 하자 미야는 잡고서,

"아니, 이런 건 상관없으니 당신 어디로 가는 거예요? 할 이야기가 있으니 오늘 밤은 같이 돌아가요. 제발, 간이치 씨, 제발이에요."

"할 이야기가 있으면 여기서 듣지."

"전 여기서는 싫어요."

"에이, 무슨 할 말이 있겠는가. 자 어서 놓지 못해!"

"놓지 않을 거예요, 난."

"놔! 놓지 않으면 차 버리겠어."

"차여도 괜찮아요."

간이치는 있는 힘껏 세게 쳐 내자 미야는 무참히 내뒹굴었다.

"간이치 씨."

간이치는 이미 몇 자(1자=30.30303cm)를 급히 갔다. 미야는 보자마자

필사적으로 일어나 아픈 다리로 몇 번인가 쓰러지려 하면서도 뒤를
쫓았다.

"간이치 씨, 그럼 더 이상 잡지 않을 테니, 다시 한 번, 다시 한
번……못 다한 말이 있어요."

결국 쓰러진 미야는 다시 일어날 힘을 잃고서 그저 목소리에 의지
하여 그의 이름을 부를 뿐이었다. 차츰 희미해지는 간이치의 그림자
가 언덕을 쏜살같이 오르는 것이 보였다. 미야는 몸부림치며 더욱 불
러댔다. 드디어 그 검은 그림자가 언덕 정상에 서서 이쪽을 주시하는
듯하자 미야는 목청껏 불렀고 남자 목소리도 아득히 들려왔다.

"미야!"

"아, 아, 아, 간이치 씨!"

목을 빼고 눈을 크게 뜨고 둘러보아도 소리가 들린 뒤로는 검은 그
림자가 지워진 듯 없어지고 그인가 싶었던 나무숲은 쓸쓸하게 움직
이지 않았다. 파도는 슬픈 소리를 모으고 일월 십칠 일 밤의 달은 하
얗게 수심에 잠겼다.

미야는 그리운 간이치의 이름을 또 다시 불렀다.

중편

제1장

신바시(新橋)역 대(大) 시계는 네 시를 지난 지 이 분여. 도카이도(東海道)행 열차는 이미 객차 문을 닫고 삼십여 량의 기관차는 연기를 내뿜으며 꾸불꾸불 줄지어 가로놓였다. 곧게 받은 가을 석양에 차창 유리는 이글거리듯 붉게 빛났다. 역부(驛夫)는 우왕좌왕 분주하게 큰 소리로 '빨리빨리' 외쳐대도 유럽 노인은 이에 아랑곳 하지 않고 큰 걸음으로 걸어갔다. 그는 맥주 통을 훔친 것처럼 배를 쑥 내밀고, 살구색 옷에 손잡이에 오렌지색 리본을 단 일본 그림의 양산을 겨드랑이에 낀 열일곱, 여덟 정도의 아가씨와 자신이 탈 열차인양하면서도 서두르는 기색이 없었다. 그 뒤에 샅샅이 뒤지는 예리한 눈초리로 늦지 않으려 흐트러진 차림새로 달려오는 여자는 커다란 보자기와 네 살쯤 되는 아이를 업고서 모든 문이 다 닫히자 허둥대다 차장에게 이끌려 겨우 안도하였다. 그것도 잠시, 쉰 가량의 노인은 퍼런 콧물을 흘리는 여자아이를 데리고 갈팡지팡 한 끝에 역부에게 이끌려 객실 안으로 밀어 넣어졌다. 아무 잘못도 없이 소맷자락이 문에 끼자 '여보세요' 하며 도움을 청하는 등, 아직 도읍을 떠나지도 않았는데 벌써 여행의 애환을 보는 것 같았다.

다섯 명의 젊은 신사들은 이등실 한 쪽 구석에 둘러앉았고 그 중 여행다운 수하물을 지닌 사람은 한 명이고 다른 이들은 모두 요코하마(橫浜)까지로 보이는 옷차림이었다. 가문을 넣은 겹 하오리를 입은 이도, 서지(serge:모직물의 일종) 신사복을 입은 이도 있었다. 하카마(겉에 입는 주름이 잡혀 있는 아래옷)를 입은 사람이 한 명, 오시마(大島) 산(産) 명주로 지은 긴 하오리를 입은 이와 마주보이는 사람은 프록코트(frock coat)를 입고 대기실에서 전별(餞別)로 받은 병과 상자 등을 그물선반위에 정리하고는 손을 비벼 털었다. 찾는 것이 있는 듯이 창밖으로 얼굴을 내밀어 정거장 쪽을 멀리 바라보다가 이윽고 쪽빛으로 개인 하늘을 올려다보았다.

"이상하게 날씨가 좋네. 그렇지? 이런 상태라면 괜찮겠는 걸."

"오늘 밤 비가 와도 그 나름대로 재미지. 그렇지? 아마카스(甘糟)?"

원 안에 벗풀이 서 있는 가문(家紋)의 검정 명주 하오리를 입은 이가 이렇게 말하고 뭔가 의미하는 듯 미소를 흘렸다. 아마카스라는 이는 센다이(仙台) 특상품 비단으로 만든 버려무늬 하카마를 입고 이들 중 유일하게 구레나룻을 심하게 기른 신사였다. 아마카스가 대답하

기도 전에 양복을 입은 가자하야(風早)는 나이에 어울리지 않는 쉰 목
소리를 쥐어짰다.

"아마카스는 그 나름의 재미 때문이고 자네는 바라는 바가 있겠지."

"바보 같은 소리. 아마카스가 좀이 쑤셔하는 걸 내가 꿰뚫고 있는
거야."

오시마산 명주옷 신사는 찰싹 달라붙듯이 기댔던 몸을 갑자기 일
으켰다.

"가자하야, 실은 자네와 나는 오늘 희생물로 바쳐지는 거라고. 사
부리(佐分利)와 아마카스는 전부터 요코하마를 주장했지. 어쨌든 일전
에 유선굴(遊仙窟)을 찾아냈거든. 그래서 우리들을 끌고 가서 크게 기
염을 토할 작정인 게야."

"뭐야, 뭐야! 너희들이 이 두 사람에게 희생당했다면 나는 네 명을
위해 팔린 거라고. 그렇게까지 할 필요 없다는데도 꼭 요코하마까지
배웅한다 해서 미안해했더니 나를 배웅하는 명목으로 너희들은……
괘씸한 일이군. 학생 때부터 그쪽 공부를 하던 너희들이라 앞으로 정
말로 걱정되는군. 신분을 더럽히지 않는 한은 괜찮겠지만 주의는 해
두게. 정말로."

이 노련하고도 성실한 말을 한 이는 지금으로부터 사 년 전 간이치
가 형으로 모신 아라오 조스케(荒尾譲介)였다. 그는 작년 법학사를 받
고 바로 내무성 시보(試補)에 추천되어 일 년여를 보내고 오늘 아이치
현(愛知県) 참사관으로 영전하여 부임길에 올랐다. 그 나이와 사려 깊
음, 그리고 성실함으로 그는 동문 선배로서 존경받고 따르는 이가 많

았다.

"이것으로 나도 제군들에 대한 말을 마치겠네. 바라건대 자네들도 잘 자중해주게."

재미있게 떠들썩대던 좌중들은 금세 흥이 깨지고 끊임없이 태우는 궐련 연기는 질주하는 열차 맞바람에 마치 비운(飛雲)처럼 창문을 벗어나 로쿠고가와(六郷川)를 스치듯 지나 갈 뿐이었다.

사부리는 몇 번이나 고개를 끄덕이며,

"아, 그렇게 말씀하시니 오싹해지는군. 실은 아까 역에서 그 '미인 크림'(이는 미인의 고리대를 장난삼아 칭한 것)을 봤지. 그 목소리로 도마뱀을 씹을까 싶은데 말이야. 언제 보아도 아름다움에 경탄하지. 마치 숙녀 차림새더군. 오늘은 특히 멋을 부려 모양을 낸 게 어디 좋은 일거리라도 있나 보더군. 그 여자에게 걸려들면 버틸 재간이 없지. 그거야 말로 정말 풀솜으로 목을 조르는 거라고."

"보고 싶었는데. 일찍이 그 고명함은 이미 들어 알지만 말이야."

하며 오시마산 명주옷이 여전히 계속하려 하자 아마카스가 가로막으며 말하였다.

"그래, 다카라이(宝井)가 퇴학당한 것도 그 여자가 중복채권자여서 그런게 아니겠나. 대단한 미인이더군. 황금 팔찌 같은 걸 끼고 다닌다 하지 않았나. 지독한 여자지! 여적(女賊) 마쓰(松)(가부키「新版越白浪」의 등장인물)다. 사부리는 그 장난을 알면서도 걸려든 건 큰 모험을 해보려는 목적이었겠지만 미라가 되지 않게 실수 없도록 결심하고 착수하는 게 좋을 게야."

"그 여자에겐 누군가 후원자가 있을 거야. 남편이든 아니면 정부(情夫)든, 뭔가 있겠지."

쉰 목소리는 돌연 이 물음을 던졌다.

"그에 관해선 소설적인 라이프가 있다더군. 정부가 아니고 남편이래. 그 자는 우리들보다 일세기 전에 이름을 날린 고리대금업자로 아카가시 곤자부로(赤樫權三郞)라는 아주 무도한 탐욕자에 게다가 대대적인 호색가라 하더군."

"그렇군! 음과 양이 서로 만나 초 대신 손톱에 불을 켤 정도로 수전노가 된 거군."

오지마산 명주의 특기인 실없는 말참견에 침묵하던 아라오도 어쩔 수 없는 듯이 빙긋이 웃었다.

"그 아카가시라는 녀석은 대금독촉을 이용해서 여자를 농락하는 것이 취미로 이놈에게 농락당한 여자가 의외로 상당하다더군. 그래서 방금 그 '미인크림'도 원래는 가난한 무사집안 딸로 올곧은 여자였는데 그 수법에 걸려 들은 거라더군. 아카가시 그 영감탱이가 이 처자를 보자 탐욕이 크게 일어 포로로 삼고자 그녀 아버지에게 약간의 돈을 빌려 준거지. 기한이 돼도 갚지 못하는데 뭐라 하지 않고 뒤이어 서너 번이나 또 빌려준 거야. 그리고 이제 적당한 때에 자기 집에 일손이 부족해 곤란하니 보름정도만 잡일하는 하녀로 빌려달라고 말을 꺼낸 거지. 이건 비록 영감탱이 속셈이 훤히 보인다 해도 당연히 거절할 수 없는 인정(人情) 아니겠어. 지금으로부터 육 년 정도 전이니 딸이 열아홉, 영감탱이는 예순 정도의 대머리이니 설마 음탕한 마음이 있을 거라고는 생각하지 않았던 거지. 그래서 억지로 집으로 데려와 설득한 거야. 부인이 없으니 주인의 첩 같은 수상한 하녀가 언제부터 인지 첩이나 다름없이 된 거야!"

마른 침을 삼키며 듣던 아라오는 느끼는 바가 있듯이,

"여자란 그런 거라고."

아마카스는 그 얼굴을 뒤돌아 쳐다보았다.

"놀랍군, 자네가 그런 말을 하다니. 아라오가 여자를 해석하다니 의외군."

"왜?"

사부리가 이야기를 진행할 무렵부터 기차는 갑자기 속력을 올렸다.

오지마 "안 들려, 안 들려. 좀 더 크게."

가자하야 "자, 무릎을 좀 바짝 당겨 앉자."

사부리 "아라오, 그 포도주 따지 않겠나? 목이 타는군. 이제부터 점입가경이니 말이야."

아마카스 "중간에 수수료가 드는 건 심하군."

사부리 "가마다(蒲田), 자넨 좋은 담배를 피던걸. 하나 주게나."

아마카스 "야아, 으스대는군. 난 소지품을 치워야겠어."

사부리 "아마카스, 성냥 있나?"

"자, 나갑죠. 갖고 있습니다. 다행히도."

사부리는 거만하게,

"좀 붙여 주게."

사부리는 붉은 빛 포도주를 홀짝홀짝 마시고 하바나(시거)의 보랏

빛 연기를 내뿜으며 서서히 말을 이었다.

"소위 한 떨기 배꽃이 해당화를 압도하듯 딸 미쓰에(滿枝)는 아카가시 마음대로 할 수 있는 처지가 돼버린 거지. 물론 이건 아버지에게는 비밀이었는데 한때는 간절히 돌아가고 싶어 하던 딸이 나중에는 아버지가 돌아오라고, 돌아오라고 해도 가지 않았대. 그 사이 점차 상황을 알게 된 무사기질 아버지는 불 같이 화를 내며 부모자식 간도 아니라며 한바탕 소동이 벌어졌고. 그러자 대머리 영감 쪽에서 첩이어서 승낙을 안 하나보다 하여 호적에 올려 본처로 할 테니 딸을 달라며 담판을 짓게 되었다더군. 그래서 만나보니 딸도 아버지에게 부디 승낙해달라하고, 아버지는 더욱더 의외여서 납득이 안됐지. 하지만 천마(天魔)에 홀린 것이라고 아버지도 정나미가 떨어져서 단 하나 있는 딸을 아비보다 열 살이나 많은 고리업자 영감에게 주고 만 거야. 그리고나서 미쓰에는 점점 더 대머리의 총애를 받아 집안일을 마음대로 할 수 있게 되었고. 틀림없이 친정 쪽으로 금품을 빼돌릴 거라 생각했는데 예상외로 정해진 것 외에는 티끌 하나 보내지 않았대. 이게 또 대머리 마음에 들었지. 미쓰에가 곰곰이 고리 일을 살피는 동안에 어느새 이 장사가 재미있어지고 또 이 재산이 내 것이라 생각해 보니 한 명의 아버지보다 돈이 중요하다는 대담한 생각이 들은 게지."

"놀랄 만한 일이네."

아라오는 꺼림칙한 듯이 중얼거리며 약간 불쾌한 기색을 띠었다.

"하여간 영리한 여자임엔 틀림없어. 자연히 고리업 요령을 익혀서 나중에는 일손이 부족할 때 대머리 대리역할로 어디든 외출할 수 있게 된 건 더 놀랄만한 일이지. 딱 재작년부터 대머리는 중풍을 맞아 지금까지도 못 움직인다더군. 그놈 대소변 시중까지 들며 여자 혼자 힘으로 왕성하게 장사를 한대. 그리고 그 작년인가 그녀 아버지가 죽었다는데 마루방에 얇은 돗자리 한 장 깔고 그 위에서 왕생했을 정도로 형편이 안 좋았다는 거야. 병들기 전까진 딸을 얼씬도 못하게 했다는데 잔혹해도 어찌된 속인지 알 수 없는 얘기지. 하지만 사실이래. 그래서 대머리는 말한 대로 병자니까 지금은 그 여자 혼자 수완을 발휘해서 점점 더 맹렬히 일을 한다더군. 이게 바로 그 '미인크림'이라는 이름이 생겨난 이유야.

나이는 말이야 스물다섯이라고 들었는데, 그래, 기껏해야 스물둘, 셋 이상은 보이지 않아. 그렇게 사랑스럽고 가느다란 목소리로 온화하게 말수는 적으나 겉치레 말을 솜씨 좋게 하고, 두려워할만한 여자야. 은화를 보고 어느 나라 훈장일까 라고 말할 것 같은 정말로 우아한 모습으로 완곡하게 갱신이라든가 어음으로 부탁한다든가. 급소를 찌르는 교묘한 솜씨는 정말 마약이라도 써서 사람 마음을 느른하게 한다고 생각들 정도야. 나도 세 번 정도 당했는데 유능제강(柔能制剛)이라고 고리대금에서는 미인이 절묘(絶妙)! 그녀에게 한 나라를 맡기면 바로 클레오파트라지. 그 여자한테는 모두 멸망당한다구."

가자하야는 가장 흥미를 느낀 기색으로,

"그럼, 지금 그 대머리는 중풍으로 누워있는 거네, 재작년부터. 그럼 뭔가 빈대 같은 놈이 있겠지, 있어, 있고말고. 그 정도 여자가 얌전히 있겠는가, 없는 것처럼 보이게 하는 게 클레오파트라야. 헌데 열정적인 여자군."

"너무 열정적인 건 무서워."

사부리는 머리를 잡고 뒤로 젖히며 웃었다. 뒤따라 모두 다 웃었다.

사부리는 이학년 때부터 이미 고리대금 불구덩이에 빠져 지금도 연대보증과 도장 한 번으로 빌린 채무 등을 합쳐 다섯 건 무려 육백사십 엔이 넘는 빚으로 고리대금업자에게 심하게 들볶이는 처지였다. 다음으론 아마카스 사백 엔, 오시마산 명주는 졸업 전에 백오십 엔, 졸업 후에 또 이백 엔. 빚이 없는 사람은 가자하야와 아라오뿐이었다.

기차는 가나가와(神奈川)에 도착하였다. 그들 이야기를 엷은 웃음을 띠우며 들었던 요코하마 상인 차림의 승객은 다행히 무료함을 달랜 것을 고마워하듯 공손하게 목례를 하고 이 역에서 하차하였다. 잠시 이야기가 끊긴 틈에 아라오는 무언가를 생각해내듯이 그 눈을 공허하게 응시하며 농담처럼 말을 꺼냈다.

"그 후로는 아무도 하자마 얘길 못 들었나?"

"하자마 간이치 말인가?" 하고 쉰 목소리는 되물었다.

"그래, 누구였던가, 고리대금업계에서 거간꾼인지 종업원인지를 한다고 말한 건."

가마다 "맞아 맞아, 그런 얘기 들은 적 있어. 하지만 하자마는 고리대금 거간꾼은 못 할 사람이야. 그는 고리를 빌려 주기엔 눈물이 너무 많지."

자기 의견과 일치했다는 듯 아라오는 고개를 끄덕이면서 여전히 생각에 잠겼다. 사부리와 아마카스 두 사람은 그 무렵 한 학년 위여서 하자마와는 서로 안면이 없었다.

아라오 "고리대금이란 건 아무래도 거짓일거야. 정말이지 너무나 눈물이 많아. 애석한 일이야. 얻기 힘든 재원이었는데. 그가 지금 있다면……." 그는 살며시 한숨을 내쉬었다.

"너희들은 지금 만나도 얼굴을 알아보겠지?"

가자하야 "당연히 기억하다마다. 그의 꼿꼿하게 올라간 눈꼬리가 표시지."

가마다 "그리고 곱슬머리가 애교 있지 않았나. 책상 위에 턱을 괴고 이렇게 밑을 향해 언제나 착실하게 강의를 듣던 모습은 어딘가 알프레드 대왕과 닮았었지."

아라오는 쳐다보며 웃었다.

"넌 항상 기이한 말을 하는군. 알프레드 대왕이라니 기상천외하다. 내 절친을 옛 영웅에 견주어 준 감사로 한잔 바쳐야겠군."

가마다 "그렇지. 넌 형제처럼 지냈으니 늘 생각나겠네."

"난 실제로 죽은 남동생보다도 하자마가 사라진 일이 더 슬퍼."

수심에 잠긴 그는 머리를 떨구었다. 오시마산 명주는 받은 술잔을 들며 사부리가 들은 사기잔을 빌려 아라오에게 내밀었다.

"자, 너를 위로하기 위해서 제일 먼저 하자마의 건강을 기원하자."

아라오의 기쁨은 실로 넘칠 정도였다.

"아, 그건 황송하군."

찰랑찰랑 부은 두 술잔을 그들 눈보다 높이 들어 올려 다 같이 부딪히자 다홍 물방울이 새듯이 흘러내리는 잔을 서로 끌어당겨 단숨에 쭉 들이켰다. 이를 본 사부리는 아마카스 무릎을 치며,

"가마다는 눈치가 빠르군. 인물은 못났지만 저런 요령으로 때때로 횡재를 하는 거야. 저렇게 말하면 누구라도 밉지 않으니 말이야."

아마카스 "과연 교제관 시보(試補)!"

사부리 "시보, 시보!"

가자하야 "시보, 시보 일어나서 울러 간다⋯⋯."

아라오 "바보 같은 소리!"

아라오는 말을 바꾸어 꺼냈다.

"아무래도 난 이상한 게 정거장에서 하자마를 봤어. 틀림없이 하자마였어."

지금 막 마음으로나마 그의 건강을 기원했던 가마다는 맥 빠진 모습으로 그의 얼굴을 바라보았다.

"음, 그건 이상하군. 그는 알아채지 못했나?"

"처음에는 대합실 입구에서 잠깐 얼굴이 보였어. 너무 의외여서 난 엉겁결에 소파에서 일어났는데 이미 안 보이더군. 그리고나서 조금 있다 문득 다시 보니 또 보이는 거야."

아마카스 "탐정소설이네."

아라오 "그 때도 일어서려하니 또 안 보이고. 그리고 표를 끊고 플랫폼으로 들어갈 때까지 보이지 않더군. 그런데 들어가서 조금 지나 아무래도 마음에 걸려 뒤돌아보니 옆 기둥에서 나를 보고 검은 모자를 흔드는 거야. 그 사람이 바로 하자마야. 모자를 흔들었으니 하자마

가 틀림없지 않겠어?”

요코하마! 요코하마! 라고 다급하게 더러는 느긋하게 지르는 소리가 창 바깥쪽에 퍼지면서 동시에 어수선한 울림이 일어났다. 세차게 뿜어져 나온 군중은 마치 장난감 상자를 쏟아놓은 것 같았고 장내 저쪽에서 울려 퍼지는 벨 소리는 이 울림과 혼잡 사이를 꿰뚫으며 분주하였다.

제2장

아라오 말대로 목책 기둥 아래에서 모자를 흔든 사람은 사 년 동안 생사를 알 수 없었던 하자마 간이치였다. 그는 절친 앞에서 스스로 자취를 감추고 그 소식조차 알리지 않았지만 남 몰래 아라오 근황을 놓치지 않고 살폈다. 이번에 그가 참사관이 되어 오후 네 시발 열차로 부임하는 사실을 알고서는 멀리서나마 작별인사도 하고, 두 번째로는 영예로운 금의환향을 보려고 군중에 섞여 여기에 오게 되었다.

무슨 연유로 하자마는 사 년 동안 소식을 끊고 또 무슨 연유로 그토록 가슴속에 잊지 못한 옛 친구를 보고 이별을 고하지 않았는가. 지금 그의 처지를 알면 이 의문은 저절로 풀릴 것이다.

목책 밖에 서서 떠나는 열차를 배웅하는 사람은 하자마 간이치 뿐만이 아니었다. 거기에 모인 남녀노소, 빈부귀천(老少貴賤)과 상관없이 상심하는 이, 즐거워하는 이, 걱정하는 이, 혹은 무심한 이, 신분은 달라도 목적은 같았다. 수분간의 혼잡 뒤에 열차가 출발하면서 한 두 사람 떠나고 그처럼 오래 그 자리에 머문 사람은 없었다. 이윽고 무거운 물건을 끌듯이 그가 겨우 발길을 돌리려 했을 때 밀려 겹쳐질 정도로 목책 가에 모였던 사람들은 다 흩어지고 역부 서너 명만이 비를 들고 장내를 청소할 뿐이었다.

간이치는 머금은 눈물을 훔치고 혼자 남겨진 사실에 놀란 듯 갑자기 서둘러 호라이바시(蓬萊橋) 입구로 나가려고 층계 쪽으로 지나가는데 마침 이등대합실 안에서 누군가 말을 걸어왔다.

"하자마 씨!"

당황하여 돌아보는 순간,

"잠깐만요."하며 출입구에서 몸을 반쯤 내밀며 금팔찌가 선명히 빛나는 손에 쥔 비단손수건으로 입가를 가린 채 속발머리의 한 부인이 허리를 약간 굽히며 다가왔다. 요염한 얼굴에 이루 말 할 수 없는 사랑스러운 미소까지 띠었다.

"아, 아카가시 씨!"

부인이 미소로 반기는 반면, 간이치는 냉담하게 눈썹조차 움직이지 않았다.

"여기서 뵙다니, 마침 잘 됐습니다. 급히 드릴 말씀이 있으니 일단 잠시 이쪽으로."

부인이 안으로 들어가자 간이치도 마지못해 따라 들어가고, 그녀가 소파에 앉자 그도 어쩔 수 없이 그녀 옆에 자리를 잡았다.

"실은 그 보험건설회사 오구루메(小車梅) 건 말입니다만."

그녀는 검정 나뭇결무늬비단 띠 사이를 더듬어 금시계를 꺼내 보고선 재빨리 다시 집어넣었다.

"당신도 어차피 식사 전이시죠? 여기서는 이야기 할 수 없으니 제가 어딘가 모시겠습니다."

두꺼운 자색비단에 금박 물림쇠를 끼운 손가방을 다시 쥐고 부인은 천천히 일어섰다. 간이치 얼굴에는 달갑지 않은 기색이 역력했다.

"어디로 말입니까?"

"어디든 괜찮습니다. 저는 잘 모르니 당신 좋으신 곳으로."

"저도 잘 모릅니다."

"어머, 그렇게 말씀하지마시고, 저는 어디라도 괜찮습니다."

무릎위에 옆으로 긴 대황가죽 손가방을 끌어안고서 간이치가 궁리하는 까닭은 좋은 방법이 아닌 함께 가기를 주저해서였다.

"우선, 뭐로 하든 나갑시다."

"그러죠."

간이치도 지금은 어쩔 수 없어 부인을 따라 대합실을 나가는 순간 들어오는 사람에게 발끝을 꺾이듯 밟히었다. 놀라서 보니 키 큰 노신사의 수상한 눈초리가 미쓰에의 미색에 미혹되어 무례하게도 의외의 실수를 하였다. 그는 여전히 눈을 떼지 않고 이 눈부신 미인의 동반자에게까지 잠시 시선을 보냈다.

두 사람은 정거장을 나와 정해진 곳도 없이 신바시(新橋)로 향했다.

"정말로, 어디로 갈까요?"

"저는 어디라도."

"계속 그렇게 말씀하시면 끝이 안나니 적당히 정하시는 게 어떠시겠어요?"

"그럽시다."

미쓰에는 그가 내켜하지 않는 사실을 눈치 채고도 애써 자기 뜻에 따르게 하려고 그만한 냉대를 감수하였다.

"그럼, 장어는 드시나요?"

"장어요? 먹습니다."

"닭고기와 어느 쪽이 좋으신가요?"

"아무거나요."

"너무 하시네요"

"뭐가 말입니까?"

이때 간이치는 비로소 미쓰에 얼굴로 시선을 옮겼다. 온갖 교태를 머금고 돌아본 그녀 눈초리는 아직 다 하지 못한 말을 이미 절반쯤 한 것 같았다. 그녀의 됨됨이를 알고부터 축생이라 꺼리던 간이치도 과연 아름답다는 생각은 억누를 수 없었다. 미쓰에는 조개 같은 앞니와 옆에 있는 금니를 드러내며 웃었다.

"뭐, 모두 괜찮으시다니 그럼 닭고기로 할까요?"

"그것도 괜찮겠지요."

삼십 간(1간(間)=1.818182㎝) 해자(垓子)를 나와 두 정(町)(1정=109.090909㎝) 쯤 걸어 모퉁이를 서쪽으로 돌자 어떤 골목길 입구에 깨끗한 솟을대문의 무광유리 처마등롱에 닭이라고 표시된 곳이 나왔다. 사람들 눈에는 필시 사정 있어 보이는 두 사람은 그곳으로 함께 들어갔다. 매우 깊숙하게 자리 잡아 방이 있을 것이라 생각지 못한 부근에 다다미 여섯 장의 숨은 객실에 길게 깔아놓은 판자를 따라 별채로 안내된 것도 당연한 일이로다.

두려워 할 것도 곤란해 할 것도 없지만 또 전혀 그렇지도 않은 기색으로 간이치는 아무말 없이 모습조차 조심조심 삼가는 이유는 이런 곳에 이 여자와 함께일 거라 생각지 못해 마음이 편치 않았기 때문이다. 안주는 재빨리 미쓰에가 적당히 시키고 잠시 말없이 두 사람 사이에 놓여진 담배합에는 까닭 있는 듯이 향촉은 온갖 꽃향기를 피웠다.

"하자마 씨, 편히 앉으세요."

"네, 이것이 편해서요."

"어머, 그런 말씀마시고 자, 편하게 하세요."

"집에서도 전 이렇게 해서."

"거짓말이시죠."

이리하여도 간이치는 무릎을 펴지 앉고 입궐련을 꺼내는데 공교롭게 하나도 없자 사람을 부르려하였다. 이에 미쓰에가 먼저,

"급한 대로 이것을 피우시지요."

삼베 금은사로 장식된 주머니와 함께 내민 담뱃대 끝의 순금 물부리는 희미하게 빛났다. 이도 띠 물림쇠도 반지도 팔찌도 시계도 그리고 지금 담뱃대도 또 금이 아니던가. 황금이구나. 금, 금! 알겠도다. 그 마음도 금! 간이치는 혼자 우스워서 참을 수가 없었다.

"아니, 전 각연초(刻煙草)는 전혀 못 펴서."

말도 끝나지 않은 그의 얼굴을 미쓰에는 지그시 보고서,

"결코 더럽지는 않습니다만 미처 생각이 미치지 못했습니다."

그녀는 품속에서 휴지를 꺼내 일부러 인 듯이 그 물부리를 비틀어 닦자 간이치도 약간 당황하였다.

"결코 그런 뜻이 아닙니다. 저는 각연초는 피지 않아서."

미쓰에는 재차 그의 얼굴을 바라보았다.

"당신, 거짓말을 하시려면 좀 더 기억을 잘 하셔야지요."

"네?"

"일전에 와니부치(鰐淵) 씨 댁을 방문했을 때 당신이 피지 않으셨습니까?"

"네에?"

"표주박 같은 담뱃대에, 그리고 담배설대 밑에 종이로 말아져 있었습니다."

"아!"하는 외침소리는 갑자기 닫히지 않았다. 미쓰에는 입을 가리고 귀엽게 웃었다. 이 벌로 간이치는 바로 세 번 빨은 담배를 피어야 했다.

이럭저럭 하는 사이에 술잔과 쟁반은 죽 놓여 졌지만 미쓰에도 간이치도 세 잔을 넘기지 못하는 술을 못 하는 사람들이었다. 여자는 깨끗한 작은 사기잔을 내밀며,

"당신, 한잔"

"안 됩니다."

"또 그런 말씀을"

"이번에는 정말로."

"그럼 맥주로 드릴까요?"

"아니, 술은 동서양 모두 못하니 개의치마시고 부디 마음대로 드십시오."

술에도 예의가 있어 자신이 물릴 때는 반드시 남에게 권하며 술을 따라줘야 하는데 너무했군. 그는 그저 지켜만 보며 마음 내키는 대로 하라고 가볍게 인사하자 미쓰에는 얄밉기보다 너무나도 우스웠다.

"저도 전혀 술을 못합니다. 모처럼 드린 것이니 한잔 받아주시지요."

간이치는 어쩔 수 없이 그 잔을 받았다. 어느덧 이렇게 술이 되었는데 미쓰에는 매우 급하다 한 용건에 이르지 않았다.

"그런데 오구루메 건이라는 건 어떤 일이 생긴 겁니까?"

"한 잔 더 드세요. 그리고나서 말씀 드릴테니. 어머나, 멋져요! 한잔 더요."

그는 바로 눈썹을 모으며,

"아니 그렇게는."

"그럼 제가 들겠습니다. 죄송합니다만 한잔 따라주세요."

"그러니까 오구루메 건은?"

"그 건 외에 아직 이야기가 있습니다."

"상당히 많군요."

"취하지 않고는 말씀드리기 힘든 일이라 제가 조금 취하겠으니 죄송합니다만 한 잔 더."

"취하면 곤란합니다. 용건은 취하기 전에 말씀해주십시오."

"오늘 밤은 제가 취할 생각입니다만."

그 교태 있는 눈가는 마침내 벚꽃색으로 물들고 마음이 즐거운 듯 약간 몸을 느긋느긋하게 수습하는 모습은 실로 정취가 흘러내릴 듯 하였다. 열이 나는지 곤색비단 서지코트를 벗었는데 하오리는 없고 눈에 확 띄는 오글쪼글한 고급 비단 겹옷에 검정 나뭇결무늬의 넓은 비단 띠. 화려하게 염색된 다홍색 비단으로 띠를 고정하고 귀밑머리가 흘러내린 귓가를 쓸어 올리는 왼쪽 손목에는 햇고사리를 두 줄 꼬아 나비가 앉은 형태의 그 팔찌가 선명하게 두루 빛났다.

항상 혐오스러워하는 물건을 이렇게 노골적으로 본 간이치는 참을 수 없는 못마땅함에 눈살을 찌푸리며 살며시 눈을 돌렸다. 그녀의 귀족적인 치장에 반해 그는 가문이 들어간 검은 명주 하오리에 남빛 세로줄무늬 비단 겹옷을 입고 오글쪼글한 흰색 비단 허리띠도 새것이 아니었다.

그를 아는 사람들은 틀림없이 수상히 여겨 캐물을 만큼 그의 모습은 적잖이 변했다. 귀여운 느낌은 모두 잃어버리고 사 년여에 걸친 비참함과 근심 그리고 고뇌가 서로 얽혀 늘 풀리지 않는 낯빛은 자연히 어두운 그림자를 만들어 그 외관을 뒤덮었다. 흔들려도 꺾이지 않는 인내심은 침울한 안색에도 나타났고 일찍이 미야를 바라본 다정스런 눈빛은 두 번 다시 그 눈동자에서 빛나지 않았다. 냉철하게 살피고 조심스레 말을 삼가는 것이 그가 근래에 가진 성격으로 이 때문에 사람들은 그를 꺼렸다. 그 역시 함부로 친해지기를 바라지 않아 동업자들은 누구 할 것 없이 그를 괴짜로 여겨 멀리하였다. 어찌 알겠는가. 그토록 대단한 사랑을 잃어버린 몸이 어찌하여 광인(狂人)이 되지 않았는지. 간이치 자신도 이상하게 여겼다.

그는 정색하고 미쓰에가 혼자 흥겨워 잔을 거듭하는 모습을 바라보았다.

"한 잔 더 드시겠습니까?"

웃음을 띤 눈초리는 거나하게 물들어 또 다른 교태를 더했다.

"이제 그만하는 게 좋겠군요."

"당신이 그만하라시면 저는 그만하겠습니다."

"굳이 그만하라고는 안합니다."

"그럼 저는 취하겠습니다."

답이 없자 미쓰에는 자작하며 그 반잔을 기울이고 순식간에 다홍색으로 곱게 물든 뺨을 손으로 감쌌다.

"아아, 취했어요."

간이치는 못 들은 척 담배를 태웠다.

"하자마 씨……."

"뭔가요?"

"저는 오늘 밤 꼭 드리고 싶은 말씀이 있습니다만, 들어주시겠습니까?"

"그걸 듣기 위해 함께 오지 않았습니까?"

미쓰에는 비웃듯이 미소 지으며,

"제가 왠지 취해서 어쩌면 무례한 말씀을 드릴지도 모르겠습니다만, 불쾌하게 느끼시면 안 됩니다. 하지만 취해서 드리는 말씀은 아니니 부디 그런 뜻으로, 괜찮으시겠죠?"

"앞뒤가 안 맞지 않습니까?"

"아니 그렇게 말씀마시고 한낱 여자가 드리는 말이니."

이거 일이 어렵게 되었다. 대적할 수는 없지만 다소라도 민폐에서 벗어나고자 간이치는 팔짱을 끼고 눈을 내리뜬 채 애써 말려들지 않으려는데 미쓰에는 바싹 다가앉으며 말했다.

"이 한잔으로 다음엔 절대로 권하지 않을 테니 이것만 받아주시죠."

간이치는 아무 말 없이 그 잔을 받았다.

"이것으로 제 소원은 이루어졌습니다."

"간단한 소원이군요." 라고 하마터면 말할 뻔한 입을 다물고 간이치는 간신히 쓴 웃음을 지었다.

"하자마 씨."

"네."

"실례지만 왜 그러십니까? 와니부치 씨 쪽에 길게 계실 생각이신가요? 그러나 언젠간 독립하셔야지요."

"물론입니다."

"그럼, 언제쯤 따로 하실 예정이십니까?"

"자본이 조금이라도 생기면 그 때 할 생각입니다."

미쓰에는 갑자기 목소리를 가라앉히고 깊은 생각에 잠긴 듯 고개를 숙인 채 담배합 가장자리를 만지작거리듯 담뱃대로 톡톡 치었다. 때마침 전등 빛이 갑자기 어두워져서 놀라 얼굴을 들자 다시 원래대로 방안은 밝아졌다. 그녀는 담뱃대를 내려놓고 다시 한참동안 생각에 빠졌다.

"이런 말씀은 매우 실례입니다만 언제까지 그쪽에 계시기보다 빨리 독립하시는 편이 좋지 않겠습니까? 만약 내일이라도 그리 하실 생각이시면 제가……이런 말씀을 드리면……주제넘습니다만, 대단한 일은 할 수 없지만 사정이 허락하는 한 자본을 빌려드리고 싶습니다만. 그렇게 하지 않으시겠습니까?"

의외로 놀란 간이치는 젓가락을 멈추고 여자 얼굴을 흘깃 보았다.

"그렇게 하세요."

"그건 무슨 뜻입니까?"

정말로 간이치는 대답에 막혔다.

"이유 말입니까?" 라고 미쓰에는 머뭇거리더니,

"특별히 말씀드리지 않아도 헤아려 주시지요. 저도 언제까지나 아카가시에 있고 싶진 않습니다. 그런 연유입니다."

"전혀 모르겠군요."

"당신은, 잘 아실 겁니다."

원망스러운 듯이 말을 끊은 미쓰에는 옆으로 앉아 담배를 비틀었다.

"실례지만 저는 먼저 식사를 하겠습니다."

간이치가 밥통을 끌어당기려 하자 미쓰에는 가로막았다.

"식사 시중이라면 제가 하겠습니다."

"그거 감사합니다."

미쓰에는 밥통을 자기 쪽으로 끌어당겨 밥공기를 그 위에 엎고서 저쪽 벽가로 밀어버렸다.

"아직 이릅니다. 한 잔 더 드시죠."

"머리가 아파서 더 이상 못 하겠으니 봐 주시죠. 배가 고프군요."

"시장하신데 밥을 드리지 않으면 필시 괴로우실 겁니다."

"뻔한 일이 아니겠소."

"그렇겠지요? 그렇다면 이쪽 생각이 상대에게 통하지 않으면 마치 배가 고픈데 밥을 못 먹는 것보다 훨씬 더 괴롭겠지요. 그렇게 시장하시면 밥을 담아드릴 테니 당신도 지금 대답해 주십시오."

"대답하라 하셔도 말씀의 주지를 잘 알지 못하기에."

"어째서 모르시는 건가요?"

미쓰에가 책망하듯 남자 얼굴을 바라보자 그도 힐책하듯이 되받아 보았다.

"모르지 않겠습니까? 친한 사이도 아닌 저에게 자본을 내어주신다. 그리고 그 이유라는 것이 당신도 그 집에서 나온다는 것이니 이해가 안 되지 않겠습니까? 부탁이니 밥을 주시오."

"모르겠다는 건, 너무하지 않습니까? 그럼 마음에 안 드시는 겁니까?"

"마음에 안 드는 건 아닙니다만 인연도 없는 당신에게 돈을 받는 건……."

"어머, 그렇지 않다니까요."

"정말 배가 너무 고프군요."

"아니면 당신에게 약속이라도 하신 분이 계십니까?"

그녀는 결국 성질을 내겠지만 간이치는 오히려 모르는 척 하였다.

"이상한 말씀을 물으시는군요."

하며 쓴 웃음을 지어보일 뿐 계속해서 아무 말도 없자 미쓰에는 계획이 빗나간 듯 다소 당혹스러워했다.

"그런 분이 안계시다면……제가 당신께 부탁이 있습니다."

간이치도 지금은 단단히 마음을 가라앉히고,

"음, 알겠습니다."

"아, 아셨다고요?!"

그녀는 기뻐서 말할 수 없는 듯 술잔에 남은 술을 단숨에 비우고 그 잔을 쓱 간이치에게 내밀었다.

"또입니까?"

"부디!"

여세에 몰린 간이치가 엉겁결에 받아든 술잔에 넘치도록 술을 따르자, 간이치는 아래에 내려놓지도 못하고 한입에 힘겨워 하였다. 이것을 본 미쓰에의 기쁨!

"그 잔은 깨끗하지 않아요."

하나하나 저의가 있어 소홀히 할 수 없는 여자 말에 그는 자못 성가셔서 곤혹스러웠다.

"아셨다면 부디 답을."

"그 일이라면 이것으로 그만둡시다."

간신히 이렇게 내뱉은 간이치는 엄숙하게 침묵하였다. 미쓰에도 과연 취기를 가라앉히고 그의 기색을 살폈으나 예의 말수가 적은 남자는 아무 말이 없었다.

"저도 이런 부끄러운 일을 이렇게 말씀드린 이상, 이대로 끝낼 수는 없습니다."

간이치는 천천히 끄덕였다.

"여자 입에서 이런 말을 꺼내기가 보통 일은 아니니 제가 충분히 납득할 수 있도록 부디 그 이유만이라도 말씀해주시지요. 제가 즉흥적으로 이런 말씀을 꺼내진 않습니다."

"지당하신 말씀입니다. 저 같은 사람에게 그렇게 말씀해주시니 결코 기쁘지 않은 건 아닙니다. 그러므로 그 호의에 대해 제 생각을 기탄없이 말씀드리겠습니다. 그런데 아시다시피 저는 성격이 비뚤어져서 다른 사람과는 생각이 크게 다릅니다. 첫째 저는 평생 아내는 절대로 갖지 않을 각오입니다. 아시는지 모르겠습니다만 저는 원래 서생이었습니다. 그런데 중도에 학문을 그만두고 이 장사를 시작한 이유는 방탕하고 실패해서도 아니고 굳이 생계가 막막해서도 아닙니다. 서생이 싫어서 장사를 한다면 이 외에 얼마든지 좋은 장사가 있을 터인데 무엇을 고심하며 이런 극악무도한, 백주(白晝)의 도둑질이라고 할까. 아픈 이의 목과 입을 말린다고 할까. 생명보다 소중한 사람의 명예를 죽이고 그 금전을 빼앗는 고리대금업 따위를 택했겠습니까?"

듣는 미쓰에는 점점 술이 깼다.

"부정한 가업이라기 보단 정말 악업이지요. 그것을 오늘 비로소 안 것도 아닐 테고 알고도 몸을 던진 것은 저는 그 당시 적수를 죽이고 스스로도 죽고 싶을 정도로 원통하기 그지없는 실망 때문이었습니다. 그 실망이란 제가 사람을 믿고 의지하던 일로 그 사람들도 신뢰를 저버려선 안 되는 의리 있는 인연임을, 사소한 욕망에 이끌려 약속을 어기고 의리는 저버리고, 그리하여 저는 보기 좋게 배신당했습니다."

불빛을 피하려는 그의 눈에 불현듯 반짝이는 것은 또 다시 솟아오른 새로운 통한의 눈물이다.

"정말로 믿을 수 없는 세상으로 그 의리도 인정도 잊고 죄도 없는 저를 버린 이유도 근원이라면 돈 때문입니다. 만약이더라도 대장부인 남자가 돈 때문에 버려졌다 생각하면 그 원통함이란, 저는 평……평……평생 잊을 수 없습니다.

경박하지 않으면 위선, 위선이 아니면 사리사욕, 정나미 떨어지는 세상입니다. 그만큼 세상이 싫다면 왜 눈 딱 감고 죽지 않냐고 혹시 의아해할지도 모릅니다. 저는 죽고 싶어도 그 원통함이 앞을 막아 죽을 수 없습니다. 배신한 사람들을 괴롭히는 그런 복수 따윈 하고 싶지 않습니다. 다만 나 혼자만이라도 좋으니 일단 받은 원한! 그것만은 반드시 풀어야 하는 정신. 한시도 그 원한을 잊은 적 없는 심정이란 스스로도 그렇게 생각합니다만 마치 발광하는 것과 같습니다. 그래서 고리대금업 같은 잔혹하기 그지없는, 거의 사람을 죽일 정도의 배짱이 필요한 일을 매일 다루고, 그리하여 감정을 황폐하게 하지 않으면 도저히 견딜 수 없으니 미친 사람에겐 정말 안성맞춤인 장사입니다. 그래서 돈 때문에 배신도 또 능욕도 당했으니 돈이 없는 것도 소위 원통함의 하나입니다. 그 돈이 있다면 어떻게든 원한이 풀리지 않을까 하여 그것을 낙으로 의리도 인정도 버리고 달려들어 지금으로선 명예도 색정도 없으며 금전 외에는 어떤 소망도 없습니다. 또 생각해 보면 어설피 사람을 믿기보단 돈을 믿는 편이 틀림없죠. 사람보단 돈이 훨씬 신뢰가 갑니다. 믿지 못할 게 사람 마음입니다!

우선 이런 생각으로 이 장사에 뛰어 들었으니 사실을 말하면 당신이 빌려 주겠다 하신 자본은 탐이 납니다만 사람 자체인 당신에게는 용건이 없습니다."

그는 우러러 큰소리로 웃었지만 그 얼굴은 몹시 격렬했다.

미쓰에는 그의 말이 결코 거짓이 아님을 믿었다. 편벽한 그가 과연 그런 생각을 품은 것도 의심할 게 못된다고 생각하였다. 하지만 그는 아직도 사랑의 달콤함을 모르기 때문에 속 좁게 이 재미있는 세상에 마음의 문을 닫고 위선과 경박과 사리사욕 이외의 즐거움을 깨달지 못하는 것이다. 드디어 내가 그것을 알려주리라 하고 미쓰에는 쉽게 희망을 놓지 않았다.

"그럼 무엇입니까? 제 마음도 믿을 수 없다고 의심하시는 겁니까?"

"의심하고 안하고는 둘째 문제고 저는 그 실망 이후에 이 세상이 싫고 모든 사람을 좋아하지 않습니다."

"그럼 진정으로 진심으로 목숨을 걸고 당신을 사모하는 사람이 있어도요?"

"물론! 특히 반했다는 둥 사모한다는 말 따윈 아주 싫어합니다."

"저, 목숨 걸고 사모하는 마음을 아셔도 말입니까?"

"고리대금업자에게 눈물은 없습니다."

지금은 어찌할 바 없어 미쓰에는 잠시 망연해하였다.

"그럼 밥을 주십시오."

아주 풀이 죽은 미쓰에는 밥을 담아 내밀었다.

"이거 고맙습니다."

그는 마치 옆에 사람이 없는 듯 먹고 마시었다. 미쓰에 얼굴은 엷은 다홍빛으로 아직 취기는 돌았으나 취하지는 않았고 그저 잠시 생각에 잠겼다.

"당신도 드시지 않겠습니까?"

이렇게 인사치레를 하고 간이치는 세 그릇째 밥공기를 받았다. 좀 지나서,

"하자마 씨"라고 갑자기 그녀가 불렀을 때 그는 입안 가득 밥을 물어 대답하지 못하고 그저 눈을 들어 여자 얼굴을 쳐다보기만 하였다.

"저도 이런 말을 입 밖에 내기까지는 만일 당신이 승낙하지 않을 경우를 생각하여 오랫동안 가슴에 더 묻어두었던 것입니다. 그 정도로 신중을 기했는데도 이렇게 두말없이 깨끗이 거절당하니 참으로 면목 없고……너무 억울합니다."

황망하게 손수건을 집어 들어 눈가의 원망스런 눈물을 가렸다.

"창피해서 전 이 자리를 일어날 수 없습니다. 하자마 씨, 헤아려주십시오."

간이치는 차갑게 돌아보며,

"당신 한 사람을 싫어한다면 그럴지도 모르겠습니다만, 저는 모든 사람을 싫어하니 부디 언짢게 생각하지 마십시오. 당신도 식사를 해야죠. 아! 그리고 오구루메 건 이야기는요?"

울어서 빨갛게 된 눈을 닦기만 할 뿐 미쓰에는 대답하지 않았다.

"어떤 이야기입니까?"

"그런 건 어찌되든 상관없습니다. 하자마 씨, 저는 아무래도 단념

할 수 없으니 그렇게 생각해주세요. 그래도 싫다면 그것으로 괜찮으니 제가 이렇게 생각하는 마음을, 부디 언제까지나 잊지 마시고⋯⋯ 꼭 기억해주십시오."

"알겠습니다."

"좀 더 다정하게 말씀해주세요."

"저도 기억하겠습니다."

"뭔가 좀 더 달리 말씀하실 수도 있지 않습니까?"

"마음은 결코 잊지 않겠습니다. 이러면 되겠습니까?"

미쓰에는 아무 말 하지 않고 불쑥 일어나 훌쩍 간이치 곁으로 바싹 다가갔다.

"잊지 마세요."하며 힘을 주어 그의 허벅지를 세게 잡자 간이치는 갑작스런 통증에 엎어지려는 것을 간신히 버티면서 옆으로 뿌리치려 했다. 그러자 미쓰에는 재빨리 몸을 돌려 피하고 모르는 척하며 손뼉을 쳐서 하녀를 불렀다.

제3장

아카사카히가와(赤坂氷川) 부근에 사진 나리라면 모르는 이가 없는데 실제로 이 나리가 나갈 때는 항상 사진기계를 차에 싣고 나가 자연히 다른 사람 이목을 끌어 이런 별칭으로 불리었다. 자초지종을 밝히지 않고서는 '장기(將棋)의 주군'(부유하나 세상물정에 어두운 사람)이라고도 생각할만하다. 그러나 아니다! 재능의 민첩함, 학문의 넓음, 귀족원 의원으로 선출되고도 남을 인품을 품었다. 그런데도 오 년을 독일에서 유학하며 학자풍을 즐기고 세상사를 내팽개친 채 마치 어리석은 듯 조상대대의 부(富)로 무계산(無計算)의 아량을 베풀어 세입(歲入)의 다섯 배를 지출하는 자작 중 유복하다고 소문난 바로 다즈미 요시하루(田鶴見良春)였다.

히가와 저택 내에는 아치형 박공풍을 모방한 형태와 이와 나란히 귀국 후에 세운 낯설기까지 한 이국적인 삼층 벽돌집은 이 주인의 풍류로 독일 유명한 고성(古城)을 그리워하여 그 모양을 본떴다. 여기에 서고와 서재 그리고 객실을 꾸며놓고 수많은 한가로운 나날을 책에 심취하고 그림과 조각을 즐기고 시가를 읊조렸다. 그러나 요 근래엔 오로지 사진으로만 노는 나이 서른넷에 여전히 완강히 결혼을 거부하는 그였다. 그는 머무르거나 나가고 들어오거나 항상 표연히 행동할 뿐 전혀 귀족적인 태도를 하지 않았다. 그러나 몸소 지닌 칠만석(七萬石)의 품격은 하얀 얼굴에 빼어난 눈썹, 높은 코와 또렷한 눈의 청아한 모습은 마치 교교(皎皎)하고 아름다운 수목이 바람 앞에 마주한 것 같았다. 그런 그는 대대로 미남임을 늘 자랑스럽게 여겼다.

맺어지면 헛되지 않을 좋은 인연이 나비를 잡으려는 거미줄보다 더 무성하게 들어오는데도 그 어떤 혼담도 거들떠보지 않았다. 그 특유의 표연함으로 사람 눈을 피하고 남보다 빨리 풍류에 취해 그것으로 위안삼고 안으로는 독신주의를 주장하고 다른 이의 충고 따위는 전혀 받아들이지 않았다. 그도 그럴 것이, 그가 외국 유학시절에 육군

중좌의 딸과 서로 사랑하여 장래를 굳게 맹세했던 것이다. 달빛 아래 작은 조각배에 날개를 나란히 하듯 노를 젓고 라인강을 가리키며 이 물이 마르는 날은 있어도 우리 사랑의 불꽃이 꺼지는 날은 없을 것이라고 서로 거짓 없이 맹세하였다. 그러나 귀국하여 모친께 청하니 매우 크게 놀라며 이는 예삿일이 아닌 집안의 큰일이구나. 외국인은 천민보다도 천한데 어찌하여 황공하게도 우리 다즈미 가(家)를 금수(禽獸)우리로 만들소냐. 아아, 역겨운 내 자식의 마음이구나. 눈물로 호소하고 슬피 한탄한 나머지 병으로 몸져눕기까지 하였다. 그러자 그도 어쩔 수 없어 괴롭지만 또한 앞일을 믿고 편지로 위안 삼으며 그녀도 없는 삼 년 세월을 이런 슬픔이라면 차라리 죽는 것이 낫겠다며 무미건조하게 지냈다. 그런데 재작년 가을 그 아가씨는 너무나 상심한 탓인지 마음이 자연히 약해지고 육체의 고뇌를 이기지 못해 신의 구원으로 인도된 천국으로 묘연히 떠나버렸다. 점점 더 깊어지는 그리움에 자작 마음은 찢어질 듯하고 거의 정신이 반 나가버렸다. 세상과 끊으려는 마음은 더욱더 깊어져서 이제는 무진의 부도 세습의 소중함도 무슨 소용이겠냐며 그녀만을 그리워했다. 그저 그리움을 잃은 사람에게 전해진 유품만이 원망이 되지 않은 채 서재 벽에 걸어 놓은 반신상은, 그녀가 열아홉 때 봄 경치를 정성들여 손수 그려 보낸 그림이었다.

자작은 이렇게 낙심한 나머지 게으르고 방자하게 생활하는 동안 조금씩 그리움을 풀고 사진기 한 대에 천금을 아낌없이 들여 이것으로 즐거이 노닐었다. 그는 마치 아이처럼 몸도 집도 관심을 두지 않고 놀고 돈 쓰는 데에 여념이 없었다. 그러나 관리인인 구로야나기 모토에(畔柳元衛)라는 자를 가까이에 두고 재산을 잘 관리하고 일을 도모하여 이렇게 엉성한 주인을 받들어 섬기는 다즈미 가(家)에는 다행히 조금의 파탄도 일어나지 않았다.

구로야나기는 재산을 늘리는 수단으로서 몰래 고리 전주를 꾸렸다. 천, 이천, 삼천, 오천 내지 일만의 거액까지도 용이하게 대주는 대자본주로서 고리대금 거액을 인수하는 무리들은 이에 의지하지 않을 수 없었다. 하지만 약삭빠른 그는 모든 일을 비밀로 부치는 책략으로 함부로 이윤에 유혹되지 않았다. 시작부터 그의 가신인 와니부치 다다유키(鰐淵直行)를 독점으로 돈을 빌려줄 뿐 이외에는 일절 그의 명의를 사용하여 직접 거래하는 일이 없어 동업자들은 그에게 돈을 대주는 자가 누굴까 궁금히 여겼으나 역시 아는 사람은 전혀 없었다.

와니부치 이름이 동업자 사이에서 들리면서 권위 또한 사천왕 중 으뜸이 된 까닭은 자본을 대주는 후원자에다 자금의 운영신조가 있었기 때문이다. 그는 원래 다즈미 무사로 신분은 말할 필요도 없는 최하급 무사의 우두머리에 지나지 않았다. 그러나 재치 있는 자로 폐번(廢藩) 후에는 말단 벼슬아치로 일하다가 상사(商社)로 옮겨 관리로도 근무하였다. 또 한 때는 토지나 가옥 매매의 주선도 관상용 수목을 손수 다루기도 하고 미두장(米豆場)에 출입하는 등 어쨌든 세상살이를 어물어물 속여 모면하진 않았지만 모두 뜻대로 되지 않자 순사를 지원하였다. 상관 마음에 들어 마침내는 경위에까지 등용되었으나 중도에서 돈이 바로 권력이라 느낀 바가 있어 봉직 중 모아둔 삼백여 엔을 밑천으로 고리대금업을 시작하였다. 아직 세상이 이런 부류의 악(惡)수단에 익숙지 않은 틈을 타서 속이고 으르고 혹은 어르고 못살게 구는 간신히 법망을 피해 겨우 오랏줄에 묶이지 않을 죄를 지었다. 그렇게 모은 돈이 오천육백 엔에 달했을 쯤, 때마침 구로야나기 후원을 얻으니 범에 날개를 달은 격으로 현재 그가 운영하는 금액은 거의 수만에 이른다고 알려졌다.

구로야나기는 이 수법으로 얻은 이익의 절반은 자작의 저택 금고에 보내고 반은 자기 품에 지녔다. 와니부치 역시 이것으로 이득을 얻으면서 원금 일(一)로서 그 이윤을 삼(三)으로 만드는 관리인의 눈부신 활약은 주인의 비생산적인 생활을 보충하고도 남을 만하였다.

와니부치 다다유키, 바로 이 사람이 하자마 간이치가 자포자기의 몸을 의지하여 우두마두 대리인으로 삼아 오(五)번가에 있는 그의 집에서 사 년인 오늘까지 기거하였다. 간이치는 와니부치의 뒤채 이층에 다다미 여덟 장 방 하나를 얻어 명칭은 고용인이나 손님 대접을 받으며 대리인과 고문으로서 주인이 아끼는 바가 이만저만이 아니었다. 그러니 사 년이란 긴 세월이 흐르도록 주인은 그를 내보내려 하지 않았고 그도 역시 일가를 이룰 필요가 없으니 굳이 나오려 하지 않았다. 한편 대리인을 맡으면서 약간의 목돈으로 스스로 운영할 기회도 있으나 지금 섣불리 이곳을 나가긴 보다는 적당한 때를 기다리는 것이 더 낫다고 판단하였다. 그는 단지 대리인으로서 유능하고 고문으로서 사려 깊어 와니부치의 신임을 얻은 것만은 아니었다. 젊은 나이임에도 여색과 술을 즐기지 않고 낭비도 게으르지도 않았으며 해야

할 일은 반드시 이루고 자신을 뽐내거나 다른 이를 얕보거나 하지 않고 공손하였다. 게다가 기개가 넘치는 등, 와니부치는 세상에 보기 드문 젊은이라고 오히려 그를 마음속으로 경외하였다.

주인은 그의 됨됨이를 안 후, 이 같은 사람이 어째서 고리대금업 같은 것에 뜻을 두었는지 의아해하였다. 간이치는 스스로 이력을 속이고 어떠한 실망 끝에 여기에 몸을 떨구었는지 고하지 않았다. 그래도 그가 고등중학 학생이었던 사실은 나중에 드러났다. 다른 비밀에 이르러서는 지금도 여전히 와니부치는 의문을 품었다. 그러나 그대로 세월이 흘러 새삼스레 캐물을 것도 없고 머지않아 거래처를 나누어주고 든든한 후견인이 되어주겠노라며 와니부치는 항상 소홀함 없이 그의 처지를 생각하였다.

다다유키는 올해 쉰하나이고 부인인 미네(峰)는 마흔여섯이다. 남편 성격이 사납고 남의 근심을 개 재채기정도로 업신여기고 그저 탐내고 만족을 모르는 것과 달리, 부인은 마음씨가 곱기까진 아니지만 무자비한 고리대금업자 부인이나 평범한 사람의 마음은 지녔다. 그녀도 성격이 편벽하나 성실하고 정직한 간이치를 좋아할 것까진 없지만 미워할 이유는 더더욱 없으므로 여러 가지로 마음을 써서 그를 위해 일을 도모하고 잘 되기를 기원하였다.

참으로 행운이 깃든 간이치의 운명이구나. 그는 세상을 원망한 나머지 집념이 쫓는 대로 살아있는 사람의 육신을 뜯어먹고 그로서 약간의 역경을 당하기도 하였다. 허기진 빈 창자를 달래기 위하여 삼악도(三惡道)에 몸을 던지는 대원(大願)발기한 마음속으로는 백 가지 가책도 천 가지 고난도 물론 각오했다. 그러나 그는 이렇게 크고 너그러운 신임과 따뜻한 연민의 정을 받으리라고는 숫양의 젖을 얻을 수 없듯이 바라지도 않았다. 슬픔 속의 기쁨이구나. 하지만 이 기쁨을 어떻게 기뻐할 것인가. 가책도 고난조차도 결코 증오하지 않겠다고 각오한 간이치는 이 신임도 결국에는 욕심 때문에 벗겨지고 이 연민도 이득 때문에 꺼릴 때가 목전(目前)임을 굳게 믿었다.

독은 독으로 다스린다. 와니부치 채무자 중에 고리부채로 유명한 모당(党) 모유지가가 있다. 그는 삼 년여 동안 이러지도 저러지도 못한 관계로 원금 오백여 엔 가량 채무를 지고도 꾀를 부리고 웅변을 토하고, 대담무쌍하게 출몰자재의 계략을 꾸미니 노련한 와니부치도 도저히 방책이 없었다. 다른 동업자들도 이 자에게 걸려 역공을 받고 토혈을 내뿜는 이가 적지 않아 너무도 밉살스러웠으나 그는 쇠지렛대도 꺽일 정도로 처치 곤란하였다. 와니부치는 극복은 못해도 내버려두긴 분하니 적어도 본보기라도 이따금 다짐을 해서 그놈이 다시는 날개를 펴지 못하게 어제는 간이치에게 봐주지 말고 엄히 담판을 짓도록 일러 대리로 그 집으로 보냈다.

그는 호되게 농락당하자 질세라 욕설을 퍼붓고 네 시간가량 그 자리에서 일어나지도 않은 채 맹렬하게 언쟁을 했다. 그러나 병자 같은 풋내기라고 멸시한 간이치가 끈질기게 맞서 굴하는 기색이 없자 마침 그 자리에 있는 칼 달린 지팡이를 단숨에 빼어들었다. 네 놈이 돌아가지 않으면 살아서는 돌아가지 못하게 하겠노라며 이 척(尺)(1척

=30.303㎝)도 넘는 예리한 칼날을 위태롭게 들이대고 위협하였다. 대수롭지 않게 대하며 끝내 움직이지 않자 때마침 그 자리에 있던 건달 세 명의 난폭한 주먹에 둘러싸여 문밖으로 떼밀려져 약간의 상처를 입고 돌아왔다. 이 때문에 간이치의 예민한 신경은 심히 격동하여 밤새도록 잠을 이루지 못하고 오늘아침에도 기분이 여느 때만 못해 하루 휴양을 청해 이부자리도 그대로 둔 채 방 한 칸에 틀어박혀 있었다. 이런 일이 있은 다음 날은 머리가 몹시 고단함과 동시에 마음이 심란하고 분노 뒤에 또 분노가, 슬픔 뒤에 또 슬픔이 밀려왔다. 이 때문에 반드시 하루 일을 쉬는 것이 그의 고질병이었다. 그래서 그는 이럴 때마다 몸이 약해지고 감정이 예민해져 이 일이 도저히 맞지 않다고 느끼지 않은 적이 없다. 그가 이 업계에 들어온 첫 해는 일하는 날보다 쉬는 날이 많아서 지금도 와니부치는 웃으며 얘기할 때가 있다. 다음 해부터는 점차 익숙해졌지만 그의 마음은 결코 이 악업에 익숙해지지 않았다. 그저 잘 참을 수 있게 배웠다. 그가 이 일을 배워 참을 수 있게 된 것은 그 일 이후 오랜 실망과 원통함을 단 하루도 잊지 못하고, 그 괴로움의 여세를 몰아 다른 방면에 쏟아 붓는 것에 지나지 않았다. 그는 그 실망과 원통함을 잊기 위해서 이외에 견뎌야만 하는 괴로움을 거부하지 않았다. 하지만 그는 지금도 여전히 스스로 만든 잔혹함을 후회하고 혹은 다른 사람에게 당하는 모욕을 견디지 못하고 신경이 과도하게 흥분되어 하루 정도 조절이 필요한 가벼운 병을 얻기도 했다.

쾌청한 가을기운은 맑고 하늘색과 구름은 정취를 풍기었다. 금빛 햇살은 풍성하게 쾌청함을 장식하는 남향 툇마루 장지문을 벌리고 상쾌한 늦가을의 쌀쌀함 속에 키가 크고 마른 간이치는 자리에 누워 있다. 창백하고 탁해진 뺨, 앙상한 옆얼굴. 찌푸린 눈썹 밑에 깊은 생각에 빠진 시선이 엉기어 멈추었다 마침내 무너지듯이 턱을 괸 손을 풀고 메밀베개에 무거운 머리를 떨구었다. 몸을 뒤척여 솜이불을 끌어당기고 펼친 신문을 집었다가 볼 새도 없이 던지고는 반듯이 누웠다. 때마침 누군가 계단을 올라오는 소리가 났다. 간이치는 꼼짝 않고 가만히 눈을 감았다. 맹장지를 열고 들어 온 이는 주인의 부인이었다. 간이치는 당황하여 일어나려하자 그대로 있으라고 말리고서는 책상 옆에 앉았다.

"홍차를 타 왔으니 들어요. 밤도 조금 삶았고요."

밤이 담긴 손바구니와 다기쟁반을 머리맡에 두었다.

"기분은 어때요?"

"아니, 뭐, 누워있을 정도는 아닙니다. 이렇게 여러 가지로 맛있는 간식을. 감사합니다."

"식기 전에 들어요."

그는 가볍게 인사를 하고 홍차 잔을 들었다.

"주인어르신은 언제쯤 나가셨습니까?"

"오늘 아침은 다른 때 보다 빨리 나갔어요. 히가와에 간다고요."

말하기도 역겹다는 듯이 들렸지만 간이치는 그다지 마음에 두지 않았다.

"아, 구로야나기 씨말입니까?"

"그게 어떻게 된 건지 모르겠어요."

미네는 쓴웃음을 지었다. 장지문으로 들어온 밝은 햇살은 그녀 얼굴의 잔주름까지 셀 수 있을 정도로 비추었다. 머리숱은 적지만 한 올도 흐트러짐 없이 빗질을 하여 둥글게 말아 묶고, 얼굴빛은 붉은 편이나 손질을 잘 해서인지 맑고 윤이 났다. 코 주변에 엷게 마마자국이 있어 입을 당겨 오므리는 버릇이 있었다. 치열이 나빠서 항상 검게물들였는데 이거야말로 범부채 열매라 할 만큼 대부분 빛나도록 고왔다. 버려무늬 플란넬홑옷에 아침추위로 하오리를 입고 오글쪼글한비단은 색을 바꾸어 다시 염색한 것 같았다. 간이치는 역시 흘려듣지않고서,

"왜 그러십니까?"

미네가 하오리 끈을 풀었다 묶었다 하며 말을 주저하는 모습에 굳이 물어볼 일은 아닌 것 같아 간이치는 바구니에서 밤을 집어 껍질을깠다. 그녀는 잠시 생각한 후,

"그 아카가시 미인 말이에요, 그 사람 안 좋은 소문이 있지 않나요? 못 들었어요?"

"안 좋은 소문이라뇨?"

"남자를 꼬셔서 미끼로 한다든지 하는……."

간이치는 자신도 모르게 고개를 갸웃했다. 지난밤 일들과 관련지어 생각해볼 만하였다.

"그렇군요."

"전혀 듣지 못했습니다. 그 여잔 남자를 꼬시지 않아도 돈에 궁하

진 않으니 그런 일은 없을 텐데요……."

"그러니까 안 되는 거예요. 당신도 세상이치를 몰라요. 돈이 있으니 안 그런다고 할 수 있나요? 그런 소문이 내 귀에까지 들어온걸요."

"글쎄, 그렇지만."

"어머, 그렇게 까면 먹을 게 없어요. 이리 줘 봐요."

"예 죄송합니다."

미네는 할 말을 위해서 팔짱끼고 말똥말똥 있기보다 뭔가를 하면서 얼버무리듯 이야기하는 편이 낫겠다고 생각하였다. 그녀는 더 큰 밤을 골라 그 꼭지부터 칼을 대었다.

"잠깐만 봐도 그런 일을 할 성향이 아니던가요? 당신 같이 견실한 사람은 괜찮겠지만 정말이지 그런 여자한테 말려들기라도 하면 큰일이에요."

"그런 일이 있습니까?"

"하지만 내 귀에까지 들어올 정돈데 간이치 씨가 전혀 모르진 않을 거라 생각해서요. 그 미인이 그런 짓을 한다는 소문이 자자해요. 가나구보(金窪) 씨와 와시즈메(鷲爪) 씨 그리고 아쿠타하라(芥原) 씨, 모두 그 얘길 하던 걸요."

"어쩌면 그런 평판이 났을지도 모르겠습니다만, 전 전혀 듣지 못했습니다. 역시, 그런 성향이면 그건 그럴지도 모르겠습니다."

"이런 이야기는 다른 사람한텐 못 해요. 긴 세월 서로 속속들이 아는 한 식구 같으니 저도 말하는 거지만요. 난처해서 어쩌면 좋을까 해서요."

나이프를 쥔 미네 손은 차츰 둔해졌다.

"이런, 이건 엄청 큰 벌레네요. 자, 봐요, 이 벌레 어떤가요?"

"대단하군요."

"벌레가 붙으면 안 돼요! 밤뿐만 아니라."

"그렇죠."

미네는 또 하나 집어 까기 시작했지만 마음이 내키지 않는 듯 손놀림은 점점 소홀해졌다.

"이건 정말로 간이치 씨니까 제가 믿고 말하는데요, 여기서만 하는 이야기에요."

"알겠습니다."

간이치는 먹으려던 밤을 바꾸어 들고서 정색하며 미네를 향했다. 듣는 귀가 없는 걸 알면서도 비밀을 말하려는 그녀 목소리는 저절로 낮아졌다.

"아무래도 이전부터 이상하다 했는데, 아무래도 낌새가요. 우리 집 양반이 그 미인한테 걸려든 게 아닌가 싶어서요. 아무래도 그게 틀림없어요!"

그녀는 이미 밤 따윈 까지 않았다. 간이치는 웃음으로 얼버무리며,

"그런 어처구니없는 일이……."

"다른 사람이면 몰라도 옆에 있는 부인인 내가……그건 이미 틀림없어요!"

간이치는 곰곰이 생각에 잠겼다.

"주인어른께선 올해 몇이시죠?"

"쉰하나요, 이제 할아버지죠."

그는 다시 생각에 잠겼다.

"뭔가 증거가 있습니까?"

"증거라고 해야 특별히 보내온 편지를 본 것도 아니지만 그런 확인을 안 해도 이미 틀림없어요!!"

씩씩거리는 미네 앞에서 그는 고개를 숙인 채 아무 말 없이 조용히 여러모로 생각해 보았다. 미네는 마음을 가라앉히고 다시 밤을 까기 시작했다. 그 하나를 다 깔 때까지 말을 잇지 않다가 서서히,

"그건 뭐 남자 본능이라고 하니까 첩을 즐기는 것도 좋아요. 이게 기생이거나 따로 살림을 차린 거면 차라리 아무 말도 안하겠어요. 우선은 아카가시 씨라는 사람이 있지 않아요? 그렇죠? 게다가 그 여자라니! 평범한 보통내기가 아니란 거예요. 그러니 내가 정말로 걱정이 돼서요. 질투라면 좋겠지만 이건 좀처럼 질투할 만한 그런 멋있는 일이 아니에요. 그런 여자한테 걸려 들면 마지막에 어떤 일이 생길지 뻔하니 그게 고민이네요. 우리 집 양반도 그렇게 영리하면서 어찌 된 영문인지 오늘 아침에 나간 일도 아무래도 수상해요. 분명히 히가와에 간 것 같진 않아요. 그러니까 봐요. 요즘 어쩐지 멋을 부리고 오늘 아침에도 하오리부터 띠까지 새로 맞춘 옷으로 차려입었어요. 그 겉치장이, 평소 히가와에 갈 때도 그렇게 멋을 부린 적은 없었어요. 그건 이미 히가와가 아니라는 거죠."

"그게 사실이라면 곤란하겠군요."

"어머, 간이치 씨는 아직도 그렇게 속편한 말을 하네요. 사실이라

면요, 사실이 틀림없다니까요."

간이치가 마음 내켜하지 않자 미네는 자못 답답한 듯 조바심이 났다.

"허어, 사실이라면 정말 큰일이군요. 그 여자와 연루되는 일은 전혀 좋을 게 없는데, 걱정이시겠군요."

"내가 질투 나서 그러는 게 아니에요. 정말로 남편생각을 하니 걱정이 돼서 그래요. 상대가 안 좋으니까요."

다시 생각해도 간이치로서는 납득이 가지 않았다.

"그런데 그건 언제부터입니까?"

"바로 요 근래에요. 모두 다요."

"어쨌든 걱정되시겠군요."

"그래서 꼭 부탁이 있어요. 기회를 봐서 나도 신중하게 말하려는데 이렇다 할만한 증거가 없으면 말을 꺼낼 수도 없고. 어떻게든 그걸 밝혀내고 싶은데 내 처지론 바깥일을 전혀 모르니 말이에요."

"지당하신 말씀입니다."

"그래서 당신에게 부탁이 있어요. 부디 은밀히 상황을 살펴 주세요. 당신이 누워있지 않으면 실은 오늘 당장 부탁하려 했는데 때가 좋지 않아서요."

가라는 명령 따위를 선택할 수 없는 상황이 바로 이런 것이구나. 간이치는 홍차와 밤이라고 생각하니 그 너무나도 싸게 팔린 자신이 혼자 우스웠다.

"아니, 전혀 상관없습니다. 어떤 일입니까?"

"정말요? 너무 미안해서요."

그녀의 붉은 얼굴은 빛날 정도로 좋아했다.

"거리낌 없이 말씀해 주십시오."

"그래요? 정말로 괜찮나요?"

미네는 그가 흔쾌히 승낙하자 이를 보답하는 약간의 사례로 홍차와 밤은 너무했다고 이제 와 새삼 부끄러웠다.

"그럼, 정말로 수고스럽게 해서 미안한데 히가와에 가서 보고 오면 그것으로 돼요. 구로야나기 씨네 가서 남편이 왔는지 아닌지, 만약 왔다면 언제 와서 언제쯤 돌아갔는지. 아니, 십중팔구는 분명히 안 갔겠지만요. 그 상황만 알면 돼요. 그것만 알면, 그것으로 증거 하나가 생기는 거니까요."

"그럼 다녀오겠습니다."

그는 일어서 잠옷 끈을 풀려 했다.

"기다려요, 지금 인력거를 부를 테니."

이렇게 말을 내뱉고 미네는 성급하게 계단을 내려갔다.

뒤에 남은 간이치는 곰곰이 이 일의 진위를 번민하며 옷을 갈아입고 거실로 나갔다.

'부인에게 버림받고 학사도 되지 못하고 그 뒤가 고래대금업자 대리인. 그리고 이제 안주인의 비밀탐정인가!' 우연히도 떠오른 생각에 공연히 혼자 웃음 지었다.

제 4 장

간이치는 바로 인력거를 달려 히가와의 구로야나기로 향하였다. 그의 집은 다즈미 자작 저택 내에 있고 뒷문으로 출입하게끔 저택 측면을 등지고 삼백 평 정도 가로로 길게 무궁화 울타리로 에워쌌다. 옛스러운 내부와 운치 있는 이층건물이었다. 외관이 검소하여 눈에 띄지 않는 반면 목재는 저택을 개축할 때 그 구(舊)재목을 자작에게 받아 사용했다고 한다.

간이치도 그의 주인도 이집에 공공연히 드나드는 일을 꺼리는 처지여서 보통 현관 옆 격자문으로 방문하였다. 그가 문 입구에 다가가 보니 와니부치 신발은 보이지 않았다. 이미 돌아갔는지 아니면 오지 않았는지, 혹은 아직 못 보았는지. 어쨌든 미네 말이 들어맞았지만 이것만으로 바로 의심해선 안 되니 소리를 내보았다. 그러나 응답하는 사람이 없어 다시 한 번 부르니 익숙한 안주인 목소리가 연실 하녀를 불러대고 대답이 없자 마침내 직접 나왔다.

"어머나, 자, 들어오세요. 마침 알맞은 때에 오셨습니다."

그녀는 눈동자만 매우 크고 병자처럼 수척한 몸은 심지 같아 보기에도 애처로웠다. 그러나 목소리는 또랑또랑 활기가 있어 어디서 나는 소리인지 한번은 눈을 또 한번은 귀를 놀라게 하는 간이치가 일종의 요괴라 하는 그 사람이다. 나이는 쉰 정도로 머리가 백발이어서 남편보다도 누나 같다.

간이치는 귀족풍의 공손한 인사를 하였다.

"저, 오늘은 급한 일이 있어 이만 실례하겠습니다. 주인어른께선 오늘 아침 무렵 이곳에 오셨습니까?"

"아니오, 안 오셨습니다. 실은요, 좀 이야기가 있어 뵙고 싶다고 말씀드릴 참이었는데. 조금 전에 저택에 나가셔서 뫼시고 오도록 하겠으니 잠시만 들어오시죠."

이르는 대로 객실을 통과하여 입구 가까운 데서 대기하자, 그녀는 우물가의 하녀를 불러 급히 주인 있는 곳으로 보냈다. 담배합과 엽차만을 내고서 가재도구가 있는 방으로 들어간 부인은 두 번 다시 나오지 않았다. 그동안 간이치는 어떻게 이 탐정 한 건을 처리할지 궁리하였다. 잠시 후 하녀가 숨을 헐떡이며 돌아온 기척이 나니 바로 부인이 나와 그 특유의 목소리를 내었다.

"저, 지금 좀 손을 놓을 수 없다하시니 저택 쪽으로 가보시죠. 바로 저쪽입니다. 하녀에게 안내하도록 하겠습니다. 얘, 도요(豊)야!"

인사를 고하고 출입구를 나오자 부엌 밑 담가에 스물쯤으로 보이는 익숙한 얼굴의 하녀가 기다렸다. 하녀는 뒤쪽 띠 매무새를 단정히 하면서 길을 안내하였다. 담을 따라 도니 다마가와(玉川) 자갈을 깐 샛길이 나오고 그 곳을 벗어나니 자작 저택구내에 건물 세 채가 늘어서 있었다. 토방 뒤쪽에 깨끗이 쓸어놓은 높게 줄지어 심어진 오동나무 길 아래를 끝까지 가니 판장으로 둘러싸인 달개가 한 채 있었다. 그 굴뚝에서 바쁘게 연기가 피어오르고 때마침 부인의 가마꾼이 들어간 곳이 통용문으로 간이치도 이리로 들어갔다. 멀리서나마 지나쳐 온 부엌에서는 술과 음식 냄새가 빈번하고 안쪽에서는 끊임없이 사람들의 북적거리는 소리가 들리는 것으로 보아 내객이겠구나 생각하며 구로야나기가 대기할 만한 방으로 안내받았다.

구로야나기 모토에의 딸 시즈오(静緒)는 저택 시녀로 드나드는데 오늘은 특별히 여자 손님 접대에 불려갔다. 높이 빗어 올린 머리에 다른 색 안감을 댄 옷으로 새로 단장하고 한시도 손님 곁을 떠나지 않고 소홀함이 없도록 정성껏 모셨다. 이리하여 저택 내를 유람하고 싶다하여 먼저 서양관 삼층으로 안내하였다. 나선계단 중간정도를 올라가는 손님 뒷모습에서 얼마나 대단한 귀부인인지를 살필 수 있었다.

가발로 보일정도로 옻칠을 한 듯 윤기 나는 검은 머리를 둥글게 틀어 올려 산호구슬비녀를 꽂았는데 냉염(冷艶)한 하얀 깃과 어우러져 비견할 바가 없었다. 다섯 문양의 오글쪼글한 옅은 쥐색비단 홑옷에 천 색지가 흩뜨려진 바탕무늬의 암녹색 수자직 띠를 높이 치켜 둘렀다. 담홍색 몬로(돋을무늬로 짠 여름용 비단) 긴 속옷자락은 실내화가 움직일 때마다 천천히 정취를 내뿜어 마치 흰 비단버선에 연분홍 산다화(山茶花)가 핀 것 같았다.

시즈오는 이 고운 모습을 자꾸 뒤돌아보려고 벽 쪽에 기대어 두 세 단씩 앞섰는데 그녀가 고개를 숙이고 오르자 옻칠 장식 빗이 아주 잘 보였다. 마침 이에 시선을 빼앗겨 계단 하나를 헛디디며 굉장한 울림 속에서 '아' 하고 넘어질 뻔하였다. 다행히 그녀는 다치지는 않았지만 자신의 상처보다 귀한 손님을 놀라게 한 어수선한 행동이 부끄러워 도저히 견딜 수 없었다.

"죄송합니다. 어처구니없는 실수를 해서……."

"아니에요. 정말로 어디 다친데 없어요?"

"예. 필시 놀라셨을 겁니다. 죄송합니다."

이번에는 살얼음을 밟듯 계단 하나를 오를 때 귀부인은 그녀의 띠가 풀어진 것을 보았다.

"잠깐만 기다려요."

앞으로 다가와 묶어주려 하자 침착하던 시즈오는 놀라고 당황하였다.

"어머나, 죄송합니다."

"괜찮아요. 자, 가만히."

"아니, 그럼 정말로 황송해서요."

승강이를 할 수 없어 결국 귀부인 손을 번거롭게 한 시즈오는 넘칠 정도의 감사한 마음과 함께 이 다정함에서 벚꽃 향기가 나는 듯했다. 그녀는 여사서(女四書) 내훈(內訓)에 나온다 하여 종종 아버지에게 듣는 '오색 옷을 번영케 함도 이는 몸의 허식에 불과하고 정숙한 몸가짐과 온순한 마음의 이치를 따르면 즉 이로서 부덕(婦德)에 이르게 된다' 라는 말처럼 자신의 아름다움을 자랑하지 않고 그 부덕에 어긋나지 않는다 할 만한 멋있는 분을 만났다고 외곬으로 생각하였다.

삼층에 올라 시즈오는 북서쪽 창으로 다가가서 바지런하게 장막을 걷고 유리문을 끌어올렸다.

"자 이쪽으로 오십시오. 여기가 제일 전망이 좋습니다."

"어머, 경치가 정말 좋군요! 후지산(富士山)이 아주 맑고. 오, 물푸레나무향이 나는군요. 저택 내에 있습니까?"

귀부인은 밝게 트인 이 청명한 가을하늘이 흡족한 듯 꿈꾸는 표정으로 잠시 멈춰 섰다. 창문으로 다투어 들이비치는 햇살은 비스듬히 그 모습을 비추고 옷깃을 여민 진주 브로치는 마치 타는 듯이 빛났다. 티끌조차 허용치 않은 맑디맑은 점경(點景) 속에 선 그녀의 용모는 맑고 선명하게 돋보여 옥호(玉壺)에 하얀 꽃을 꽂은 풍경과 같았다. 시즈오는 같은 여자이지만 도취되어 무례하게 그녀를 뚫어지게 바라보았다.

그녀 눈은 시원스럽게 방울져 떨어지듯 정취가 어리고, 그 눈썹은 느낌대로 그려 완성한 듯하였다. 입술은 꽃봉오리채로 향기를 풍기고, 코는 비할 바가 없을 정도로 가장 잘 갖추어졌다. 곱고 반드러운 살결은 투명할 정도로 하얗고, 굳이 흠을 구하자면 짙고 윤기 도는 머리를 무겁게 틀어 올린 이마 가장자리가 조금 흐트러졌다. 또한 서있는 모습이 바람에도 견디지 못할 것 같이 가냘프고 얼굴이 지나치게 여위어서 자연히 상심하듯 보이는 깊은 쓸쓸함. 그리고 너무 가냘픈 목이 꺾이지 않을까 하는 애처로움이었다.

그러나 시즈오는 이렇게 잘 갖추어진 미인은 이제껏 본 적 없다고 속으로 놀라며 계단을 헛디뎌 허둥댄 실수를 이미 잊은 채 응시하는 옆 눈길은 마치 그것을 뺏으려 노리는 듯 마음을 뺏긴 얼굴은 멍하였다. 시즈오 역시 평소에는 사람들이 되돌아볼 정도의 용모지만 풀꽃에 향기가 없듯이 이 귀부인 옆에서는 형편없어 보였다. 그녀는 자신이 얼빠진 사실도 모르고 거듭 사람 외관만을 계속 생각하였다. 참으로 이 귀부인이라면 금시계도 진주브로치도 다섯 개의 반지도 또 좋은 마차도 무슨 소용 있겠는가. 여자의 덕까지 갖추고 이렇게 요염하게 태어나고 게다가 이런 부유함을 만난 것은 하늘의 은혜와 세상의 행운을 함께 받아 더할 나위 없는 행복을 가진 이처럼 대단한 사람도 있구나. 아름다운 이는 가난하여 팔지 않을 수 없고, 부유한 자는 추하여 사지 않을 수 없는 것을. 이 두 가지가 뜻대로 되지 않는 것이 세상사인데 여자지만 이렇게 태어난 것은 그 행운이 남자보다도 더하구나. 시즈오는 부러운 마음이 강하게 들었으나 질투심에 이르지 못하고 오히려 경외심이 들었다.

그녀는 귀부인 용모에 심취되어 접대하려고 가지고 온 쌍안경도 잊고 있었다. 이것은 자작이 프랑스에서 가지고 온 명기(名器)로 드디어 꺼내어 권하였다. 형태는 한 손에 숨길 정도지만 멀리까지 잘 볼 수 있는 성능은 거의 신의 도움을 의심할 만하였다. 그 통은 유백색 옥이고 금세공 쇠 장식을 약간 입혔을 뿐이었다.

이윽고 귀부인은 쌍안경으로 끊임없이 감상하며 눈이 미치지 않는 저 멀리까지 남북으로 다 둘러보고는 이 물건의 예사롭지 않은 정교함에 놀란 기색이었다.

"저 먼 곳에 아주 작은 이쑤시개만한 봉이 보이지요. 저건 깃발인데 파스름한 옥색바탕에 빨간 줄무늬 모양까지 또렷이 보여요. 그리고 깃대 머리에 앉은 소리개가 손안에 놓인 것처럼 환히 보여요."

"어머, 그렇습니까? 어쨌든 이 정도 쌍안경은 서양에도 많이 없다고 하시더군요. 야스쿠니(靖国) 신사 축제 때는 봉화인형이 잘 보입니다. 저는 이것을 볼 때마다 생각합니다만, 이런 식으로 이야기가 들리면 분명 좋겠다고요. 너무 가까이 보여서 소리가 들리는 것 같습니다."

"소리가 들리면 이쪽저쪽 소리가 하나가 되어 북적북적 되겠네요."

이렇게 말하고 함께 웃었다. 시즈오는 손님 접대에 익숙하여 수줍어하면서도 이야기를 잘 이끌어 내었다.

"저는 처음으로 이것을 보았을 때 주인님께 완전히 속았습니다. 바로 코앞에 보일 거다 하셔서 그렇습니다 하니, 그러면 바로 귀에 대보아라 하시며 귀에 빨리 대면 소리도 다 들린다고 하셔서……."

막힘없이 이야기를 꺼내는 시즈오 얼굴을 응시하며 귀부인은 미소 지으며 들었다.

"전 서둘러서 귀에 댔습니다."

"어머나!"

"아니, 조금도 들리지 않아 그렇게 말씀드리자 잘못 대서 그렇다 하시면서 주인님께서 직접 할 테니 잘 보라고 하셨습니다. 전 몇 번이나 했는지 모릅니다만 아무것도 들리지 않아서 그렇게 말씀드리자 너는 안 되겠다 하시며 함께 수행하던 부하도 친척 분들도 모두 해보게 하셨습니다."

귀부인은 실소를 금하지 못하였다.

"어머, 정말입니다. 그런 다음 아직 귀에 대는 게 서투르다. 더 빨리빨리 하라 하시니 하야미(速水)라는 주인님 수하는 너무 서두르다 귀 여기를 심하게 부딪쳐서 피가 났습니다."

그녀가 즐거워하자 시즈오는 의자를 가지고 와서 권한 뒤 다시 이야기를 계속하였다.

"그런데 아무에게도 들리지 않는 겁니다. 그렇게 말씀드리자 주인님은 직접 해 보시고 역시 안 들리는군. 어찌된 건지 모르겠다고. 정말 너무 진지한 얼굴로 짐짓 뭔가를 생각하시더니 프랑스에선 잘 들렸는데 일본은 기후가 달라서 공기 상태가 쌍안경 도수에 맞지 않는다. 그래서 들리지 않는 거라고 하셔서 모두 곧이 듣고 일 년 정도 속았답니다."

그 명기를 손에 쥐고 귀에 대는 사람이 앞에 있는 듯이 흥미를 느낀 귀부인은 주인의 짓궂은 연극을 몸소 보는 것 같았다.

"자작님은 재미있는 분이셔서 자주 그런 일을 하시나 보군요."

"그렇지만 요 이, 삼 년은 어쩐지 기분이 여느 때만 못하셔서 언짢은 얼굴이십니다."

서재에 걸려 있는 반신 초상화야말로 그 병인(病因)임을 안 귀부인은 돌연 못 본체하며 생각에 잠긴 듯이 깊은 쓸쓸함 속에 가라앉아 보였다.

잠시 후 그녀는 서서히 일어서서 이번에는 더 가까운 곳을 바라보려고 쌍안경을 다시 들었다. 지향 없이 여기저기로 쌍안경 몸통을 돌렸는데 우연히 당굴거리나무가 아주 가까이 렌즈에 들어와 일면에 널리 퍼졌다. 알알이 열매도 신기하여 무슨 나무인지 그대로 자세히 살피는데 가려진 나뭇잎 사이로 사람이 보여 무심코 바라보니 그것은 스스로 도저히 잊지 못한 그 사람과 닮은 모습이었다.

귀부인은 그쪽으로 향한 손을 단단히 고정한 채 눈을 닦을 겨를도 없이 좀 더 마음을 가라앉히고 바라보았지만 나뭇가지에 가려 여하튼 생각대로 되지 않았다. 겨우 그 얼굴이 분명히 보이는 틈을 찾았는데 달리 마주보는 사람이 있었다. 머리는 검지만 앞이마가 반질반질 벗겨진 사람은 앞서 인사 나온 사무를 보는 구로야나기 씨였다. 또 한 사람인 그 사람이야말로 눈썹이 짙고 눈꼬리가 올라간 서른 살 전후의 남자였다. 잊을 수 없는 얼굴과 닮은 것은 말할 필요도 없고, 한시도 잊을 수 없는 그 모습과 뜻밖에도 마주한 쌍안경을 든 귀부인 손은 부르르 떨렸다.

흘러가는 물위에 숫자를 쓰기보다 덧없는 연모와 그리움으로 밤낮없이 끊이지 않는 그리움은 다름 아닌 바로 사 년 전 옛 일이었다. 아타미의 달은 아련한데 일생의 눈물로 맺힌 옛 모습은 좀처럼 사라지지 않고 몸에 맴도는 환영을 유품으로 삼았다. 언젠가 다시 꼭 만나리라는 마음으로 비바람에도 당신이 무사하기를 기원하며 마음은 예전과 조금도 다르지 않지만 당신의 원망이 겹겹이 쌓인 미야는 여기에 있다. 그리워하고 그리워할 뿐 헤어진 후의 일은 알지 못하고, 어떠한 번뇌를 거듭했는지 나이보다 얼굴이 야위고 이상하게도 지나치게 분별 있는 얼굴로 늙었다. 박복하게 지냈는지 입은 옷도 좋아 보이지 않고, 또한 서생이어야 할 모습은 무언가에 기식하는 듯하여, 마음 둘 곳 없이 떠올라 가슴이 찢어질 것 같았다. 그 때, 무언가 이야기하며 살짝 웃는 남자 얼굴이 선명하게 비추니 귀부인 눈에서 까닭 없는 눈물이 알알이 흘렀다. 이제는 더 이상 참기 힘들어 소리까지 새어나오자 비로소 보는 눈이 있음을 깨닫고 낭패다 싶어 급히 손수건을 눈에 대었다. 시즈오는 이루 말할 수 없을 정도로 놀랐다.

"어머나, 왜 그러십니까?"

"아니, 뭐, 제가 좀 두통이 있어서요. 사물을 너무 주시하면 자칫 현기증이 나서 눈물이 나올 때가 있어요."

"자리에 앉으십시오. 머리를 조금 만져 드리겠습니다."

"아니에요, 이렇게 있으면 금방 나아집니다. 미안하지만 찬물 한 잔 주세요."

시즈오는 쏜살같이 가려했다.

"저, 아가씨, 누구에게도 말하지 마세요. 걱정할 일은 아니니까요. 정말로 말하지 말고 그냥 제가 입 안을 헹군다고 하고 갖다 주세요."

"예, 알겠습니다."

그녀가 계단을 내려가자마자 귀부인은 다시 쌍안경을 들고 잎새 너머 그 모습을 바라보았다. 한 번 보자마자 고인 눈물에 흐려져 금세 사물을 분간할 수 없었다. 그녀는 흐트러진 모습으로 의자에 맥없이 쓰러져 되는대로 어지러이 흐느꼈다.

이 귀부인이 바로 도미야마 미야코로 오늘 남편 다다쓰구와 함께 다즈미 자작에게 초대받아 남자들끼리 샴페인 잔을 기울이는 동안 정원 구경을 청하여 나온 것이었다.

자작과 도미야마의 교제는 최근의 일로서 그들 모두 일본사진회 회원이었다. 자연히 미야를 제쳐놓고 두 사람이 흥겨움에 빠질 수 있었던 이유는 짐작건대 바로 사진 이야기가 통했기 때문이다. 도미야마는 이 자작과 절친이 되고자 갈망하여 오로지 그의 환심을 얻고자 애썼다. 자작은 기꺼이 사귈만한 사람이라고는 생각지 않았지만 좀처럼 꺼리기도 힘들어 지금은 회원 중 가장 잘 아는 사이였다. 그 후 도미야마는 점점 더 경모(傾慕)하여 집에 치시안 모사(模寫)로 전해지는 고화(古畵)감정을 명분으로 먼저 시바니시노쿠보(芝西久保) 저택으로 초대하여 극진히 대접한 일이 있었다. 그리고 오늘은 그 답례로 이들 부부를 초대하였다.

회원들은 도미야마가 자작에게 아첨하는 모습을 보고 모두 그 마음을 헤아리기 어려웠다. 대부분은 그를 위해서가 아닐 것이라는 등서로 경멸했지만 실제로 굳이 어떤 의도가 있지는 않았다. 그는 언제나 친구를 선택한다. 도미야마가 교제하는 바는 그 지위나 명성, 가문 혹은 자산 중 어느 하나를 취할 만 한 자가 아니면 결코 택하지 않았다. 그러니 그가 친구로 삼는 이는 그 중 하나를 가졌으며 자신 이상으로 가치 있는 인사임에 틀림없었다. 실제로 그는 훌륭한 친구를 가졌다. 그렇다고 해서 그가 지금까지 그 친구를 이용한 적은 없었고 이번에도 굳이 유복한 화족을 이용하기 위해서가 아니라 친구로서 훌륭한 사람이기에 이렇게 애써 친해지기를 바랄뿐이었다. 따라서 그의 명부(名簿)에서는 근심 하나도 같이 할 친구조차 찾을 수 없었다. 무릇 친구란 즐거움을 함께 하고자 사귀는 것으로 만약 근심을 함께 하려면 특별히 돈이 있으니 다른 이의 도움이 필요하지 않고, 또 결코 받을 필요도 없다고 믿었다. 그가 훌륭한 친구를 선택하는 것은 바로 이런 이유에서였다. 과연 그가 선택한 친구는 모두 훌륭하지만 죄다 이 주육(酒肉)의 형제일 뿐이었다. 모른다. 그는 이것으로 그 친구에 만족하더라도 또한 그 부인에게도 이것으로 만족할 용기가 있겠는가. 그가 가장 사랑하는 아내가 그 한 사람을 지켜야 할 남편 눈을 속이고, 더욱이 경멸하고도 남을 고리대금업자 대리인을 향해 짝사랑의 눈물을 흘리지 않는가.

미야는 옆에 아무도 없자 끝을 알 수 없는 눈물을 흘리면서 아타미 해변에 엎드려 다하지 못한 비탄의 눈물을 이곳에서 계속하려 했다.

계단 밑에서 어렴풋이 발소리가 울리자 가까스로 우는 얼굴을 감추고 일부러 고개를 빳빳이 들고 방 한가운데 테이블 주위를 걸었다. 마침내 시즈오가 가져 온 물로 입을 가시고 약을 먹으니 기분이 나아졌다며 다시 창가로 다가가 바깥쪽을 바라보았다.

"잠깐만요, 저기에, 저 남자분이 이야기하고 계신 곳도 저택이 이어진 곳인가요?"

"어느 쪽 말씀인가요? 예, 예, 저곳은 아버지 대기소로 누군가 손님으로 보입니다."

"댁은요? 이 근처인가요?"

"예, 저택 안에 있습니다. 여기에서 바로 보입니다. 저 창고 왼편에 높은 전나무가 있지요, 그 뒤쪽에 보이는 이층집입니다."

"어머, 그렇군요. 그럼 이 아래에서 바로 댁으로 갈 수 있겠네요."

"그렇습니다. 저택 뒷문 옆입니다."

"아, 그래요? 그럼 좀 정원 쪽에서 저택 안을 보여주시겠어요?"

"저택 안이라 해도 뒷문 쪽은 정말로 지저분해서 보실 만한 곳이 못 됩니다."

미야는 여기를 떠나려고 다시 나뭇잎 너머의 남자 모습을 살폈다.

"엉뚱한 것을 여쭙는 것 같습니다만, 저쪽에 아버님과 말씀 나누는 분은 누구신가요?"

그녀 아버지는 항상 들고나는 와니부치가 고리대금업자임을 밝히지 않았기에 시즈오는 아는 대로 고하였다.

"저분은 반조에 사시는 토지와 집을 매매하는 와니부치라는 분의 대리인으로 하자마라는 사람입니다."

"아, 그럼 아닐지도 모르겠네."

미야는 일부러 들으라는 듯이 혼잣말로 그 착각한 것을 의아스럽게 여기는 척하며 다시 그쪽을 지켜보았다.

"반조 어느 부근인지?"

"오(五)반조라고 했습니다."

"댁에는 늘 오시나요?"

"예, 이따금 오십니다."

이 이야기로 인해 미야는 그가 오반조에 사는 와니부치라는 자에게 몸을 의지하는 사실을 알았다. 이렇게 된 이상은 어떻게든 만날 수 있는 소식이 있겠다고 구하기 힘든 보물을 얻은 것보다 더한 마음이었다. 하지만 이후 언제 만날 수 있을 지 기약할 수 없음에, 바라건대 신의 힘도 미칠 수 없을 오늘의 기우를 헛되이 멀리서나마 보고 헤어지려함은 본심이 아니다. 만약 그가 노려본다 하더라도 서로 얼굴을 마주하고 말은 나누진 못하더라도 적어도 서로 알 수 있으면 하고, 사년을 사랑에 굶주린 그녀 마음은 초조하게 움직였다.

과연 그녀가 염려하는 바는 일을 위태롭게 한다는 것이었다. 시중드는 사람까지 있는 손님 몸으로 천하게 여기는 고리대금업자 대리인 따위와 더구나 그 저택내의 좁은 길에서 서로 마주쳐서 만일 예기치 못한 일이라도 생기면 대체 우리 부부는 얼마나 치욕을 받게 될 것인가. 다른 사람에게 알려지지 않고 내 한 몸의 치욕이라면 이 얼굴에 침을 뱉어도 마다치 않을 각오이다. 기우를 포기하기엔 아깝지만 만날 기회가 오늘 하루만은 아닐 텐데. 눈앞에서 일을 그르치면서 어리석게 서두를 것인가. 결코 오늘은 만날 때가 아니다. 괴롭더라도 단념하려고 마음을 진정시키면서도, 그녀는 시즈오를 어루꾀어 저택 한 바퀴를 돌려고 서양관 뒤 출입문 옆으로 나가 바깥 울타리 자갈길로 갔다. 시즈오는 비스듬히 보이는 아버지 대기소 처마 끝을 가리키며,

"저곳이 조금 전 손님을 맞이한 곳입니다."

실로 당굴거리나무는 높이 서있고 때마침 작은 새 한 마리가 날아와 울었다. 미야 가슴은 이상하게 갑자기 메였다.

높은 전각을 내려와 여기에 온 것은 잠깐 사이인데 만에 하나라도 그 사람이 아직 돌아가지 않았다면, 만약 여기로 나오면 어떻게 할 것인가. 역시 두려워 발걸음을 옮겨도 땅을 밟는 느낌도 없고 시즈오 이야기도 귀에 들어오지 않고 그대로 가니 뒷문 옆에 이르렀다. 유람한다면서 귀부인은 특별히 눈을 들어 어디를 바라보지도 않고 고개를 숙이듯이 생각에 잠긴 모습에 시즈오는 불안하고 걱정되었다.

"아직도 기분이 좋지 않으십니까?"

"아니요, 이제 거의 나았는데 아직 왠지 속이 조금 안 좋아서요."

"그건 안 됩니다. 그럼 객실로 돌아가시는 게 좋겠습니다."

"그래도 안에 있는 것보단 밖이 나으니 좀 더 걷는 동안에 가라앉을 거예요. 아, 이쪽이 댁인가요?"

"예, 정말 누추한 곳입니다."

"어머나, 예뻐라! 무궁화가 한창이군요. 하얀 것만으로도 산뜻해서 좋지 않나요?"

구로야나기 씨 댁을 경계로 하여 그 보다 앞은 길이지만 손님 발걸음을 허용할 만한 곳은 못되었다. 헛간과 빨래 너는 곳 그리고 우물가 등이 비쳐 보이는 성긴 울타리 이쪽에는 떡갈나무 열매가 많이 넘쳐났다. 한쪽 옆에 하수를 흘려보내는 좁은 길은 닭이 놀고 개가 자고 있어 보기만 해도 누추하여 시즈오는 서둘러 돌아가려 하였다. 귀부인도 이제 돌아가려는 동시에 두려움은 순식간에 마음을 덮쳤다.

이 외길을 가다 만약 그 사람과 나오는 길에 만나면 피할 수 없어 노골적으로 얼굴을 마주해야만 한다. 그런 만남을 바라지 않는 것도 아니지만 시즈오가 보는 눈은 어떻게 할 것인가. 가령 이쪽에서는 모르는 척해도 어찌 그 사람이 보고 놀라지 않겠는가. 물론 나는 원한을 산 처지이니 말을 걸지는 못하겠지만, 그렇다고 해서 지나가는 행인처럼 못 본 체는 못 할 텐데. 여기에서 미야를 본 그 놀라움은 어떠할는지. 원수를 만난 그 분노는 어떠할는지. 분명 그의 섬뜩할 정도의 격렬한 분노를 보면 시즈오는 얼마나 나를 의심하겠는가. 이 같은 생각이 떠오르자마자 미야는 온몸이 뜨거워지고 식은땀이 흐르면서 다리가 땅에 빨려 들어가듯 얼어붙어 그런 생각조차 견딜 수 없었다. 샛길이라도 있으면 피하려고 시즈오에게 물었으나 없다고 하였다. 알면서도 이 사지(死地)로 뛰어든 것을 후회하며 마음 달랠 길 없어 당혹해하는 미야의 편치 않은 안색을 이상히 여긴 시즈오는 살며시 외면하였다. 그녀는 시즈오 시선을 점점 더 두려워하였다. 지금은 마음도 어지러워 발길을 재촉하자 토광 모퉁이도 점점 가까워지고 거기만 무사히 지나가면 되겠다고 몹시 서두르는 바로 그때, 사람 그림자가 갑자기 그 모퉁이에서 나타났다. 미야는 눈앞이 깜깜해졌다.

간이치는 이제 돌아가서 어찌되었든 간에 미네 앞에서는 좋게 둘러대고, 그런 다음 신중히 사실여부를 밝힌 뒤에 은밀히 할 수 있다고 생각하였다. 그는 검은 중절모를 약간 눈이 가려질 정도로 눌러 쓰고 통학으로 익숙해진 빠른 걸음을 재촉하여 토광 모퉁이에서 오동나무 가로수 사이를 비스듬히 나와 자갈길 가장자리를 걸어왔다.

주변에 인적이 없어 두 사람 모습은 금세 그의 눈에 들어왔다. 한 사람은 구로야나기 딸로 익히 알고, 얼굴을 살짝 돌린 귀부인의 눈부신 성장(盛裝)은 자작 가(家) 손님이라고 겨우 엿볼 수 있을 뿐이었다. 서로 다가와 일 간(一間)쯤 가까워졌을 때 간이치는 시즈오를 향해 정중히 인사하였다. 미야는 옆에서 가능한 한 몸을 움츠린 채 은밀히 곁눈질로 응시하였다. 그 얼굴색은 박꽃에 초저녁달이 비친 것처럼 슬프게도 그 창백함이 서로 몹시도 닮았다. 다리는 세차게 떨리고 가슴은 당장이라도 터질 듯이 두근거리는 모습을 눈치 채지 못하게 할수록 더욱 세차게 떨리고 또한 두근거렸다. 간이치 모습이 눈에 스며들 정도로 보이는 것 말고는 살았는지 죽었는지 스스로도 알 수 없는 느낌이었다.

간이치는 모자를 다시 눌러쓰고 지나가려는 순간, 문득 저택 손님인 귀부인에게 시선이 닿아 흘낏 보았다. 우연히도 서로의 얼굴은 마주쳤다. 미야다! 간음한 여자! 돈 냄새에 몸을 판 계집! 한편으론 놀라고 한편으론 분노하여 매섭게 노려보는 멈춰진 눈동자에는 순식간에 눈물이 글썽거렸다. 그저 한 줌 붙잡고 싶은 충동이 이는 것을 억누르며 몰래 이를 악물었다. 그리움과 수치심이 밀려든 미야 가슴속은 그 무엇에도 비유할 바가 없었다. 가엾구나. 다른 이의 눈만 없다면 껴안고라도 마음껏 책망하라 할 것을. 마음만은 그리워하면서도 몸을 어찌 할 수 없으니 적어도 이 진심만이라도 통하게 하려는 듯 보는 눈에 마음을 담을 수밖에 없었다.

간이치는 갑자기 걸음을 내딛어 처음처럼 빠른 걸음으로 지나쳐갔다. 미야는 시중드는 이에게 얼굴을 돌리고 입술을 깨물면서 걸었다. 너무 놀란 시즈오는 무슨 일인지는 모르지만 짐작할 만한 것을 추측해보았다. 뭔가 비밀이 있다는 생각과 손님 안색이 평소와 달리 그토록 고통스럽게 보이는데 여쭤보아도 되는지 어떨지 가늠하기 힘들어 그저 조심스럽게 곁을 따르기만 하였다. 마침내 정원입구에 왔을 때,

"대단히 안색이 좋지 않습니다만, 객실로 가셔서 좀 쉬시는 게 어떠실까요?"

"그렇게 안색이 나쁜가요?"

"예, 창백하십니다."

"아 그래요? 난처하네요. 여러분에게 걱정을 끼치면 안 되니, 그럼

저쪽으로 가서 정원을 한 바퀴 돌면 기분이 조금 나아질 거예요. 그리고나서 객실로 돌아가요. 그런데 오늘은 아가씨에게 신세를 너무 많이 졌네요. 덕분에 저도…….”

“어머, 당치도 않은 말씀을 하십니다.”

귀부인은 그 약지에서 동박새 여러 마리가 맞대고 있는 모양의 금반지를 빼어 휴지에 쌌다.

“실례지만, 이건 감사 표시로.”

시즈오는 놀라고 황송해하였다.

“네……이런 물건을…….”

“괜찮으니 받아 주세요. 그 대신 누구한테도 보이지 않게 해주세요. 아버님도 어머님에게도. 아무에게도 말씀하지 않도록이요, 아셨죠?”

받지 않으려 하자 억지로 쥐어주고서 서로 아무 일도 없었던 얼굴로 나무사이를 따라 연못 섶나무다리 근처에 다가섰을 때 서원의 고요함 속에서 남편의 큰 웃음소리가 들렸다.

미야는 산책하는 동안 애써 마음을 가라앉히고 안색을 진정시켜 어쨌든 사람 눈을 피하려고 애썼다. 하지만 이것은 술을 훔쳐 마시고 취하지 않으려는 것과 같았다.

그녀는 우선 간이치를 만난 일이 가슴에 새겨진 듯 잊을 수조차 없는데다, 좀처럼 스러지지 않던 옛 사랑이 다시 움터 점점 더해지는 마음의 혼란은 견디기 어려운 고통을 가져왔다. 한 걸음 한 걸음에 가슴이 조여오고 갑자기 온몸의 피는 모조리 그 마음속으로 쏟아져 버려 남김없이 태워진 것 같았다. 이럴 때는 좀 느긋하게 쉬고 마음 의지할 수 있는 내 집에 나 혼자 있으면 좋으련만. 사람들을 만나 억지로 이야기하고 웃고 즐거워해야 하니, 아아 성가시구나. 미야는 여느 때처럼 입술을 깨물 수밖에 없었다.

석가산(石假山) 뒤 들길을 본뜬 샛길로 가니 발 디딜 곳 없이 뻗은 칡넝쿨이 흐트러져 나오고 등나무풀과 이삭여뀌, 여러 가지 자색(紫色) 말리(茉莉), 새(띠나 억새 따위의 총칭), 이삭이 난 억새에 이슬이 무성하였다. 연못 끝에서 끌어들인 물을 낮게 졸졸 떨어뜨리는 물가에는 한 무더기의 호마죽(胡麻竹)이 무성하였다. 보일 듯 말 듯한 이끼 낀 정원석 위에 약간 높게 정자를 세운 곳에 간신히 이르러서야 귀부인은 괴로운 듯이 쉬었다.

그녀는 시즈오가 기둥 가에 서서 기다리는 것을 보고,

"아가씨도 피곤하죠, 그쪽에 앉아요. 아직도 제 안색이 나쁜가요?"

그 창백함은 아까보다 더하고 아랫입술엔 무언가 상처가 났는지 피가 조금 흘렀다. 그녀는 매우 놀라서,

"어머, 입술에서 피가 납니다. 어찌 되신 것입니까?"

손수건으로 누르자 하얀 비단에 석류 꽃잎처럼 묻어나는 피를 귀부인은 품속 손거울을 꺼내 보고는 지나치게 깨물었음을 알았다. 실로 안색은 스스로도 무섭게 보일 정도로 변했는데 정원을 몇 번 돌아 이 색을 감추려고 하였던가. 그녀는 마음속으로 자신을 비웃었다.

갑자기 가산(假山) 저쪽에서 여자 목소리가 들려왔다.

"시즈오, 시즈오!"

그녀는 뛰어 가며 손뼉을 쳐서 응답하고 이윽고 가려진 나무그늘

에서 이야기를 나누는 듯 하더니 돌아오자마자 손님에게 가볍게 목
례를 하였다.

"아까부터 객실에서 애타게 기다린다 하시니 바로 저쪽으로 가시
지요."

"어머, 그래요? 아까부터 꽤 긴 시간을 보냈으니까요."

길을 바꾸어 시즈오는 운대교(雲帶橋) 쪽으로 안내하였다. 다리로
나가자 정면 서원을 바라보도록 이미 비좁을 정도로 술잔과 쟁반이
놓였고 남편은 이미 자리에 앉아 있었다.

이 쪽 모습을 보자 자작은 마루 끝으로 나와 손짓하여 부르면서,

"거기를 건너서서 이쪽 등롱이 있지요, 그 근처로 잠깐 나와 주시
겠습니까? 한 장 찍고 싶어서요."

사진기는 벌써 적당한 곳에 세워졌다. 자작은 정원으로 내려와서
재빨리 카메라 덮개를 끌어 씌우고 이리저리 위치를 잡았다.

"자, 광선 상태가 오묘하군!"

도미야마 다다쓰구는 촬영하는 모습을 보려고 어슬렁어슬렁 나왔
다. 한 손에는 반쯤 탄 시가를 쥐고, 한쪽 팔꿈치를 오문(五紋) 홑겹 하
오리 소매 안으로 뻗치고, 코밑이 늘어져 보이는 웃음을 띠었다.

"아, 당신은 거기 있어야죠. 왜 걸어오는 거지?"

자작의 당황한 얼굴은 이 때 벨벳 덮개 안에서 확 나타났다.

"안 돼요! 저쪽에 있으셔야 합니다. 뭐라고요, 사양한다고요? 안돼
요! 번거롭게는 안 하겠으니, 자 부탁드립니다."

"아니, 당신은 재치 있는 말을 익히셨군요. 번거롭게는 하지 않겠

다는 게 딱 좋군요."

"이렇게까지 해서 부탁하는 것은요, 요즘은 찍어달라는 사람보다 찍으려는 사람이 많아서요. 자아, 부인, 그럼 저쪽으로. 시즈오, 네가 부인을 저쪽으로 모시렴."

다다쓰구는 눈으로 가리키며,

"여보, 빨리 가 봐요. 모처럼 이렇게 준비해주셨는데, 꼭 부탁해 봐요. 어, 저 등롱 옆에 서 봐요. 이 사진기는 매우 훌륭한 것이니 꼭 부탁 드려 봐요. 조금도 부끄러워 할 거 없지 않소. 뭐, 부끄러워 할 거 없다? 그렇고말고, 부끄러워 할 일이 아니고말고. 늘상 하니까 그렇게 하면 되요. 자세는 내가 봐줄 테니 어서 와요. 등롱에 기대서 턱이라도 괴고 하늘을 바라보는 자세도 괜찮고. 응, 어때요?"

"훌륭해요, 훌륭합니다."하며 자작은 고개를 끄덕였다.

내키지 않지만 거절할 수도 없어 가리키는 위치에 서있는 미야를 보며 다다쓰구는,

"그렇게 우두커니 서 있음 안 되겠는데. 뭔가 들고 있는 게 좋을 것 같군."

이렇게 중얼거리면서 나막신을 끌고 급히 가서 자신이 생각한 대로 등롱에 기대어 턱을 받치고 하늘을 바라보라고 일러주고, 소맷자락 주름을 펴고 헝클어진 옷자락을 다시 매만져 주었다. 이제 됐다고 조금 물러나 자세를 보자마자 그녀의 고통스러운 얼굴과 몹시도 변한 안색을 발견하고 그는 바로 다가왔다.

"어찌 된 거요, 여보, 그 안색은? 어디 안 좋은가, 어? 예사롭지 않

은 혈색이군. 어찌 된 거지?"

"두통이 좀 있어서요."

"두통? 그럼 이리 서 있는 건 힘들겠군."

"아니오, 그 정도는 아니에요."

"힘들면 참지 않아도 되오. 내가 이유를 말하고 거절할 테니."

"아니에요, 괜찮아요."

"괜찮겠소? 정말로 괜찮겠어? 참지 않아도 되니까."

"괜찮아요."

"그래? 하지만 안색이 아주 좋지 않군."

그는 걱정이 되어 가지를 못했다. 기다리기 힘들었던 자작은 불렀다.

"어떻습니까?"

다다쓰구는 분주하게 몸을 돌려,

"한번 이것으로 보세요."

자작은 렌즈에 비추어 두세 가지 고칠 부분을 알려준 후 사진원판을 꽂자 다다쓰구는 잘 아는 듯이 그 근처를 피했다.

하늘을 바라보는 미야 눈동자에는 붙태우 듯 일종의 표정력이 충만하고 나른하여 지탱하기 어려운 모습도 일부러가 아니었다. 갖가지 색의 비단옷은 낙엽송 녹음아래에서 무늬를 이루고 높고 청원한 가을하늘이 그 뒤에 펼쳐졌다. 사각 석등롱을 방패로 옷자락은 겨울 철쭉수풀에 가리었고 근처에 거위 두 마리가 물가에서 먹이를 찾으러 다녔다. 오히려 그림 같은 이 풍경에 자작은 내심 기뻐하며 사진기 앞으로 나가 바야흐로 렌즈를 열려고 할 때, 턱을 괴었던 귀부인의 손이 갑자기 허물어지면서 그 몸이 등롱 갓 위로 포개듯이 푹 엎어졌다.

제5장

유사 료키쓰(遊佐良橘)는 고향에 있을 때도 상경하여 유학중에도 매우 근면하고 성실한 사람이라 들었는데 오히려 일본주항사(日本周航社)에 출근하는 요즘 고리 삼백 엔으로 괴로워하는 사실을 안 그의 친구들은 모두 놀랐다. 어떤 이는 결혼 비용일 것이라고, 어떤 이는 겉치레를 위해 변통했을 것이라고, 또 어떤 이는 유흥비인 풍류 빚일 것이라고도 했다. 유사에게 과분한 두 가지로 바로 이 불가사의한 부채와 그 아름다운 부인이 손꼽혔다. 그러나 이는 말할 수 없는 사정으로 연대 도장을 빌려 준 일이 관례대로 타락하여 의리의 여독으로 받는 고통이었다. 그의 불행을 슬퍼하는 이는 교제관 시보인 법학사 가마다 테쓰야(蒲田鉄弥)와 같은 회사 화물과의 법학사 가자하야 쿠라노스케(風早庫之助)뿐이었다.

무릇 고리대금업자의 술수란 목마른 자에게 물을 파는 것과 같다. 목이 타들어가는 이는 결코 자기 살을 베어 물과 바꾸는 것을 그만두지 못할 것이다. 이 절박함을 노려 파는 이 한 잔 물의 가치는 옥(玉)즙과 다르지 않다. 그러므로 전후를 분간하지 못하고 목마른 자는 덥석 이것을 사고 그 갈증이 가시면 옥즙이라고 기뻐하며 마신 것이 원래는 허드렛물에 지나지 않았음을 깨닫는다. 통한과 통회하여도 약속대로 그 하수(下水)의 두 배나 되는 선혈을 쥐어짜고 그 살아있는 육체를 베어내어 갚아야만 한다. 아아, 세상의 가장 대담한 자가 고리를 빌려주기에 이것을 빌린 자는 그 보다 더 대담한 자가 되어야만 한다. 이런 까닭으로 고리는 빌릴 만한 사람이 빌려 비로소 사용해야 하고 그렇지 않으면 이것을 빌릴 각오가 돼있어야 한다. 이것이 가자하야 법학사의 고래대금업자에 대한 의견의 개요이다. 유사는 실로 이런 사람이 아니고 또 이런 각오도 없는데 뜻밖의 화를 당했다고, 그는 남 일이면서도 늘 이 근심을 풀 수 없었다.

근간 향우회 추계대회가 있어 오늘 위원회가 모였다 돌아가는 길에 그들 셋은 유사 집으로 향했다.

"특별히 진수성찬이라고 할 건 없지만 햇 송이버섯하고 제조원에서 받은 흑맥주가 있으니 닭이라도 사서 느긋하게 얘기나 하지 않겠는가?"

유사가 만지작거리는 반월형(半月形) 햄 통조림도 이 술자리를 위해 도중에 샀다.

가마다 "그거 좋지. 그렇게 잠자리가 정해지면 서두르지 않아도 되니까. 어떤가? 한 게임. 자넨 요즘 가자하야와 상대가 됐다고 하던데 장족의 발전 아닌가. 하지만 아무래도 그 장족의 장은 담비에 채 못 미치고 잇따른 플루크(fluke:당구나 야구에서 공이 요행으로 맞음)가 아닌가. 요즘 완전히 플루크가 멈췄다? 하하하 그건 경사스럽기도 또 애통하기도 한 묘한 상황이군. 그러나 플루크가 없어진 건 분명히 한 단계의 진경(進境)을 나타내는 거지. 자, 그래서 꽤 얘기할 수 있습니다."

가자하야는 여느 때와 같은 쉰 목소리로 크게 웃었다.

가자하야 "한 단계 더 진경을 보일려면 수직 큐로 두 치 세 푼(약 7.5㎝)쯤 크로스를 깨지 않으면 안 됩니다요."

가마다 "세 번 팔꿈치를 부러뜨려 명의가 된다. 그때부터 난 마세(massé:찍어치기) 비법을 깨달은 거지."

가자하야 "헤헤, 요즘 내 백히키(뒷 끌어치기) 솜씨도 모르면서."

이를 듣고 이번에는 유사가 웃었다.

유사 "너 백히키도 듣던 것보단 못한걸. 요전에 거기 주인영감이 그러던대. 가자하야 씨가 백히키를 세 번 하면 새 초크 절반이 없어진 다고……."

가마다 "정곡을 찌르는군."

가자하야 "초크를 많이 쓰고 안 쓰고는 기술의 교졸(巧拙)과는 상관없네. 유사가 무턱대고 큐를 바꾸는 것도 결코 보기 좋진 않지."

가마다는 갑자기 손으로 제지하였다.

"이제 그걸로 그만. 남의 약점을 들어내는 사람치고 일 잘하는 예가 없다고. 슬프도다. 자네들 공도 가마다에게 팔십으로 막혔으니."

가자하야 "팔십이 말이 되?"

가마다 "그럼 몇인데?"

"팔십오다."

"오라니 한심스럽군! 분수를 모르는구나."

"어쨌든 됐으니 한 게임 가자."

"가자라니, 뭐야! 부탁드린다고 해야지."

말도 끝나기 전에 그는 느닷없이 팔꿈치로 옆구리를 찔렀다.

"아, 아파! 그렇게 세게 치니까 번번이 공이 굴러 나오지. 가자하야 공은 거칠어서 딱총이고, 유사 껀 어처구니없이 부드러워서 곤약 공. 그래서 두 사람이 치는 건 천둥과 모기장이 다투는 것 같지."

가자하야 "그래? 본인은 얼마나 칠 수 있지?"

가마다 "글쎄, 많이는 못 치지만 우쭐대는 가자하야보다 이십 더 하지."

두 사람은 서로 뒤지지 않으려고 언쟁 한 끝에 바로 한판 승부를 가르려 드디어 만반의 준비를 하는 것을 유사는 말렸다.

"그건 한 잔 하고나서 하자. 밤이 길어 나중에 천천히 할 수 있으니 가서 목욕이라도 하고 그리고 나서 슬슬 시작하자."

왕래가 빈번한 거리에서 목욕탕 모퉁이로 들어서자 반쯤 좁아진 골목길에 물건 파는 가게와 섞인 한가하고 조용하게 가지런히 늘어선 집들이 나왔다. 그 중간쯤에 토담의 전당포와 처마램프가 늘어서 있고 격자나무문 안을 정원식으로 만든 문에 굴거리나무가 서있는 곳이 바로 유사 집이다.

그는 두 사람을 안내하여 안의 격자문을 여니 그의 아름다운 부인이 나왔다. 그녀는 함께 온 손님을 보고 약간 당황한 기색이었으나 금세 웃음을 머금으며 여느 때처럼 맞이하였다.

"자, 이층으로 들어가세요."

"객실은?" 하고 남편이 캐 묻자 그녀는 점점 난처해졌다.

"지금 좀 손님이 계셔서요."

"그럼, 자네들 이층으로 가시게."

사정을 잘 아는 손님이어서 성큼성큼 다다미 넉 장의 긴 방을 지나가고 뒤를 따르는 부인은 작은 소리로 말하였다.

"와니부치 댁에서 와 있어요."

"왔다고!"

"꼭 뵙고 싶다며 아무리 말해도 돌아가지 않아서 객실로 안내했어요. 잠깐 만나시고 빨리 돌려보내 끝을 내세요."

"송이버섯은 어떻게 했어?"

아내는 이 태평스런 물음에 놀랐다.

"여보, 송이버섯인지 뭔지 그것보다 자 빨리……."

"기다려. 그리고 요전의 흑맥주 말야……."

"맥주도 송이버섯도 있으니 빨리 저 사람을 돌려보내고 끝내요. 전 저자가 있다는 생각만으로도 마음이 불쾌해요."

유사도 당장 당혹하여 눈살을 찌푸렸다. 이층에서는 늘 그렇듯 당구로 언쟁을 하는 듯하고, 자못 속편하게 큰 소리로 웃는 것이 아내는 정말 얄미웠다.

잠시 후 유사는 이층으로 올라갔다.

가마다 "잠깐 목욕 갈려고. 수건을 빌려 주겠나."

유사 "자, 기다려주게. 바로 같이 갈 테니. 그런데 좀 곤란해져서."

정말로 그의 말처럼 그는 마음이 평온해 보이지 않았다.

가자마 "자, 앉게. 무슨 일인가?"

유사 "앉을 수가 없어. 밑에 아이스(고리대금업자)가 와 있다네."

가마다 "그 자가 온 거야?"

유사 "아까부터 객실에서 내가 돌아오길 기다렸던 거지. 골치 아프군!"

그는 일어서면서 머리를 붙잡으며 천천히 기둥에 기대었다.

가마다 "어떻게든 냅다 돌려보내버리게나."

유사 "웬만해선 돌아가지 않아. 삐딱하고 얄궂은 놈이어서 저놈한테 걸리면 견디질 못해."

가마다 "이, 삼 엔이라도 내던져 줘."

유사 "그것도 이미 여러 번이어서. 저쪽은 계약서 개서(改書)를 시키려고 달려드는 거니 연기료를 쥐어주지 않음 오늘은 돌아가지 않을 거야."

가자하야는 듣는 것만으로도 마음이 괴로웠다.

"가마다, 자네 한번 담판을 지어보지 그래. 어떻게든 네 달변을 발휘해서."

"이건 다른 담판과 달리 그냥 돈 문제니 맨손으로 뛰어들어봤자 언변을 부릴 방법이 없어. 그래서 우물쭈물하면 불에 날아드는 여름 벌레가 되는 거지. 뭐 자네가 가서 뭔가 이야기를 해보게. 난 상황을 살피다가 임기응변으로 힘을 보탤 테니."

유사는 참으로 어렵다고 생각하면서도 이리해서는 끝나지 않는다고 마음을 다잡고 내려갔다.

가자하야 "안됐군, 풀이 죽었어. 유사 일이니까 걱정하는 게지. 자네, 어떻게든 해서 구해주게나."

가마다 "잠깐 가서 상황을 보고 오자. 뭐야, 그렇게 걱정할 정도는 아닐 꺼야. 유사는 소심해서 안 돼. 저러니까 점점 더 약점을 잡혀 구실을 잡히는 거야. 기껏해야 돈을 빌린 거야. 생명에 별일이 있는 건 아니지."

"생명에 별일 없어도 명예엔 별일이 있으니 신사인 자가 두려워하는 게 아니겠나."

"하지만 두려워할 것 없어! 신사가 고리를 빌렸다면 명예에 관계야 있겠지만 높은 이자를 주고 빌리는 거니 싼 이자나 무이자 따위보단 훨씬 더 명예로움이 넘치지. 신사라고 해서 돈에 궁하지 말란 법은 없지 않겠나. 궁하니까 빌리는 거고, 빌리고 안 갚는 것도 아니니 명예에 상처받을 건 조금도 없다고."

"아이고 황송합니다. 고리를 빌리려는 신사의 마음가짐이란 또 별개군요."

"그럼 가령 한발 양보해서 고리를 빌리는 일이 신사로서 창피한 행동이라고 치자고. 그토록 창피한 일이라면 처음부터 빌리지 말았어야 하는 거 아닌가. 이미 빌린 이상은 어쩔 수 없지. 아직 빌리지도 않은 앞일을 부끄러워하는 마음으로 이를 대할 순 없지. 송나라 시대였던가, 뭔가 난이 일어났지. 그러자 임금에게 이것은 군사를 일으킬 필요까진 없다. 장군 한 명을 강 상류에 보내어 적을 향해 효경을 읽어 주면 적은 스스로 소멸할 것이라 한 거야. 괜찮지 않은가. 이걸 비웃겠지만 유사 같은 사람은 진지하게 효경을 읽는 거지. 이미 빌리고서 말이야. 사 할 공제를 감수하고 한 달 만에 피를 빨리는 거야. 그런 무법한 일을 당하면서 아직도 빌리기 전의 신사의 도의나 양심을 가지고 견딜 수 있겠냔 말일세. 효경을 알 정도라면 고리를 빌려주진 않지. 그들은 돈 계산만 할 줄 아는 짐승이란 말일세."

그는 특기인 쾌변을 토하듯이 숨조차 쉬지 않고 설명하였다.

"일단 잘못을 저지른 이상 어쩔 수 없지. 유사도 안 빌렸다면 좋았겠지만 이미 빌리고 무법한 상황을 당하면서도 여전히 빌리기 전의 양심을 갖는 건 큰 잘못이야. 그건 물론 빌린 후라도 양심을 가져야하지만, 빌리기 전과 빌린 후의 양심은 같은 것 같지만 실은 다른 거라고. 무사의 기백과 상인의 근성은 원래 같은 거지. 그게 경우에 따라 기백이 되기도 근성이 되기도 하는 거고. 그래서 상인근성이라 해도 결코 불의부덕을 허용치 않는 것은 무사 기백과 굳이 다를 게 없지. 무사에게는 무사기백이, 상인에게는 상인근성이. 그래서 신사도 고리 따위를 빌리기 전에는 무사기백이요, 이미 반대로 빌렸다면 상인근성이 되어야만 체면이 서는 거지. 요컨대 적에 대응하는 수단인 게야."

"그건 물론 동감이야. 하지만 신사가 고리를 빌려 명예가 된다는 점은……."

가마다는 황송해하는 모습을 하며,

"그건 좀 백마비마(白馬非馬)라는 궤변이지."

"그런데 이제 밑에 내려가 보고 오게."

"어디, 비수 하나를 품고 교룡과 악어가 있는 심연(深淵)으로 나가 볼까."

"빈주먹을 어이할꼬."

가마다는 한 번 웃고 이층에서 내려갔다. 가자하야는 걱정되어 혼자 누웠다 일어났다 하였다. 괴로운 무료함이 견디기 힘들어질 때쯤 안주인은 그제서야 차를 내왔다.

"정말이지 너무 실례를 끼쳤습니다."

"가마다는 객실에 갔나요?"

그녀는 그 아름다운 얼굴을 약간 붉히고서,

"네, 그 객실로 가서 장지문 너머로 상황을 듣고 계십니다. 정말 이런 모습을 여러분께 보이다니 참으로 부끄럽습니다."

"무슨, 남도 아니고 모두 사정을 잘 아는 사이이니 개의치 마십시오."

"전 이제는 저 사람이 오면 소름이 끼치고 머리가 아픕니다. 저런 탐욕스런 일을 하는 사람은 완전히 인상부터 다릅니다. 그건 묘하게 음침하고 끈질기고 심보가 고약한, 정말 탐정소설에서나 있을 법한 사람입니다."

급한 걸음으로 계단을 울리며 올라 온 가마다는,

"이봐, 이봐! 가자하야, 이상해, 이상해."

하며 가장자리에 앉은 부인 뒤를 지나가려다 그녀 발을 세게 짓밟았다.

"아이쿠, 이런 실례를. 아프셨죠? 정말 실례했습니다."

부인은 붉어진 얼굴로 뼛속에 스며드는 통증을 참는데 아무렇지 않은 듯 인사하는 가마다를 보다 못한 가자하야가,

"여전히 덜렁대는군, 가마다는."

"부디 용서를. 그만 당황하여……."

"뭘 그리 당황한 거야?"

"침착할 수 있는 게 아니야. 밑에 와 있는 고리대금업자라는 게 누 군 줄 알아?"

"너 꺼하고 똑같은 놈이냐?"

"부인 앞에서 '너 꺼'라니, 무례하지 않은가."

"이거 실례했군."

"난 부인 발을 밟았지만 자넨 내 얼굴을 밟았어."

"하지만 다행스럽게 가죽이 두꺼워서."

"괘씸하군!"

부인의 발 통증은 금세 아랫배로 옮겨졌으나 그녀는 참지 못하고 웃었다.

가자하야 "농담할 때가 아니지. 밑엔 시달리는 사람이 있는데."

가마다 "그 괴롭히는 녀석 말이야. 이상하지 않아? 하자마야, 그 하자마 간이치."

가자하야는 적이 다가온다고 들은 것처럼 태세를 갖추었다.

"하자마 간이치, 학교에 있던?!"

"그래! 놀랐지?"

그는 긴 콧숨을 내뱉으며 공허하게 눈을 크게 떴다.

"진짜야?"

"자, 보고 와봐."

유난히 기막힌 사람은 안주인이었다. 그녀는 불쾌하지 않은 가슴 의 두근거림을 느꼈다. 같은 생각은 두 사람 얼굴에도 드러났다.

"밑에 와 계신 이가 친구 분이십니까?"

가마다는 급하게 고개를 끄덕였다.

"그렇습니다. 우리들과 고등중학 동급생이었던 사내입니다."

"어머나!"

"전부터 학교를 그만두고 고리대금업을 한다는 이야기는 들었습니다만, 아주 온화한 남자로 그런 일을 할 수 있는 기질이 아니어서 그건 거짓말일거라고 누구나 생각했습니다. 그런데 밑에 와 있는 자가 그 하자마 간이치라니 놀라지 않겠습니까?"

"어머! 고등중학이나 다녔던 사람이 어째서 고리대금업자가 되었을까요?"

"글쎄요, 그래서 모두 거짓말이라고 생각한 거죠."

"정말로 그렇네요."

조금 전에 일어나서 간 가자하야는 의문을 풀고 돌아왔다.

"어때, 어때?"

"놀랍군, 분명히 하자마 간이치야!"

"알프레드 대왕의 모습이 있지?"

"에섹스(Essex)에서 내쫓겼을 때의 모습이야. 하지만 저 녀석이 고리대금업을 할 거라고는 생각 못했는데 어찌된 거지?"

"글쎄, 저 모습으로 악업(惡業)을 할 수 있나?"

"악업정도가 아닙니다."

안주인은 그 아름다운 얼굴을 찌푸렸다.

가마다 "아주 지독합니까?"

부인 "네, 지독해요."

이번에는 울상을 지었다. 가자하야는 결심한 바가 있는 듯 남은 차를 갑자기 다 들이마셨다. "그러나 하자마인게 다행이다. 다 같이 가서 옛 얼굴로 담판을 한판 짓지 않겠는가. 우리들이 중재하는 거야. 녀석도 그렇게 무자비하게 말하진 않을 거다. 그리하여 어떻게든 이야기를 마무리지어 원금이든 뭐든 깎아 보자. 그 녀석이라면 겁낼 거 없어."

가마다는 그가 일어나서 띠가 풀리지 않도록 고쳐 매자,

"마치 싸우러 가는 것 같군."

"그런 말 말고 본인도 단정하게 하지 그래. 허리띠 밑에 시계를 늘어뜨린 꼴이라니. 위엄 없어 보이지 않는가?"

"음, 과연."하며 가마다도 일어나서 띠를 풀자 안주인이 옆에서,

"하오리를 잡으십시오."

"이거 죄송합니다. 잠시 몸단장에 부인의 주의를 받는 것은 호리베 야스베에(堀部安兵衛)라는 자의 역할이죠. 그러나 연극에서도 인원수가 많으니 준비하는 쪽은 대개 잡혀서 던져지듯 하니 서로 조심할 일입니다."

"바보 같은! 하자마처럼."

"갑자기 강해지니까 우습군. 자, 준비는 됐다."

"이쪽도 다 됐다."

두 사람은 정좌하고 엄숙하게 마주보았다.

부인 "차를 한잔 올리겠습니다."

가마다 "꼭 원한을 갚으러 떠나는 것 같군. 서로 나누는 이별의 찻잔인가."

제6장

객실에는 괴로워하는 유사와 침착한 간이치가 서로 마주하고 담배합 불이 꺼지려 하나 누구도 부르지 않았다. 간이치 옆 차받침에 엎어 놓은 찻잔은 이전에 폐병환자가 쓰던 물건이라고 꺼리던 것을 부인은 일부러 꺼냈다.

유사는 분노를 억누르는 목소리로,

"그건 못합니다. 물론 친구는 얼마든지 있지만 개서 연대를 부탁할 만한 사람은 없소이다. 생각해 보시게, 아무리 친구 사이라 해도 다른 일과 달리 빚 연대는 부탁할 수 없소. 그렇게 무리한 일로 곤란하게 할 건 까진 없지 않겠소."

간이치 목소리는 무거움을 끄는 듯이 낮고 강하게 가라앉았다.

"굳이 곤란하게 할 이렇다 할 이유는 없습니다. 이자도 주시지 않고 개서도 안 된다 하면 그럼 제 체면이 서질 않습니다. 어느 쪽이든 오늘은 꼭 해주셔야 합니다. 연대라고 한들, 처음부터 당신이 책임지고 떠맡을 생각이라면 다른 사람에게 누가 되진 않습니다. 그저 명의를 빌리는 정도, 그 정도는 친구의 우의로서 누구라도 승낙할 만한 것이지요. 즉 명의만 있으면 됩니다. 제 쪽에서도 당신을 충분히 신용하니 결코 그 연대자에게 피해를 끼칠 것이라고는 생각하지 않습니다. 여기에서 어떻게든 하나라도 처리하지 않으면 저도 주인께 변명의 여지가 없습니다. 이자를 받을 수 없어 개서를 하였다 하면 그것으로 우선 일단락 지어지니, 아무쪼록 그리 부탁합니다."

유사는 대답할 바를 몰랐다.

"어떤 분이라도 괜찮습니다. 친구 중에 한 명."

"안돼요, 그건 도저히 못합니다."

"도저히 안 된다면 제가 해결이 안 됩니다. 그렇게 하면 자연히 명예에 관련된 수단을 취할 수밖에요."

"어떻게 하려는 거요?"

"물론 압류입니다."

유사는 애써 미소를 머금었지만 가슴속으로는 뼈저리게 느껴져서 이미 잔뜩 겁을 집어 먹었다. 그는 괴로워서 자신의 수염을 끊어질 정도로 비틀고 또 비틀었다.

"삼백 엔이야 그쪽한텐 푼돈인데 그 때문에 당신 명예를 훼손하고 장래 출세에 방해가 될 만한 일을 하는 것은 저희 쪽에서도 결코 바람직하진 않습니다. 하지만 저희 요구를 수용치 않으시면 어쩔 수 없습니다. 사실 일은 원만히 처리하는 쪽이 쌍방의 이익이니 다시 한 번 생각하시기 바랍니다."

"그건, 뭐, 종류에 따라서는 개서도 못할 건 없지만 당신 요구는 원금에다 차용 당시부터 오늘까지의 정규 이자 일 년분과 이번 달 지불액 구십 엔을 합쳐 삼백구십 엔인가 그렇단 거죠. 그에 대한 석 달치

공제가 백십칠 엔 가량, 그걸 합해 오백 엔 증서로 개서하라는 거 아닙니까. 또 그게 연대채무여서 그렇다지만 한푼도 내가 쓴 게 아닌데 일전에 구십 엔을 받아 갔으면서 또 다시 오백 엔 증서를 쓰라니! 너무 기가 막혀 말도 안 나오는군. 이쪽 입장도 조금은 헤아려 줘야 하지 않겠소. 한푼도 쓰지 않고 오백 엔 증서를 쓸 것 같소?"

시치미를 떼듯 간이치는 웃었다.

"새삼스럽게 그런 말을!"

유사는 가만히 이를 악물고 그의 옆모습을 노려보았다.

그 본인도 저버리기 힘든 의리에 쫓겨 연대 도장을 찍은 일이 뜻밖의 화가 되어 괴로움을 당하나싶어 진절머리가 나는데, 이제 다른 사람에게 연대를 부탁하여 똑같은 피해를 입혀서야. 절대로 간이치 요구를 받아들이지 않는다. 그렇지만 지금 이 자리에서 이자를 지불할 길도 없고 유사는 진퇴유곡이었다. 게다가 이번엔 간이치 역시 한 치도 물러서지 않을 태세였다. 유사는 덫에 걸린 사냥감처럼 시시각각으로 난처해지자 이제는 까닭 없는 모진 고통을 당하는 이토록 괴로운 불행을 원망하였다. 반대로 조금의 인정도 없는 천노(賤奴)의 학대에 분개하는 가슴속은 앞뒤도 모르고 난폭하게 흐트러져 모두 갈기갈기 찢어지려 한다.

"첫째, 오늘은 아직 독촉한 약속 날짜가 아니지 않소?"

"지난달 이십 일에 지불하셔야 하는데 여태껏 건네지 않으시니 독촉은 언제라도 할 수 있습니다."

유사는 주먹을 쥐고 부르르 떨었다.

"그런 무례한 짓을! 뭣 때문에 연기료(延期料)를 받은 거요?"

"특별히 연기료라고 해서 받지는 않았습니다. 기한 날짜에 왔는데도 지불이 없다, 그래서 헛되이 돌아가는 그 일당 및 차비로 주셔서 받은 겁니다. 그러니 만약 거기에 연기료라는 이름을 붙였다면 당일 징수를 연기하는 요금이라 해야겠지요."

"네, 네 놈은! 처음 십 엔만 준다 하니 십 엔은 받을 수 없다, 이자 선불금이 아닌 사흘간의 연기료라면 받겠다고 하여 받아가지 않았는가. 그리고나서 바로 일전에 또 십 엔……."

"그건 분명히 받았습니다. 하지만 지금 말씀드린 대로 헛걸음을 한 일당이니 그 날이 경과하면 다음날부터 다시 독촉해도 되는 겁니다. 뭐, 지나간 일은 제쳐두고……."

"제쳐둘 수 없다. 지나간 일이 아니다."

"오늘은 그 일로 찾아온 것이 아니니 오늘 건(件)을 매듭 지어주시죠. 그럼 무슨 일이 있어도 개서는 못 하신단 말씀이시군요."

"못해!"

"그럼 돈도 주지 않으신다?"

"못 줘!"

간이치는 시선을 돌려 유사 얼굴을 곰곰이 살폈다. 그 냉정하고 예리한 눈빛은 이상하게 그를 엄습하여 절로 뜨거워진 노기(怒氣)를 잊게 했다. 유사는 갑자기 제정신을 차리며 신변의 위태로움을 돌이켜보았다. 잠시나마 기분을 풀게 한 폭언도 마침내 형장으로 끌려가는 죄수의 태연한 노래에 지나지 않음을 깨달고 무료한 듯이 조용해졌다.

"그럼 언제쯤 사정이 되시는 겁니까?"

기선을 제압하여 그도 다소 누그러졌다.

"자, 십육 일까지 기다려 주시게."

"확실히 틀림없습니까?"

"십육 일이라면 틀림없소."

"그럼 그때까지 기다릴 테니……."

"연기료 말인가?"

"아니, 들어보십시오, 약속어음을 한 장 써주십시오. 그거라면 괜찮을 겁니다."

"괜찮을 것도 없소……."

"거절하실 건 조금도 없습니다. 그 대신 오늘 몇 푼 주십시오."

이렇게 말하면서 그는 손가방을 열어 약속어음 용지를 꺼냈다.

"돈은 없습니다."

"조금이여도 되니 수수료로서."

"또 수수료! 그럼 일 엔이나 내야겠군."

"일당, 차비 등도 들어가니 오 엔 정도."

"오 엔이란 돈은 없소."

"그럼, 알겠습니다."

그는 갑자기 주저하더니 아쉬운 듯 어음용지를 비틀었다.

"아, 그럼 삼 엔쯤 내겠소."

때마침 맹장지가 열리자 문득 뒤돌아본 간이치 눈앞에 두 명의 신사가 조용히 들어왔다. 안내도 없이 이렇게 은밀한 자리에 들어온 그들은 서로 잘 아는 표정으로 필시 무슨 곡절이 있을 것이라 생각한 그는 자리를 약간 움직여 자세를 고쳤다. 신사는 상하로 나뉘어 두 사람 사이에 앉자 간이치는 공손하게 인사를 하였다.

가마다 "아무래도 아까부터 본 듯하다 본 듯하다 했더니, 하자마 군 아닌가?"

가자하야 "너무나 모습이 변해서 다른 사람인가 했네. 꽤 오랫동안 못 만났군."

간이치는 악연실색하여 두 사람 얼굴을 쳐다보자 금세 몸이 뜨거워지며 누구인지 생각해냈다.

"이거 희한하군. 누구신가 했더니 가마다 군과 가자하야 군. 오랫동안 뵙지 못했는데 늘 별고 없으시고?"

가마다 "그 후에는 어떤가? 요즘엔 뭔가 색다른 장사를 시작했나 본데 돈벌이는 되겠군."

간이치는 살짝 웃으며,

"벌지도 못하면서 잘못하여 일이 이렇게 돼버렸습니다."

그가 조금도 부끄러워하는 낯빛을 보이지 않자 두 사람은 마음속으로 기가 막혔다. 깔보았던 가자하야도 이래서는 감당하기 쉽지 않겠다 싶었다.

가마다 "돈벌이니 뭐든 상관없지만 그래도 과감한 일을 시작했군. 자네 성격으로 이 가업을 잘 해내다니 감탄했네."

"참된 인간이 할 수 있는 일이 아닙니다."

이건 실로 참 인간이 아닌 사람의 말이다. 두 사람은 이 파렴치의 철면피를 증오스럽게 여겼다.

　가마다 "심하군, 그럼 자넨 참 인간이 아니라는 건가."

　"나 같은 놈이 어설픈 인간의 도를 지키면 도저히 이 세상을 건널 수 없다고 깨달아 학교를 그만둠과 동시에 인간이기도 포기한 채 이 장사를 시작했습니다."

　가자하야 "그러나 인간일 때의 벗인 우리들과 이렇게 만나는 동안만은 역시 참 인간으로 있어줬음 하네."

　가자하야는 친하듯이 큰소리로 웃었다.

　가마다 "맞아 맞아, 그거. 그 때 염문으로 떠들썩했었어. 뭐라고 했었더라. 그, 자네 집에 있던 미인 말이야."

　간이치는 모르는 척 하였다.

　가자하야 "아아아 그? 자, 뭐라고 했었더라."

　가마다 "어이, 하자마군. 뭐라 했지?"

　비록 그 옛 친구 앞에서도 인간의 얼굴을 붉히지 않았던 간이치도 이 이야기에 이르러서는 다소 마음이 흔들리지 않을 수 없었다.

　"그런 하찮은 일을."

　가마다 "요즘도 그 미인과 함께인가? 부럽군."

　"이제 옛 이야기는 그만하십시오. 그럼 유사 씨, 여기에 도장을 부탁합니다."

　그는 먹통 달린 붓통에서 붓을 꺼내 어음용지에 금액을 기입하려 했다.

　가자마 "아 잠깐, 그 어음은 어떻게 된 건가?"

간이치에게 간단하게 그 자초지종을 들었다.

"과연 지당하군. 그래서 말인데 좀 이야기가 하고 싶군."

가마다는 잠시 조력자 입을 다물고 쉰 목소리가 얼마나 달변인지 들어보려고 피다 만 엽궐련을 불씨 그릇에 꽂고 위압적인 태도로 팔짱을 끼고 기다렸다.

"유사 군의 채무 건인데, 그걸 부디 좀 특별대우를 해 줬음 해서. 자네도 영업이니 손해를 끼치진 않겠네. 그러나 옛 친구 부탁이니 조금만 봐줬음 하네."

그도 이쪽도 잠시 아무 말이 없었다.

"어떤가, 자네."

"봐 달라고 하시면?"

"즉 자네 쪽에 손해를 끼치지 않는 한도에서 깎아줬음 하네. 알다시피 원래 이 빚은 유사 군이 연대를 부탁받아 도장을 빌려줬을 뿐인데 예기치 않게 넘어온 거지. 물론 그건 대주(貸主) 입장에선 아무래도 상관없으니 징수할 건 징수한다는 건 잘 아네. 그렇다고 새삼스레 푸념하는 건 아닐세. 그러나 친구 입장에서 유사를 보면 어처구니없는 재난에 걸려서 정말이지 불쌍한 상황이라네. 그런데 뜻밖에도 대주가 자네라 하니 학철부어(涸轍鮒魚)의 물을 얻을 생각으로 우리들이 안으로 들어온 걸세. 그러니 와니부치 영업자가 아닌 옛 친구 하자마와 이야기를 하여 실은 무리한 부탁이지만 들어주었으면 하네.

전부터 얘긴 들었지만 그 삼백 엔에 대해선 차주(借主)인 도바야시(遠林)가 지금까지 삼 회에 걸쳐 이백칠십 엔의 이자를 지불하지 않았는가. 그리고 유사 군이 구십 엔, 합계 삼백육십 엔이라는 돈이 이미 그쪽으로 들어간 거지. 해서 보면 자네 쪽에는 이미 손해는 없지 않은가. 그러니 이 원금 삼백 엔만 유사 군이 직접 갚는 것으로 해달라는 걸세."

간이치는 냉소 지었다.

"그렇게 하면 유사군은 삼백구십 엔을 지불하나 이건 본인이 한 푼도 쓰지 않은 돈을 헛되이 내는 거니 상당히 괴로운 얘기고. 또 자네 쪽에서는 아직 이익이 남았는데 여기서 단념하는 거니 이도 괴로울 걸세. 그래서 그 괴로움을 비교하자면 자네는 삼백 엔이 육백육십 엔이 되었으니 어느 정도 보수는 됐고, 이쪽은 삼백구십 엔이 그대로 손해이니 이 점을 헤아려주길 바라네. 어, 특별대우로 말일세."

"전혀 말이 되지 않습니다."

가을 해는 짧다는 듯이 간이치는 어음용지를 집어 들고 가차 없이 약속 금액을 기입하였다. 일제히 간이치를 주시한 가자하야와 가마다의 시선은 다시 분노에 차 서로 마주보더니 재차 그의 얼굴을 더욱더 무섭게 주시했다.

가자하야 "부디 그렇게 해주게나."

간이치 "그럼 유사 씨, 여기에 날인을 부탁합시다. 기한은 십육 일, 되겠습니까?"

이 방약무인한 행동에 가마다가 참기 힘든 기색을 보이자 가자하야는 눈짓을 하였다.

"하자마 군, 아니 잠깐 기다려주시게. 창피한 말이네만 이 빚은 유사 군에게는 너무 무거운 짐이네. 이자를 넣는 것만으로 달리 방법이 없으니 이를 길게 짊어지다간 몸도 같이 침몰해 버릴 정도라네. 실로 일신(一身)흥망에 관한 큰 일로 우리들도 몹시 걱정은 하나 힘이 부족하여 어떻게 손 쓸 방법이 없더군. 상대가 자네여서 운이 다하지 않았구나 했네. 옛 친구인 우리들의 어려움을 구제한다 생각하고 부디 부탁을 들어주시게. 완전히 손해는 아니니 결코 그렇게 무리한 부탁은 아니라 생각하는데, 어떤가, 자네."

"난 와니부치 씨 대리인이므로 그런 이야기는 알기 어렵습니다. 유사 씨, 그럼 오늘은 우선 삼 엔만 주시고 여기에 도장을, 자 어서요."

유사는 혼자서 처리할 수 없어 막연히 고개를 끄덕일 뿐이었다. 아무 말 없이 참고 있던 가마다의 분노는 이때 하늘을 찌르듯 했다.

"기다리라고 말했을 텐데! 아까부터 가자하야가 입이 닳도록 부탁하지 않았는가? 문전걸식도 아니고 사람을 대함에는 예가 있는 법, 지켜야 할 예를 갖추시게."

"이야기가 이야기다보니 마땅한 방법이 없군요."

"다물게, 하자마! 자네 머리는 돈 계산만 하니 남의 말은 이해가 안되나 보군. 누가 그 이야기에 마땅한 대꾸를 하라고 했나? 친구에 대한 거동이 무례하니 주의를 준 걸세. 고리대금업자면 고리대금업자처럼 분수를 되돌아보고 얌전히 있게. 도둑 형제와 같은 부정한 영업을 하더라도 이렇게 옛 벗을 만나면 부끄러워 얼굴이라도 붉힐 줄 알았더니, 고리 빌려주는 걸 세계유람이라도 한 것처럼 장한 명예로 아는 겐가. 부끄러움을 부끄러움이라 생각하지 않을뿐더러 증서 한 장을 내세워 자랑하고 우리들을 모욕한 이 모습을 아라오 조스케에게 보여주고 싶군! 축생으로 환생한 네 놈을 아라오는 여전히 옛 하자마 간이치라 생각하고 일전에도 우리들과 이야기할 때 네 놈 안부를 괴로워하며 실로 친 아우를 잃은 것 보다 더 슬프다 하며 우울해했었지. 그 한 마디 말에라도 조금은 양심의 잠에서 깨어나게! 참된 사람인 가자하야 구라노스케와 가마다 테쓰야가 중간에 있어 결코 폐를 끼치진 않을 테니 오늘은 얌전히 돌아가게, 돌아가."

"받을 걸 받지 않고서는 돌아가지 못합니다. 당신들이 그렇게까지 유사 씨 건에 대해 걱정하신다면 이렇게 해 주시겠습니까? 어쨌든 이 약속어음은 유사 씨에게 받으면 이쪽 형식은 그것으로 일단 정리되니 새로 삼백 엔 증서를 써주십시오, 가자하야 군과 가마다 군의 연대로 말입니다."

가마다는 이 수법을 알고 경험한 적이 있다.

"어, 좋아."

"그럼 그렇게 해 주시겠습니까?"

"응, 그러지."

"그렇게 하면 다시 이야기를 마무리할 방법도 있습니다."

"하지만 미안하네만 무이자 십 년 연부(年賦)는?"

"에? 농담 아닙니다."

과연 그가 한방 먹은 것을 가마다는 자랑스럽게 비웃었다.

가자하야 "농담은 그만두고 어쨌든 사, 오 일 내로 신중하게 매듭지을 테니 오늘은 오래간만에 만난 우리들 얼굴을 봐서라도 아무 말

말고 돌아가 주시게."

"그런 무리한 말씀을 하시니 제 쪽에서도 해야 할 인사를 할 수 없는 겁니다. 이미 유사 씨도 승낙한 것이니 이 어음은 받아서 가겠습니다. 아직 더 돌아야 해서 바쁘니 이야기는 나중에 천천히 듣겠습니다. 유사 씨, 도장을 부탁합니다. 당신이 승낙하시고서 이제 와서 우물쭈물하시면 곤란합니다."

가마다 "역귀(疫鬼)가 갈피를 못 잡는 것처럼 어음, 어음 하니 성가신 놈이군. 내가 매듭을 지어 주지."

그는 유사 앞에 있는 용지를 집어서,

가마다 "일금 백십칠 엔……뭔가, 백십칠 엔이란 건."

유사 "백십칠 엔? 구십 엔이야."

가마다 "일금 일백십칠 엔이라고 이렇게 쓰여 있군."

그는 이런 일을 잘 알면서도 일부러 의아해하였다.

유사 "그럴 리가 없어."

간이치는 그들의 소란을 무시하고,

"구십 엔이 원금, 여기에 합쳐진 이십칠 엔은 공제한 삼 할, 이것이 고리대금 정법입니다."

유사는 소리도 내지 못하고 마음이 무너졌다.

"놀……랍……군!"

가마다는 아무 말 없이 그 어음을 둘로 찢고 유사도 가자하야도 이게 무슨 일인가 하는 사이에 찢고 또 찢어 비틀어 하자마 눈앞에 던졌다. 그는 당황하는 기색도 없이,

"뭐 하시는 겁니까?"

"매듭을 지어 준거다."

"유사 씨, 그럼 어음도 안 쓰시겠다는 거군요."

그는 하자마가 비상수단을 취할 것이라는 생각에 마음속으로 은근히 두려워했다.

"아니 그런 건 아니고……."

가마다는 정색하고 다가서며,

"아니, 그런 거다."

하자마는 그의 험악한 행동을 유치하다 업신여기고는 일부러 낯빛을 부드럽게 하였다.

"어음 처리는 그것으로 마무리가 되었는지 모르겠습니다만 당신도 모처럼 중재로 들어오셨다면 최소한 남자다운 처리를 하시죠. 저와 같은 축생과는 달리 당신은 훌륭한 법학사이잖소."

"그래, 내가 법학사면 어떻다는 거야?"

"명실상부(名實相符)하지 않다는 겁니다."

"건방진, 다시 한 번 말해 봐."

"몇 번이라도 말하겠습니다. 학사면 학사다운 소행을 하시오."

가마다 팔은 번개처럼 튀어 올라 더 말하려는 간이치 가슴팍을 잡히는 대로 꽉 잡았다.

"하자마, 네 놈은……."

비틀어 돌린 그의 얼굴을 주시하였다.

"집어 던지고 싶을 정도로 꼴 보기 싫은 놈인데 이렇게 얼굴을 마주하니 흰 두 줄 모자를 쓰고 난로 앞에 무릎을 맞대던 모습이 눈에 선하구나. 아, 온순한 하자마를 생각하니 힘이 빠져버리는군. 자네, 이것이 인정이라는 걸세."

매를 만난 작은 새처럼 옴짝달싹도 못하게 된 간이치를 가자하야 역시 애처롭게 바라보았다.

"가마다가 말한 대로다. 우리들도 고등중학시절의 하자마를 생각 하여 맹세코 폐를 끼치진 않을 테니, 자네도 우정을 생각하여 우리 두 사람 부탁을 들어주게나."

"자, 하자마, 어떤가?"

"우정은 우정이고, 빌려 준 돈은 빌려 준 돈으로 자연히 다른 문 제……."

가마다가 더 세게 조여 하자마는 금세 숨이 막혀 말을 잇지 못하였다.

"자, 더 말해, 말해 봐라. 그러면 네 놈 숨이 멈출 거다."

간이치는 괴로움을 참지 못해 풀어내려 버둥댔지만 가납류(유도의 일종)를 한 적 있는 가마다 힘을 당해내기 힘들어 차라리 그가 하는 대 로 맡긴 채 다소의 평안을 바랄 뿐이었다. 유사는 너무 놀라고 가자하 야도 마지못해 한 마디 하였다.

"어이 가마다, 괜찮아? 죽지는 않겠지?"

"너무, 난폭하게 하지 말게."

가마다는 크게 껄껄 웃었다.

"이렇게 되면 금력(金力)보단 완력이군. 그렇지, 아무래도 이건 수 호전에 있는 그림인걸. 생각컨대, 국익을 지키고 국권을 유지하려면 국제공법 따윈 실은 수세미 껍질이지. 요는 병력이다. 만국(萬國)위에 입법 군주가 없으면 나라 사이의 시시비비의 분쟁은 대저 누구 손으로 유감없이 가릴 것인가. 여기에 단 하나의 심판기관이 있다. 가라사대 전쟁!"

가자하야 "이제 풀어주게. 꽤 괴로운 듯하니."

가마다 "강국으로서 모욕당한 전례를 듣지 못했다. 따라서 난 외교술도 가납류다."

유사 "너무 심하게 하면 내게 보복이 오니 이제 그만두게나."

친구들 말에 가마다 손은 느슨해졌으나 여전히 놓치는 않았다.

"자, 하자마, 대답은 어떤가?"

"목을 졸라도 내는 소리는 변함없다. 하자마는 금력엔 굴해도 완력 따위에 굴하겠는가. 내가 미우면 이 얼굴을 오백 엔 돈다발로 치시게나."

"금화는 안 되는가?"

"금화, 좋지."

"그럼 금화다!"

방심한 간이치 왼쪽 광대뼈를 손바닥으로 세게 치자 간이치는 '아!' 하며 양손으로 고통을 누르며 한동안 얼굴을 들지 못했다. 가마다는 마침내 자리로 돌아가서,

"이 녀석 쉽사리 돌아가진 않겠군. 차라리 여기서 술을 시작하지 않겠는가? 그리하여 마시면서 담판을 짓자고."

"그래, 그것도 괜찮겠네."

내키지 않는 건 유사 혼자뿐이다.

"여기서 마시는 건 좋지 않아. 그리고 결말이 안 나면 언제까지라도 돌아가지 않을 테니까. 술이 끝나고 이 자만 남겨진다면 더 곤란하다고."

"좋아, 돌아갈 때는 내가 좋은 데로 같이 데려가줄 테니. 있잖나, 하자마. 어이, 하자마라고 부르지 않나?"

"네."

"자네, 집 사람 있는가? 아, 가자하야!"

하고 그는 손뼉을 치며 갑자기 소리를 질렀다.

"아, 깜짝이야! 뭐야?"

"생각났어. 하자마 약혼녀는 미야, 미야야."

"요즘엔 그녀와 함께인가? 악마 마누라치곤 선녀지만 요샌 크게 일수를 빌려주고 있을 지도 모르겠군. 어이, 자네, 그런 일을 시켜선 안 되네. 하지만 고리대금업자는 이것으로 오히려 여자에겐 다정하다던데, 하자마 그런가? 그들이 비의비도(非義非道)로 폭리를 탐하는 이유는 역시 맛있는 것을 먹고 예쁜 여자를 마음대로 하며 좋아하는 호사를 누리려는 단지 그 목적밖에는 없다던데, 그런 건가? 우리들이 생각할 땐 인정상 참을 수 없는 일을 참아가며 참담하게 장사에 애쓰는 바는 무언가 비상한 목적이 있어 돈을 마련하는 것 같은데 말이야. 예컨대 군자금(軍資金)을 모은다든가 전당 잡힌 가보(家寶)를 찾는다든가. 그저 자기 욕심을 채울 요량으로 그런 잔혹한 일을 과감하게 할 수 있는 건 아니라고 생각하네. 자기 잇속만 차리는 대부분의 수전노는 논외로

하고 하자마 간이치에게는 그 어떤 목적이 있겠지. 이런 예사롭지 않은 방법을 쓸 정도니 반드시 예사롭지 않은 목적이 있을 거야."

가을 해는 금세 기울어 조금 이르지만 등불을 들이면서 함께 준비된 술안주를 차례차례 내왔다.

"어이쿠, 맥주군. 이리 주게. 냄비는 가자하야 쪽으로. 잘 끓여 주십시오. 음, 좋은 송이버섯이군. 교토가 아니고선 이런 송이버섯은 없지. 속이 새하얗고 부엌칼이 삐걱거릴 정도는 돼야지. 올핸 흉작이군. 가늘고 벌레가 많아. 그 비가 망친거야. 하자마, 어떤가. 자네 목적은?"

"그저 돈이 필요해섭니다."

"그래서 그 돈을 어떻게 하나?"

"시시한 말씀을! 돈으로는 어떻게든 되지 않습니까? 뭐든 할 수 있는 돈이니 갖고 싶고, 그 갖고 싶은 돈이니 이렇게 재촉도 하는 겁니다. 자, 유사 씨, 정말로 어떻게 하실 겁니까?"

가자하야 "자아 자, 이거 한잔 마시고 오늘은 기분 좋게 돌아가 주시게."

가마다 "그건 좋은 중재군."

하자마 "저는 술은 못합니다."

가마다 "모처럼 권하는 거야."

"전혀 못 마십니다."

들이 댄 것을 밀어내는 그 순간 컵은 맥없이 가마다 손에서 미끄러져 담배합 불씨그릇에 닿아 퍽 하고 깨졌다.

"무슨 짓이야!"

간이치도 더는 참기 힘들었다.

"뭘 어쨌다고!"

천천히 일어나려는데 가마다가 힘으로 가슴팍을 떠밀자 잠시도 못 버티고 벌렁 나동그라졌다.

가마다는 이 틈에 그의 손가방을 빼앗아 안에 든 서류를 잡히는 대로 끄집어내니 간이치는 미친 듯이 달려들었다.

"신분에 해가 될 거다!"하며 덤벼드는 간이치를 가마다는 그의 오른팔을 잡고,

"닥쳐!"하며 팔을 비틀어 눌렀다.

"자, 유사, 그 안에 틀림없이 자네 증서가 있을 테니, 어서 그걸 꺼내게나."

이를 들은 유사는 안색이 바뀌었다. 가자하야도 일이 지나치게 난폭해지자 유쾌하지 않았다. 간이치는 놀라서 이 상황을 벗어나려고 이리저리 몸을 뒤틀자 올라탄 가마다는 팔을 비틀고 또 비틀며 목소리를 높였다.

"이 마당에 주저할 거 없다! 빨리, 빨리, 빨리! 가자하야, 뭘 꾸물거려! 자 어서, 유사. 그래 내가 다 책임질 테니 상관치 말고 하게. 증서를 뺏으면 그 뒤는 내가 방법을 아니까 어서 꺼내라고."

손을 내밀지 못하는 두 사람을 노려보며 가마다는 밑에서 고통으로 몸부림치는 간이치 못지않게 홀로 애태우며 보람 없이 발을 동동 구를 뿐이었다.

가자하야 "그건 너무 지나쳐. 좋지 않아, 좋지 않다고."

"좋고 나쁘고가 어딨어. 내가 책임질 테니 상관없네. 유사, 자네 일이질 않나. 뭘 멍하게 있는 거야!"

그는 부들부들 몹시도 떨면서 오히려 완력을 과시하는 가마다에게 신사로서 있을 수 없는 행동임을 충고하려고 하였다. 배짱 없는 그들이 가담하지 않는 데에 분개한 가마다는 다시없는 좋은 기회를 헛되이 놓쳐버린 원통함에 간이치 손을 꺾을 정도로 비틀어 올렸다.

"아, 기다려, 기다려. 가마다 군, 기다려 주게. 어떻게든 이야기를 마무를 테니."

"에잇, 시끄러워! 너희들처럼 기개 없는 놈들한텐 더 이상 부탁하지 않는다. 나 혼자 해 보일 테니 후학을 위해 잘 봐두라고."

이렇게 내뱉고 가마다는 한 손으로 자신의 띠를 풀려는데 공교롭게도 시계 줄이 얽혀 조급해하며 억지로 떼려했다.

가자하야 "혼자서 어떻게 하려는 거야?"

그는 보다 못해 거들려고 다가갔다.

가마다 "어떻게 하겠는가. 이놈을 단단히 묶어놓고 내가 증서를 찾아야지."

"아니, 그건 너무 온당치 못하니 그것만은 그만두게. 지금 하자마도 이야기를 매듭짓겠다 하였으니."

"뭔가, 이놈이 말한 게!"

하자마는 괴로운 목소리를 쥐어짜서,

"반드시 이야기를 매듭지을 테니, 이 손 놔 주게."

가자하야 "틀림없이 이야기를 매듭짓겠다 말이지. 이쪽 요구를 받아들일 텐가?"

하자마 "받아들이겠소."

거짓인줄 알면서도 두 사람이 동의하지 않으니 가마다도 기세가 꺾여 마침내 간이치를 풀어주었다.

몸을 일으킴과 동시에 간이치는 흩어진 서류를 쓸어 모아 가방 안에 쑤셔 넣고서 황급히 자리로 돌아왔다.

"그럼 오늘은 이만 돌아가겠습니다."

가마다의 과감하고 무작한 행동으로 오래 머물렀다간 또 봉변을 당하겠다 싶은 간이치는 마음에 원한을 품으면서도 겉으로는 당할 수 없다는 듯 입을 닫고 거듭 난제에 봉착하기 전에 어쨌든 물러나려고 했다.

"기다려, 기다려."라고 가마다는 말단 관리를 대하듯이 말을 걸었다.

"이야기를 매듭짓는다 하지 않았는가. 자, 약속대로 요구를 받아들이지 않으면 이번엔 이쪽에서 돌려보내지 않을 거다."

무릎을 무리하게 좁혀 다가서는 태도는 어디까지나 싸움 상대를 하려는 것이다.

"반드시 요구는 수용하겠습니다만, 아까부터 호된 꼴을 당해 어쩐지 심신이 괴로워 견딜 수 없으니 오늘은 이만 돌아가게 해주시오. 이거 너무 오래 있어 실례했습니다. 그럼 유사 씨, 어쨌든 이삼 일 내로 다시 찾아오겠으니 이야기를 부탁합니다."

금세 돌변한 간이치 모습에 가마다는 비웃으며,

"하자마, 네 놈은 개똥으로 복수하려 하는군. 해보게, 그럴 땐 이제부터 언제라도 가마다가 나타나서 때려눕혀줄 테니."

"하자마도 남자라면 개똥으로 복수는 안하겠지."

"아는 척 하지 마."

가자하야 "이봐, 이제 적당히 하지 그래. 하자마도 돌아가게. 근간 꼭 차분히 이야기를 나누고 싶으니 모든 일은 그 때 하자고. 자, 내가 거기까지 배웅하지."

유사와 가자하야는 일어나서 그를 배웅하였다. 주인 아내는 툇마루에서 들어왔다.

"어머, 귀하 덕분에 감사합니다. 정말이지 얼마나 기분이 후련한지 모르겠습니다."

"아, 이건. 좀 아마추어 연극(명치(明治)시대에 장사(壯士)나 청년들이 민권 사상 고취를 위해 시작한 아마추어 연극)인 걸요."

"대단히 좋은 장면이었지요. 술을 한잔 올리겠습니다."

그녀는 조금 전 그 소동으로 어수선해진 주변을 바지런히 정돈하다가 이윽고 두 사람이 들어오는 모습을 보고 말하였다.

"가자하야 씨, 정말 덕분에 살았습니다. 그런데 뜻밖의 폐를 끼쳐서. 뭐, 별로 차린 건 없습니다만 부디 느긋하게 드십시오."

아내가 넘치도록 기뻐하는 것과 달리 유사는 한숨 지으며 어찌할 바 몰라 생각에 빠졌다.

"난처해졌군! 자네가 그렇게 혼내준 건 좋지만 그 앙갚음으로 저 놈이 어떤 짓을 할지 모르겠군. 내일이라도 왕창 압류라도 하면 감당할 재간이 없단 말이야."

"가마다가 너무 심한 짓을 해서. 그러게. 나도 그게 걱정 되서 조마조마하네. 가납류도 좋지만 앞일을 생각하지 않으면 주변에 폐가 되지 않겠는가."

"자, 기다려보라고."

가마다는 소맷자락 안을 뒤져서 꾸깃꾸깃 구겨진 서류 두통을 꺼냈다.

가자마 "그건 뭔가?"

유사 "어떻게 된 거지?"

뭐가 어떻게 된 건지 주인 아내도 코끝을 빼서 살폈다.

가마다 "뭔지 나도 처음 보는 거야."

그는 먼저 그 한통을 꺼내서 보니 와니부치 다다유키에 대한 채무자는 듣지도 알지도 못하는 백 엔 공정증서 등본이었다.

두 사람은 가마다가 지닌 의외의 물건에 놀라 서로 숨죽인 채 쳐다보는 눈동자는 미동조차 없었다. 가마다도 말없이 다른 한 통을 꺼내 펼치자 부인은 더 가까이 다가와 들여다보았다. 네 사람 머리는 마치 밀기울에 모여든 연못 잉어처럼 램프 주변에 바싹 모였다.

"이건 삼백 엔 증서군."

한 장 두 장 차례로 넘겨가니 채무자 중 눈앞에 있는 유사 료키쓰 이름도 서명되어 있었다. 가마다는 용수철처럼 펄쩍 뛰어오르며,

"됐어, 손에 넣었어! 이거야 이거."

너무 기쁜 나머지 몸을 지탱하지 못한 유사는 한쪽 손이 닭 밥그릇에 폭 빠지고 앞으로 내민 무릎으로 술병을 쳐서 넘어뜨렸다.

"내 꺼야, 내 건가?"

"어디, 어디, 어디." 하며 증서를 잡으려는 가자하야 손은 근육기능을 잃은 듯 몇 번이나 헛 돌았다.

"어머!" 하고 소리친 아내는 금세 가슴이 메어 다음 말을 잇지 못했다. 가마다는 손을 휘두르며 무릎 디딜 곳을 몰랐다.

"빼냈어! 뺏었다고!! 고맙다!"

증서는 가자하야 손으로 옮겨져서 유사와 그의 아내, 그들 여섯 눈으로 자세히 점검한 뒤에야 이것이 꿈이 아님이 분명해졌다.

"자네 어떻게 한 건가?"

가자하야 얼굴은 한편으론 어이가 없고 한편으론 기쁘고 한편으론 두려움을 닮았다. 드디어 증서는 유사부부 손에 건네져서 두 사람 무릎 위에 완전히 펼쳐져 이것이야말로 비익조(比翼鳥)처럼 나란히 읽을 만하였다. 게다가 가마다는 찰랑찰랑 부은 맥주를 들고 "피는 대도(大刀)에서 방울져 떨어지는데 닦을 새가 없다."며 기세를 올렸다.

"이 얼마나 대단한가. 녀석 팔을 비틀어 덮쳐누르는 중에 발로 그러당겨 소매 안에 숨긴 거다. 날랜 솜씨 아닌가."

"역시 가납류에 있는 건가."

"농담하면 안 되지. 하지만 이것도 가납류 교외별전(敎外別傳)이라고."

"유사 증서라는 걸 어찌 알았는가?"

"그건 몰랐어. 뭐든 좋으니 한두 가지 뺏어 두면 녀석을 퇴치할 재료가 될 것 같아 재주를 부린 건데, 뜻밖에도 이게 노렸던 증서라니. 완전히 하늘의 선(善)이 한 편이 돼준 거지."

가자하야 "그다지 선도 아니야. 이렇게 해서 이걸 빼앗으면 삼백 엔은 떼어먹을 수 있는 건가?"

가마다 "크게 떼어먹지! 조금만 악당이 되면 떼어먹을 수 있다고."

가자하야 "하지만 공정증서라서 보면……."

가마다 "있어도 상관없어. 그건 공증인 사무소에 증서 원본이 있으니 여차하는 날에는 그게 상황을 말하겠지. 하지만 이 정본만 뺏어두면 하자마 간이치도 아무리 발버둥 친들 갑파(정수리의 오목한 곳에 물이 조금 담겨 있는 상상속의 동물) 정수리에 물이 마르는 것처럼 힘을 못쓰니 이렇게 되면 무증거로 화살이든 대포든 안성맞춤이라고. 하나 전부 떼먹는 것도 역시 불민(不憫)한 생각이 드니 그건 어떻게든 조금 인심을 쓰자고. 어쨌든 자네들은 안심하고 있게나. 가마다 변리공사(辨理公使)가 잘 준조절충하여 유사 가(家)를 태산처럼 든든하게 해 놓을 테니. 아아, 실로 근래에 드문 일대쾌사(一大快事)로다!"

사람들이 어이없어 하는데도 아랑곳 하지 않고 가마다는 증서를 높이 받들었다.

"자아, 유사 군을 위하여 만세를 부르자. 부인, 부인께서 선창을 하시지요. 아니, 정말입니다."

소심한 유사는 이 비상수단이 극악대죄라는 생각이 들어 마음이 편치 않았지만 가마다가 모든 일을 맡아 능란하게 결말을 내주겠다는 말에 힘을 얻었다. 게다가 일생의 원적을 물리친 축하와 서로서로 절로 당겨지는 무릎을 모아 밤새워 잔치를 열자고 법석을 떨었다.

제7장

일찍이 혈육을 가까이 하지 못하고 망망한 세상에 던져지고 하물며 따뜻한 애정조차 받아보지 못한 간이치의 처지는 한 마리 새도 지나지 않는 초목이 시든 너른 들에 덩그러니 가로놓인 돌과 같았다. 그가 시기사와 집에서 미야를 사랑하고 그 다정한 목소리와 부드러운 손, 그리고 따뜻한 마음을 얻은 그의 만족은 그 어떤 즐거움도 잊게 하였다. 그는 이 연인을 아내로 삼고 생명보다 더 소중하게, 때론 어머니와 누이동생으로 또 때론 아버지와 형으로 여기어 미야 한 몸은 그에게 유쾌한 가족의 울타리 같은 커다란 존재였다. 그러므로 그의 사랑은 청년이 잠시 즐기는 기분 좋은 꿈과 같은 풍류가 아니었다. 내용은 형식을 능가하였다. 그는 미야에게 모든 사람이 생각하는 아내로서의 역할 그 이상을 바라여 오히려 그 바라는 바가 지나치지는 않은지 마음을 쓰면서도 스스로 그 지당함을 굳게 믿었다. 그는 이 세상에 미야 한 사람을 얻기 위하여 수많은 나무에 일시에 꽃을 피우는 마음이 되어 이전의 초목이 시든 해진 들판에 놓인 돌도 지금은 물에 촉촉해지고 안개에 취해 화창한 햇살에 잠든 것 같았다.

그 사랑이 더욱더 절박하고 짙어질 때 가장 얄미운 경쟁자에게 게다가 너무나도 쉽게 미야를 빼앗긴 간이치 심정은 어떠했겠는가. 몸도 마음도 완전히 맡긴 채 자신을 속일 줄 몰랐던 연인이 순식간에 적처럼 자신을 배신하고 허무하게도 다른 남자에게 시집을 가다니. 이를 본 간이치 마음은 또한 어떠했겠는가. 그는 이 일에 앞서 반쪽

혈육과 의좋게 지내 본 적도 한 점의 따뜻한 애정도 받지 못했다. 이러한 처량함에 실망이 더하고 원한이 쌓여 들판 끝에 덩그러니 놓인 돌에는 서리가 내리고 찬바람까지 불어대니 얄궂은 세상을 뚫고 온 인생의 산미는 마침내 뼈에 사무치는 고통으로 괴로워하지 않을 수 없었다. 실로 그가 미야를 빼앗긴 것은 일찍이 준 것을 빼앗긴 데다 주어지지 않은 것까지도 함께 뺏긴 것이었다.

어찌 그 원한을 유감없이 버리고 그 실망까지도 잊어버릴 수 있겠는가. 일단 너무나도 깊게 상처 입은 그 마음의 고통은 영원히 떼어내지 못하고 마음과 함께 영원히 존재해야만 할 것이다. 그가 업무로서 행할 수밖에 없는 잔인하고 모진 짓을 스스로 강요하는 고통은 자주 그 고통과 상극하고 그러는 사이 조금씩 마음을 풀 수 있는 여지를 얻는 데에 익숙해졌다. 그는 마침내 참을 수 없는 일을 참아내고 부끄러워해야할 일을 부끄럼 없이 할 정도로 강적을 만나고 악당에 걸리고 혹은 농락당하고 기만당하고 위협당하면서 자연히 악(惡)으로 제어하고 폭력으로 대응하는 그 관례에 젖어들어 점점 두려움 없이 한없이 탐하게 되었다.

동시에 그 끊임없는 고통은 그에게 채찍을 가하듯 더해지고 마음도 사라져 버리도록 괴롭힐 때마다 아득바득 이익을 좇을 힘도 잃어 그는 쉽게 죽음의 편안함을 품지 않을 수 없었다. 다만 지금 그 한번으로 간단하게 허무한 죽음을 이루어내면 참으로 보람 없는 일이라고 고쳐 생각하였다. 비록 멀더라도 마음에 기대하는 바는 어찌되었든 얼음을 깨어 명경(明鏡)을 닦은 듯이 이전의 실망과 원한을 풀어 마음이 시원해지는 그 밤에 바로 죽으리라 남몰래 마음을 달랬다.

　간이치는 오로지 그 고통을 잊는 수단으로, 한편으론 그 망집(妄執)을 흩어지게 할 쾌심사(快心事)를 목적으로 이렇게 고리를 탐하게 되었다. 도대체 그가 그날 밤 편안히 죽을 수 있는 쾌심사란 무엇인가. 그는 평범한 복수의 계책을 꾸며 미야와 도미야마, 그리고 시기사와에게 인신공격을 가해 쾌사를 이루려는 것이 아닌, 좀 더 남자답게 큰일을 기도(企圖)하였다. 그러나 심한 고통과 회구(懷舊)의 한에 견디지 못 할 때마다 그는 뜨거운 눈물을 움켜쥐고 기도하듯 탄식하였다.

　"아아, 이런 생각을 할 바에는 차라리 깨끗이 죽는 편이 훨씬 낫다. 죽어버리면 여러 생각은 덧없어지고 이 고난도 없을 거다. 그런 것을 목숨이 아깝지도 않은데 죽지도 못하고……죽는 건 쉬운데 죽지 못하는 것은 아무리 생각해도 너무 원통하여 이 원통함을 이대로 가슴에 담고 죽을 수는 없다. 돈이 있은들 뭐가 재미있겠는가. 사람들은 지금 내가 모은 돈은 기껏해야 미야라는 한 여인과 바꿀 가치가 있다고 할 것이다. 나에게는 없다! 첫째 돈 같은 건 갖고 있는 기분조차 들지 않는다. 실망한 처지에선 그 희망을 되찾을 정도의 보물은 없다. 아아, 그 보물은 도저히 되찾을 수 없다. 미야가 지금 사죄하고 부부가 되고 싶다 울며 애원해 온들, 일단 변심을 한데다 몸까지 더럽힌 미야는 결코 예전의 미야도 이제 하자마의 보물도 아니다. 하자마의 보물은 오 년 전 미야다. 그 미야는 미야 자신조차도 되찾을 수 없다.

　아무리 생각해도 그리운 건 미야다. 이렇게 있는 동안에도 미야는 잊을 수가 없다. 하지만 그것은 도미야마 아내가 된 지금의 미야는 아니다. 아아, 시기사와 미야! 오 년 전 미야가 그립다. 내가 백만 엔을 모은들 예전의 미야는 얻을 수 없다! 생각하면 돈도 소용없다. 적더라도 지금의 돈이 아타미로 쫓아 갔던 그 때 그 가방 속에 있었다면……아아!!"

　머리도 깨질 것 같아 이 이상 생각할 수 없는 간이치는 여기에 이르러서 망연자실하고 끝나는 것이 예사이다. 이럴 때마다 아타미 해변가에 울며 쓰러진 시기사와 딸과 다즈미 정원에서 산책하던 도미야마 아내의 모습은 겹겹이 간이치 곁을 정처 없이 헤매며 떠나지 않았다. 그는 이 고통을 참을 수 없는 만큼 앞뒤를 뒤돌아보지 않고 일을 할 수 밖에 없었고, 때때로 정말이지 그 본성이 할 수 없는 일까지도 하였다. 용서할 수 없는 원수처럼 채무를 재촉하고 극도로 가혹했다. 물러나서는 이를 후회하면서도 또 기회가 있을 때마다 격해져서 금세 그 기세를 몰아 단행하기를 꺼리지 않았다. 이리하여 그의 마음에 걸리는 일이나 저절로 마음에서 떠나지 않는 고통까지도 그 사이에 잊을 수 있도록 처음부터 도리를 모르는 척 악을 행하고, 옳은 것을 즐겨하지 않고 그릇된 행동을 하였다. 그러나 스스로를 왜곡하고 이를 행하는 괴로운 마음은 엎드려도 부끄럽고 우러러도 두렵고 천지간(天地間)에 몸 둘 곳은 겨우 그가 품은 공간이다. 그 또한 넓게 느껴지나 그 고통에 비하면 훨씬 참기 쉽고 또 몸의 여유조차 느꼈다.

　오직 외곬으로 정신을 괴롭히고 생각을 낭비하여 밤낮으로 이를 늘이기에 겨를 없는 간이치는, 살이 마르고 뼈가 앙상하고 안색은 지쳐있어 마치 사수(死水)처럼 침울하였다. 그 모은 눈썹과 공허하게 응시한 눈은 차츰 쇠하는 몸과는 달리 정신은 더욱더 예민해져서 생각이 점점 무성해지고 흐트러졌다. 베어내고 풀어내려 하면 더욱 무성해지고 흐트러지니 마침내 어찌 하랴 하는 마음도 꺾이면서 무척이나 고민하는 듯 보였다. 게다가 보아라. 옻칠을 한 듯 윤기 흐르던 머리 뒤에는 흰 머리가 희끗희끗 섞이고 이마에는 한 줄기 깊은 주름이 패였구나. 그 마음이 좁혀진 주름이 아니겠는가. 더군다나 그의 얼굴을 뒤덮은 그늘은 점점 더 어두워지고 있지 않은가.

아아, 그는 그 초지(初志)를 이루어 외면으로 또 내면으로 이제는 완전히 악의 세계로 떨어지고 말았다. 탐욕계의 구름은 두텁게 엉기어 간이치의 한 걸음 한 걸음을 주의 깊게 살피고, 이별의 한이 서린 비는 금세 도처에서 쏟아졌다. 나가서는 일비일약(一飛一躍)으로 사람 살을 뜯어 먹고, 들어와서는 반생반사(半生半死)로 스스로 자청하여 창자를 세차게 찢었다. 항상 어두운 바람에 에워싸여 해를 보지 못하고, 가도 가도 무명장야(無明長夜)인 오늘에 이르기까지 천사백육십일. 만나도 반가운 친구 얼굴을 모르고 어울려도 꿀보다 달콤했던 옛 우정을 알지 못하였다. 꽃이 피어도 봄날의 화창함을 모르고 즐거움이 와도 등을 돌린 채 기쁨을 알지 못하였다. 또한 사람의 도리가 있어도 지킬 줄 모르고, 선(善)이 있어도 행할 줄 모르고, 행복이 있어도 손짓하여 부를 줄 모르고, 은혜가 있어도 받을 줄 몰랐다. 결국 헛되이 이욕에 빠져 뜻을 잃어버리고 오로지 미집(迷執)에 농락당하여 마음을 지치게 할 뿐이었다. 아아, 그는 대체 무엇을 이루려고 하는가. 간이치 이름은 차츰 동업자들 사이에서 들리면서 무서운 그의 미래를 눈여겨보지 않을 수 없었다.

간이치의 참을 수 없는 고통과 이 죽음조차도 즐기려는 목적으로 차츰 빈번해지는 그의 엄한 담판과 혹독한 독촉은 자연히 여기저기에서 채무자의 원한을 샀다. 그 때문에 울고 분개하는 이가 적지 않으니 동업자라 해도 때로는 그의 너무나도 무자비함을 비난하기도 하였다. 다만 와니부치만이 이를 기뻐하고 용장 밑에 약졸 없음을 자랑으로 삼았다. 그는 자신의 오늘을 있게 한 인내와 고생은 아직 이 정도로는 충분치 않다고 종종 그 예를 들어 간이치를 부추기고 철저히 그의 뜻을 굳건하게 하려 애썼다. 이 때문에 위안까진 아니더라도 그 행동이 잔인하고 각박하고 인간 도리에 어긋남을 모르지는 않았지만 직업 자체가 이미 불법이니 이를 영위하는 것 역시 도리에 어긋남은 이미 필연의 이치다. 그러므로 자신이 행하는 바는 모든 동업자들이 행하는 바로서 자신만이 잔혹한 것이 아니라 세상 모든 고리대금업자는 이렇게 잔혹해야 한다고 생각하였다. 따라서 그는 결코 자신의 소행만이 홀로 원한을 살 만한 일은 아니라고 믿었다.

실로 그가 의지하는 와니부치 다다유키와 같은 사람은 그가 간신히 절반정도라고 할 수 있는 잔혹함과 끝내 배울 수 없는 기만을 좌지우지하여 비로소 오늘의 부를 이루었다. 이 점에서 그는 두말없이 간이치의 사표(師表)라 할 만하나 실제로는 그만한 잔혹함과 기만을 제멋대로 하면서도 오히려 하늘을 두려워하지 않고 다른 사람을 삼가지 않는 무적의 기질이 없지 않았다. 그는 은밀히 경계하여 대부분 밤에 나가지 않았고 집에서는 신을 경외하였다. 또 알 수 없는 교회의

독실한 신자가 되어 봉납시주에 재산을 아끼지 않고, 오로지 일신(一身)의 무사를 기원함에 급급해하며 스스로를 위안하는 책략으로 삼았다. 그는 몇 년 이래로 옳지 못한 일을 하면서도 이 집이 번창하고 신변의 안전을 얻은 것은 바로 이 신심에 힘쓴 바와 받들어 모신 신의 가호를 황송해 하였다. 간이치는 그처럼 잔혹함과 기만함에 용감하진 못했지만 또 그처럼 신을 공경하고 집안에 틀어박혀 두려워하지도 않았다. 자신은 사람으로 태어나 사람답게 행하고 이제껏 아무런 잘못을 저지르지 않았음에도 하늘은 오히려 자신을 벌하고 사람은 오히려 자신을 속였다. 또한 일생(一生)의 실망과 한은 함부로 단장의 도끼를 휘둘러 죽음의 고통보다 더한 고통을 주는구나 생각하자, 그는 비록 하늘과 사람에게 분개할지언정 두려워할만한 것은 없었다. 간이치가 가장 두려워하고 가장 삼가는 바는 바로 자신의 마음뿐이었다.

제8장

볼 일이 끝나기를 기다리던 간이치가 쌀쌀맞게 작별인사를 하자 미쓰에는 잠시만 기다리라 세워놓고 용건이 있는 듯이 안쪽으로 들어갔다. 그 말처럼 잠시 기다려도 나오지 않아 간이치는 다시 궐련을 꺼냈지만 화로 숯은 승냥이 똥처럼 되어 어느 샌가 불기도 사라졌다. 단좌(檀座) 털실깔개 위 석등램프 불을 빌려 하는 일 없이 연기를 내뿜으며 이 아카가시 객실을 밤눈으로 둘러보았다.

작은 벽장 선반에 놓인 탁상시계는 열 시 십 분 전을 가리켰다. 옆 선반 상자 안에 크고 작은 인형 두 개를 진열하고 그 아래에 작은 칠보담금질 모조꽃병이 있었다. 납석 장식구슬을 옥빛 세 겹 비단 깔개에 얹고 도코노마 장식기둥 물소뿔에 걸린 꽃병에는 소나무에 금가루를 입힌 매가 옻칠공예로 새겨져 있으나 꽃은 보이지 않았다. 주물(鑄物) 향로는 낡고 오래된 듯 바랬고 결이 고운 백색 비단으로 세공된 꽃바구니를 도코노마에 장식하였다. 빗속의 후지산(富士山)을 끌어당겨 펼친 듯이 묵을 떨구고, 이금(泥金)으로 정교하게 그린 승천하는 용은 습베구멍에 못을 박은 듯 구름사이에 빛나는 긴 가로 족자 한 폭. 고개를 돌리니 미간(楣間)에 〈황해대해전(黃海大海戰)〉이라는 한 자 정도의 수채화가 걸려 있고 객실 구석에는 국화 화분 두 개가 놓여있다.

이윽고 나온 미쓰에는 옷을 갈아입었다. 꼰 명주실 깃을 단 통소매 윗옷에 작은 문양이 새겨진 회남색 비단 하오리를 입고, 일곱 색실로 수놓인 검정공단 겹띠를 둘렀다. 손에는 화려한 숄을 들고 머리를 곱게 매만지고 얼굴도 몰라보게 살짝 화장하였다.

"대단히 실례했습니다. 저도 잠시 그쪽으로 장을 보러가서 실은 함께 갈까 해서요."

간이치는 무례하다고 생각했지만 열심히 호소하는 정성에 이제 와서 화내기도 어려웠다.

"아 그렇습니까?"

미쓰에는 쓱 다가와 소리를 낮추고,

"폐가 되겠지만요."

그는 질리도록 들은 듯 상대하지 않았다.

"그럼 가시죠. 부인은 어디까지 가십니까?"

"전 오요코초(大横町)까지요."

두 사람은 동행하여 요쓰야사몬(四谷左門)에 있는 아카가시 집을 나섰다. 덴마초(伝馬町) 거리 양측으로 가게 등불이 줄지어 있고 아직 초저녁이지만 가을답지 않은 밤의 한기로 왕래도 드물고 하늘엔 별이 떠 있으나 매우 어두웠다.

"어쩜 이렇게 춥죠."

"그렇군요."

"하자마 씨, 그렇게까지 떨어져 걷지 않아도 되잖아요? 그럼 이야기가 들리지 않아요."

그녀는 이번에는 간이치에게 바짝 다가가 거리 왼쪽을 걸었다.

"이러면 제가 걷기 힘듭니다."

"당신 추우시죠? 제가 가방을 들게요."

"아니, 천만에요."

"죄송합니다만, 조금 더 천천히 걸어 주세요, 제가 숨이 차서……."

어쩔 수 없이 그는 조절하여 걸었다. 미쓰에는 무거운 숄을 치켜 올렸다.

"전부터 꼭 말씀드리고 싶었습니다만 그 후로 전혀 뵙지 못해서요. 하자마 씨, 당신, 정말로 가끔은 놀러오세요. 제가 이제 지난번 같은 말은 결코 두 번 다시 드리지 않을 테니 좀 오세요."

"네, 고맙습니다."

"편지를 드려도 될까요?"

"무슨 편지를요?"

"안부 편지죠."

"당신에게 안부를 들을 이유가 없지 않습니까?"

"그럼, 그리울 때에."

"당신이 조금도 저를……."

"그리운 건 제 마음입니다."

"그러나 편지는 다른 사람이라도 보면 번거로우니 거절하겠습니다."

"하지만 근간 드리고 싶은 이야기가 있습니다. 와니부치 씨에 관한 일인데 제가 이렇게 난처한 일은 없어서요. 그래서 당신께 꼭 의논 드리려고……."

그러다 보니 덴마초(伝馬町) 삼(三)가와 이(二)가 사이 모퉁이었다. 간이치는 여기서 미쓰에를 따돌리려고 미리 생각하고 그녀가 계속 이야기해도 아랑곳하지 않고 멈춰 섰다.

"그럼 전 이쯤에서 실례하겠습니다."

간이치가 갑작스럽게 어두운 골목으로 들어가자,

"어머, 그쪽으로 가시는 겁니까? 이 길로 가세요. 일부러 그렇게 한적한 길로 가시지 않아도 이쪽이 순서가 아닙니까?"

미쓰에는 여간 떨어지기 싫어서 두, 세 간(間)을 바싹 쫓아갔다.

"아니, 이쪽이 훨씬 가까워서요."

"얼마 차이도 없는데 번화한 쪽으로 가시지요. 그 대신 제가 요쓰야미쓰케(四谷見附)까지 배웅해 드릴게요."

"당신이 바래다준다 해도 어쩔 수 없습니다. 밤이 깊어지니 당신도 어서 물건을 사서 돌아가세요."

"그렇게 위하는 척 말씀 안하셔도 됩니다."

이렇게 언쟁하면서 가지도 오지도 못하는 간이치를 따라 자기도 모르게 그 쪽으로 걸어간 미쓰에는 갑자기 그 자리에 멈춰 서서 소리를 질렀다.

"아! 하자마 씨 잠깐만요."

"왜 그러십니까?"

"진창에 빠져서 신발이 떨어지질 않아요."

"그러니까 당신은 이쪽으로 오지 말라했건만."

그는 마지못해 다가왔다.

"죄송합니다만 이 손을 당겨주세요. 아, 빨리요. 저 넘어져요."

솔 밖으로 도움을 구하는 그녀 손을 잡아당기자 그녀는 비틀거리며 진창에서 나왔는데 너무 힘을 줬는지 몸이 버티지 못하고 털썩 간이치에게 기대었다.

"아, 위험해."

"넘어지면 당신 때문이에요."

"어처구니가 없군."

그는 이때 도와주었던 손을 놓으려 했으나 잡아당겨도 흔들어도 못을 박은 듯 떨어지지 않자 이상히 여겨 여자 얼굴을 살폈다. 미쓰에는 살짝 돌린 얼굴 반을 솔 끝으로 감싼 채 잡은 손을 더욱더 꽉 잡았다.

"자, 이제 놓으시죠."

점점 더 잡아당겨 소매 안까지 끌어당기려 하자,

"쓸데없는 짓 하지 마십시오."

여자는 한마디도 하지 않고 얼굴도 돌린 채, 그 손을 점점 더 꽉 쥐고는 남자가 가는 쪽으로 걸었다.

"장난하시면 안 됩니다. 자, 뒤에서 사람이 옵니다."

"괜찮습니다."

미쓰에는 혼잣말하듯 하고서 더 바싹 붙었다. 간이치는 참다못해 힘껏 확 당기자 손은 떨어지지 않고 여자 몸만 쓰러지려 했다.

"아, 아파! 그렇게 심하게 안 하셔도 저 모퉁이까지 가면 놓아드릴 테니 조금만 더 부디……."

"적당히 하시죠."

하며 거칠게 내치고 그녀가 다가올 틈도 주지 않고 빠져나가자마자 발길을 재촉하여 쓰노카미(津守) 언덕을 쏜살같이 내려갔다.

마침내 떠오르는 예리한 낫 모양의 초승달은 난운(亂雲)을 베고 아득한 나뭇가지 끝에 잠시 걸리었다. 사관학교의 숲과 그 안의 병영, 그리고 그 이웃한 마을의 파편은 일말의 어둠을 뚫고 나른하게 잠에서 깬 것처럼 막연한 형태를 드러내었다. 언덕 위 파출소 등불은 공허하게 혈홍(血紅)빛을 비추고, 내려 간 남자 그림자도 남겨진 여자 모습도 마침내 보이지 않았다.

길 한쪽에 집들이 늘어선 언덕 마을은 집집마다 문이 닫혀 새어나오는 불빛조차 어디에서도 보이지 않았다. 옛 포병영 바깥 목책(木柵)에 우거진 솔숲은 쏴쏴 울림을 만들고 그 아랫길의 어스름한 하늘에서 야경을 슬퍼하는 듯이 해오라기의 깜짝 놀라는 소리가 사라지고 바야흐로 열한 시에 이르렀다.

갑자기 병영 문 근처에서 사람이 외치는 소리가 들렸다. 하자마 간이치는 정체불명의 수상한 두 사람에게 둘러싸였다. 한 사람은 검은 중절모 차양을 깊숙이 눌러쓰고 쥐색 털목도리로 얼굴 반을 가리고, 문양 있는 검은 캘리코 하오리 밑에 기주(紀州)산 플란넬속바지를 높이 걷어질렀다. 그리고 검은 버선에 겨울 신발(죽순 껍질로 바닥을 엮음)을 신고 색이 있는 육 푼(1分:3.03mm) 정도 부러진 활을 지팡이로 하였다. 다른 한 명은 감색 무지평직의 작업용 바지에 줄무늬 고급 무명 겉옷을 입고, 즈크화(장화)를 신고 목도리로 얼굴을 폭 쌌다. 그리고 사냥모자를 쓰고 육각으로 깎아 만든 빈랑수(檳榔樹)의 억센 지팡이를 껴안고 있었다. 키는 둘 다 간이치보다 작지만 혈기와 완력을 겸비한 듯 보이는 젊은이였다.

"도둑인가? 원한을 산 적은 없다!"

"닥쳐!"하며 활 지팡이가 다가오자 간이치는 한 손으로 막았다.

"나는 하자마 간이치다. 원한이 있으면 정정당당하게 상대가 되어주지. 도둑이라면 돈을 주겠다. 이유도 말하지 않고 무작한 짓을, 기다려라!"

답은 없고 내리친 활 지팡이는 간이치의 광대뼈를 탁 쳤다. 아찔해하며 달아나려는 간이치를 맹렬한 기세로 쫓아오는 빈랑수는 그 지팡이로 간이치 어깨 부근을 얏 하고 한 손 찌르기로 찔렀다. 발을 디디며 버티려고 한 간이치는 수도공사 레일에 걸려 넘어졌다. 옳거니 하며 따라온 괴한은 너무나 성급하게 군 나머지 간이치가 넘어진데서 또 발이 걸려 한 척 정도 저쪽으로 세차게 나둥그러졌다. 교대하여 선두주자인 부러진 활이 간이치 등을 비스듬히 늘씬 후려쳤다. 간이치는 일어나지도 못하고 맥없이 쓰러졌는데 연거푸 때리려는 틈에 가까이에 벗어 던진 통 나막신을 집어 그의 얼굴에 냅다 집어던졌다. 딱하고 적중하자 겁을 집어먹은 바로 그 때, 간이치는 벌떡 일어나 삼보 정도나 달아났을까. 넘어진 빈랑수가 세차게 덤벼들어 양손으로 높이 쳐든 지팡이를 내리쳤다. 옆머리를 스치고 지나 어깨로 미끄러져 가방을 든 손을 자를 정도로 내리친 고통을 간신히 참고 간이치가 갑자기 물러나면서 태세를 갖추었다. 그러자 모래를 맞아 눈을 못 뜨게 된 선두주자가 분노하여 흥분하며 달려들었다. 이를 보자마자 이제는 위험하다고 느껴 가방 안을 더듬어 창칼을 꺼내 달려 나가니 쉽게 육박해온 두 사람의 매는 비처럼 아무데나 마구 내리쳤다. 간이치는 어이없게도 기절하고 말았다.

빈 "어떻습니까? 이제 그만 할까요?"

활 "이 새끼 내 콧등에 나막신을 던졌어. 아, 아파."

목도리를 밀어젖히고 그가 만진 코는 피로 물들어 익은 서양고추 같았다.

빈 "아이고, 엄청난 코핍니다."

간이치는 숨이 끊어질 듯하면서도 가방을 힘껏 꼭 껴안고 오른 손으로 단도를 거꾸로 쥐어 감추고 이 이상으로 행패를 부리지 않도록 상황을 가늠하며 일부러 죽은 듯이 그저 신음하고 또 신음하였다.

활 "꼴 보기 싫은 놈. 하지만 꽤 때렸지?"

빈 "예, 손이 아프도록요."

활 "이제 철수하자."

이리하여 정체불명의 괴한들은 가까운 골목으로 들어갔다. 간신히 얼굴을 들은 간이치는 한꺼번에 밀려드는 전신의 통증에 정신이 차츰 흐려지면서 점점 전후 기억을 잃고 말았다.

후편

제1장

이틀 후 여러 신문은 사카마치(坂町) 고리대금업자 피습사건을 보도하였다. 그 중 하자마 간이치를 와니부치 다다유키로 잘못 보도한 신문도 있었으나, 부상자가 다음날 대학 제 이(二)의원에 입원했다는 사실만은 한결같이 진상을 전했다. 그리고 그 부상자에 관한 오보는 결코 어떤 불편도 만들지 않았다. 그들을 모르는 독자는 늘상있는 목욕탕 싸움처럼 상투적인 사회면 기사로 지나칠만한 일이었다. 뭐가 한가하여 그 가해자가 누구인지를 캐묻겠는가. 간이치나 와니부치를 아는 사람은 분명 한 번 정도는 하반신을 못 쓸 정도로 큰 타격을 입기를 은근히 바랬을 것이고, 또 어떤 이는 그가 즉사하지 않았음에 뭔가 아쉬움을 느꼈을 것이다. 하수인은 불분명하지만 여러 신문에서 보도한 바와 같이 추측컨대 대차상 원한에서 비롯된 짓일 거라고 사람들도 모두 그렇게 생각하였다.

다다유키는 오늘 아침 병원으로 문병을 가고, 그의 부인은 환자 용태를 걱정하며 집을 지켰다. 부부는 마음을 모아 간이치의 재난(災難)을 슬퍼하고 비용이 얼마가 들든 간에 최선의 치료로 조금의 상처도 남지 않기를 기원하였다.

수족처럼 의지하고 자기 자식처럼 생각하는 간이치의 조난을 주인은 그 자신이 당한 야습인양 좀처럼 원통함을 누를 길 없었다. 또한 이까짓 일에 굴할 와니부치가 아니라는 본때를 보여주기 위해서라도 그는 입원 중인 간이치를 놀랄 정도로 정성껏 살피며 두 번 다시 손대지 못하도록 남몰래 비겁자의 숨통을 끊겠다고 미친 듯이 힘을 쏟았다.

한편 그의 부인은 이런 불의의 사고가 결국은 남편에게도 일어날 수 있다는 지나친 걱정에 만약 그런 일이 생기면 어찌하나. 이 슬픔, 이 분함, 이 불안함으로 그치지 않을 테니 형언할 수 없는 두려움에 가슴이 몹시 뛰었다. 성실하게 주인을 섬긴 까닭으로 원한을 사고 남편의 재앙이 간이치의 불행이 되어 고통을 당하자 딱하고 애처로운 마음이 평소 공로에 더해 마음 속 깊이 감사하였다. 그를 염려하며 생각이 이에 이르자 너무나도 마음이 약해져 내심 부끄럽고 두려웠으며 늘 억눌러왔던 양심의 가책이 금세 솟구쳐 뛰어올라 자책의 고통을 견딜 수 없었다.

긴 세월 기르는 몸집이 강아지 만한 늙은 고양이는 버려진 눈덩이처럼 긴 화로에 얹은 판자위에서 웅크린 채 깊은 잠에 빠졌다. 앞 발 한 짝이 화로에 떨어져 발부리가 잿 속에 묻힌 줄도 모르고 코까지

골며 숙면하였다. 부인은 그날 밤의 어수선함과 다음날의 심로(心勞)로 부인병이 도져서 꾸벅꾸벅 졸고 있는데 귓가를 놀래는 격자 벨소리가 울려 퍼졌다. 벌써 남편이 돌아왔나 하는 의문이 가시기도 전에 장지문을 열고 나타난 이는 나이 스물예닐곱 정도의 크지 않은 키에 약간 창백한 낯빛이었다. 마른 얼굴에 억센 콧수염이 무성하고 어지러이 난 머리에 감색 모직 이중 외투 깃을 깊숙이 세우고 검은 중절모는 벗어서 손에 들었다. 높은 코에 대모갑(玳瑁甲) 테두리 안경을 낀 모가 난 눈빛은 보는 것 마다 불만이 있는 듯하였다.

부인은 예기치 못한 표정 속에 기쁨을 띠며,

"어머 다다미치(直道)구나, 어서 오렴."

한쪽에 외투를 벗어던진 그는 검정능직 새 모닝코트에 짙은 회남색 천에 검은 줄무늬 바지를 헐렁하게 입고 깨끗한 고무칼라와 커프스에 쥐색 공단의 돋을무늬 장식깃을 하였다. 부인은 부리나케 일어나서 그 외투를 기둥 못걸이에 걸었다.

"너무나 뜻밖의 일이어서요. 아버지 상태는 어떻습니까? 오늘 아침 신문을 보고 놀라서 달려 온 겁니다. 병세는 어떻습니까?"

그는 인사를 하기도 전에 다급하게 이렇게 물었다.

"아 신문에서, 그랬구나. 아니 아버지는 아무렇지도 않으시다."

"예? 사카마치에서 큰 부상을 입어 병원으로 옮겨졌다고 하던데요?"

"그건 하자마야. 아버지라고 생각했니? 아니, 어떻게 된 거지."

"아, 그래요? 하지만 신문에는 분명히 그렇게 나왔어요."

"그럼 그 신문이 잘못된 거구나. 아버지는 아까 문병 가셔서 곧 돌아오실 게다. 자 천천히 있다 가렴."

이 말을 들은 다다미치는 예상치 못한 일에 맥이 빠져 기뻐하지도 못하고 아연해 할 뿐이었다.

"아, 그래요? 하자마가 당한 거군요."

"어, 하자마가 불쌍하게도 뜻밖의 변을 당해 크게 다쳤지."

"어떤가요? 신문에는 꽤 심하다고 나왔는데요."

"신문에 나온 대로란다. 다행히 불구가 되진 않을 거라는데, 그래도 완전히 나으려면 아무래도 석 달 정도는 걸린다는구나. 정말 안됐지. 그래서 아버지도 걱정이 이만저만이 아니시란다. 아니, 뭐, 병원도 특실로 하고 치료는 충분히 하니 전혀 걱정할 건 없을 것 같긴 한데, 어쨌든 큰 부상이니까. 왼쪽 어깨가 부서져서 팔이 대롱대롱 흔들거리는 모양이더구나. 게다가 온 몸이 피멍에 긁혀서 붓고 고름이 터지고 쓸리고 깨진 상처투성이라는구나. 그런데다 기절할 정도로 머리를 맞아서 의사선생님도 뇌병(腦病)이라도 생기지 않으면 좋겠다고 그러셨다는데 지금으로선 그런 기미는 없다는구나. 어쨌든 그날 밤 집으로 업혀 들어왔을 때는 반쯤 죽어서 겨우 벌레가 숨 쉬는 정도로 내가 슬쩍 보니 이건 도저히 힘들겠다 싶었단다. 그런데 생각보다 인간이라는 게 비교적 강하더구나."

"그런 변고를, 미안하게 됐군요. 아무튼 제대로 치료해줘야겠네요. 그래서 아버지는 뭐라 하십니까?"

"뭐라니?"

"하자마가 야습당한 일말입니다."

"아무래도 상대는 빌린 돈 때문에 원한을 품어 그 분풀이로 무도한 짓을 했을 거라고 몹시 화가 나셨지. 진짜, 하자마는 평소 사소한 싸움 같은 걸 걱정할 필요 없는 그런 얌전한 사람이니 아마도 그게 틀림없을 게다. 그러니 더더욱 안돼서 뭐라 할 수가 없단다."

"그래도 하자마는 젊으니까 산 겁니다. 아버지였으면 돌아가셨을 겁니다, 어머니."

"어머나 불길한 말 하지 말아라!"

곰곰이 생각에 잠긴 다다미치는 원망스런 눈을 들어 어머니를 쳐다보았다.

"어머니, 아버지는 아직도 이 가업을 그만두실 의향은 없으신 겁니까?"

어머니는 괴로운 듯이 더디고 더디게,

"글쎄……특별히 뭐라고는……나는 잘 모르니……."

"이제 곧 응보는 아버지에게도……. 어머니, 하자마가 저런 일을 당한 건 결코 남일이 아닙니다."

"너 또 아버지 앞에서 그런 말 말아라."

"말할 겁니다! 오늘은 꼭 말해야겠습니다."

"그래 알았다. 하지만 지금까지도 꽤 여러 번 말했지만 기질이 그래서 조금도 듣질 않잖니? 아무리해도 남의 말 따윈 안 듣는 사람이니, 자, 좀 더 너도 모르는 척 하렴, 어?"

"저도 부모님께 그런 말씀을 드리고 싶진 않아요. 별일 아니라면 못 본 척 하겠지만, 정말로 이 정돈 모르는 척 할 수가 없으니까요. 늘 그리 생각합니다. 전 밖에서는 아무것도 고생이랄 게 없는데 오로지 이 걱정으로 생각하면 밤에도 잘 수가 없습니다. 밖에서 어떤 고생이 있어도 좋으니, 부디 이 걱정만큼만은 없었으면 하고 절실히 생각합니다. 아아, 이런 일이라면 차라리 부자(父子)가 함께 구걸하는 게 훨씬 낫습니다."

그는 눈물을 글썽이며 고개를 숙였다. 어머니는 그 자신도 함께 책망당하는 것 같아 한편으론 부끄럽고 또 한편으론 불쾌하여 이 자리가 괴롭고 불편했다. 달리 설득할 방법도 없지만 그렇다고 가만히 있을 수도 없어 간신히 말을 꺼냈다.

"그건 뭐 네 말이 맞지만 너와 아버진 마음이 다르듯이 만사 생각도 각각이어서 네가 하는 말은 아버지 마음에 들지 않고. 그렇지, 또 아버지가 하는 일은 네 맘에 들지 않으니 그 사이에서 나도 곤란하단다. 우리 집도 이젠 재산도 꽤 이루었으니 이런 가업은 그만두고 편안히 은거생활이나 하며 네가 결혼하여 손주 얼굴이라도 보고 싶단다. 하지만 아버지 성격이 저러니 그런 말을 꺼내면 얼마나 화를 내겠나 싶어, 그게 보이니 괜한 말은 할 수도 없단다. 네 마음을 헤아려 보면 안됐고 그렇다고 어느 쪽을 어떻게 할 수도 없어 뒤에서 걱정만 할 뿐, 아무런 도움도 못되면서 이것 때문에 꽤나 괴로운 게 내 처지란다.

아마 너도 마음이 개운치는 않겠지만 도저히 지금으로선 승낙할 상황은 아닌 것 같으니 무리하게 언쟁해 봐야 서로 마음만 상할 게 뻔하고, ……. 그건, 네가, 뭐라 한들 하나밖에 없는 부자지간이니 아버지도 속으론 얼마나 너를 의지하시겠니. 결국은 네가 말하는 것도 들어주실 거고, 아버지인들 아들이 그렇게까지 생각하는데 전혀 마음에 담아 두지 않는 건 아니실 게다. 허나 아버지도 생각이 있으시니 무조건 네 말대로는 힘들지 않겠니.

게다가 요 근래는 하자마 일로 신경이 몹시 곤두서 있는 참이라, 네가 뭐라 하면 오히려 좋지 않을 테니 오늘은 그냥 조용히 있으렴, 알겠니? 정말로 내가 이렇게 부탁하니, 알겠지 다다미치?"

과연 어머니는 자신이 말한 것처럼 양 틈에 낀 난국에 처해져 그저 아무 일도 없도록 진심으로 한결같이 다다미치를 타일렀다. 그는 흘러내리는 눈물을 참지 못하고 코안경을 벗어 눌러 닦으며 더욱 흐느꼈다.

"어머니가 그리 말씀하셔서 제가 평소에 참았던 겁니다. 오늘만큼은 뜻대로 말하게 해주세요. 오늘 하지 않으면 할 기회가 없습니다. 하자마가 그런 일을 당한 것은 천벌입니다. 이 천벌은 언젠가는 아버지도 피하지 못하실 테니 말할 거면 지금, 지금 못한다면 이제 전 평생 말하지 않을 겁니다."

어머니는 그 일념에 위협받은 듯 절로 한기가 느껴졌다. 다다미치는 잠시 코를 풀고 말을 이어갔다.

"그러나 제 처사도 옳지는 않습니다. 아버지도 하실 말씀은 있으실 거고 그건 저 자신도 압니다. 아버지 가업이 마음에 들지 않고 의견을 내도 소용없고 이런 더러운 가업을 보기 싫다고 부모를 버리고 별거하는 것은 아무리 봐도 인정머리 없는 처사로 정말이지 저도 괴롭습니다. 결코 자식 된 도리는 아니다, 필시 불효막심한 놈이라고 아버지도 또 어머니도 그렇게 생각하시겠죠."

"그렇게 생각하지 않는다. 이유가 있으니 그리 생각하진 않지만 함께 있으면 얼마나 좋을까 하고는……."

"그건 저 또한 그렇습니다. 이런 집에 있기 싫다고 제멋대로 별거하고, 그래도 혼자 생활하며 이럭저럭 살 수 있는 것 또한 모두 그때까지 가르쳐주신 부모님 덕분이고 은혜입니다. 이도저도 다 알면서도 아버지를 저버린 행동은 어머니, 부득이한 일이라고 생각해주세요. 저는 부모님께 반항하는 것이 아닙니다. 아버지와 함께 있는 것이 싫은 건 아니지만 저는 고리대금업이라는 천한 가업이 너무나 싫습니다. 다른 사람을 괴롭혀 자신을 살찌운다. 비열한 가업입니다!"

그는 몸을 떨며 눈물을 줄줄 흘렸다. 어머니는 더는 어찌해야 할 바를 몰랐다.

"부모를 부양할 만한 재주도 없으면서 주제넘은 말만 하여 실은 면목도 없습니다. 그러나 불편함을 참아주시기만 한다면 절대로 부모님을 배곯게 하지는 않겠으니, 누추한 집이더라도 부모자식 셋이서 함께 지내고 싶습니다. 사람들에게 손가락질 받지 않고 죄도 짓지 않고 원한도 사지 않고 청렴하게 살고 싶지 않으십니까? 세상은 돈이 있다하여 그것으로 다 되는 건 아닙니다. 하물며 비도(非道)로서 마련한 돈, 그 돈이 무슨 의지가 되겠습니까. 악전(惡錢)은 반드시 남아나지 않습니다. 무리하게 마련한 가산은 한 대를 가지 못하고 망합니다. 인과응보의 예는 두려워할 만하니 하루라도 빨리 이런 가업은 그만두는 게 제일입니다. 아아, 끝이 보이는데도 한심한 일입니다!"

다다미치는 눈앞에 보이는 적악(積惡)응보의 걱정을 누를 길이 없었다. 마음의 눈동자엔 무참하게도 원망의 칼날에 세차게 찢겨져 노상 횡사의 치욕을 드러낸 아버지의 죽은 얼굴이 개에 채이고 진흙투성이가 되어 그늘진 곳에 낡은 거적을 베개 삼은 모습이 비춰졌다. 이상하지 않은가. 눈앞의 환영이 사실이 아님을 알면서도 너무나도 비참한 모습에 자신도 모르게 갑자기 용솟음치는 울음소리는 악물은 이 사이에서마저 새어나왔다. 어머니는 깜짝 놀라 어찌할 바를 모르는데 때마침 문 앞에 차가 멈추고 격자문 벨이 울렸다. 남편이 돌아왔나 싶어 불길함에 계속 가슴이 두근거리고, 다다미치 어깨를 흔들면서 낮은 목소리로 빠르게 말하였다.

"다다미치, 아버지가 오셨으니 울음을 그치거라. 어서 저쪽에 가서, ……어, 오늘은 제발 아무 말도 하지 말고……."

빠른 발소리는 옆방으로 다가왔다. 어머니는 당황하여 마중하려 일어났으나 한발 늦어 장지문은 밖에서 열리고 우람한 풍채의 남편 다다유키가 느릿느릿 미네 어깨너머로 나타났다.

"오오, 다다미치. 오래간만이구나. 언제 왔니?"

그는 이렇게 말하면서 반질반질하고 불그스레한 정수리 가르마의 넓은 이마 그늘에 작게 그려 넣은 듯한 옴팡눈을 기분 좋게 크게 뜨고 여느때처럼 아내가 외투를 벗겨주는 대로 서있었다. 미에는 다다미치의 모가 난 말투를 살피며 아무렇지 않은 듯이 대신 대답했다.

"방금 전에요. 아주 빨리 오셨네요, 마침 잘 됐어요. 그런데 하자마 씨는 좀 어떤가요?"

"아, 생각보다 가벼워서 다행이야, 뭐, 저 상태라면 걱정 없겠어."

그는 가문(家紋) 세 개가 새겨진 검은 비단에 솜을 튼 하오리 옷깃을 여미고 기분 좋게 화로 옆으로 다가갔다. 그때 다다미치는 겨우 얼굴을 들어 예를 갖추었다.

"너, 무슨 일이냐? 아주 묘한 얼굴을 하고 있구나."

종려나무 털을 심은 듯이 보이는 콧수염을 쓸어 비틀며 굵고 짧은 눈썹을 찌푸리자 듣고 있던 부인은 아차 하며 칼날을 밟는 기분이었다. 다다미치는 홱 고개를 들어 올려보면서 양손을 가슴에 마주댄 채 위압적인 태도로 눈을 내리깔고 아버지 얼굴을 보며 서서히 입을 열었다.

"오늘 아침 신문에 아버지가 크게 다치셨다고 나와 바로 병문안으로 찾아 뵌 겁니다."

백발 섞인 다갈색 머리칼을 쓰다듬으며 다다유키는,

"무슨 신문인지 모르겠지만 그건 하자마를 잘못 쓴 거다. 나라면 그런 상황을 만나도 순순히 맞고 있진 않지. 상대는 뭐 두 명이 아니냐. 다섯 명까지는 상대해 줄 수 있지."

다다미치 옆에 있던 어머니는 살며시 그의 코트자락을 당겨 말을 되받지 못하게 주의를 주었다. 이 때문에 그는 잠시 주저하였다.

"정말로 너 무슨 일이냐. 안색이 안 좋구나."

"그렇습니까? 아버지 일이 너무 걱정되어 그렇습니다."

"무슨 일이냐?"

"아버지, 종종 드린 말씀입니다만 이제 고리대금은 그만두세요."

"또 그 소리냐! 더 이상 말하지 말거라. 그만 둘 때가 되면 그만둘 테니."

"그만두어야 해서 그만두면 꼴사납습니다. 오늘 아침 아버지가 죽다 살아난 정도로 다치셨다는 기사를 봤을 때, 저는 어떻게 해서라도 이 가업을 그만두시게끔 하지 못한 것을 절실히 후회했습니다. 다행히 아버지는 무사하셨습니다. 해서 오늘은 더욱더 제 의견을 받아주셔야만 합니다. 언젠가 아버지도 틀림없이 하자마와 같은 화를 당할 겁니다. 그것이 두려워서 그만두시라는 건 아닙니다. 올바른 일로 다투어 잃는 목숨이라면 절대로 그만두지는 않겠지만, 오직 금전만으로 원한을 사고 그 때문에 억울한 꼴을 당하는 건 아무리 생각해도 수치스런 일이 아니겠습니까. 자칫 잘못되면 목숨도 잃게 되고 불구가 되기도 합니다. 아버지 신상을 생각하면 저는 밤에도 잘 수가 없습니다.

이런 가업을 해야만 생활이 되는 것도 아니고, 아버지 어머니 두 분이라면 평생 안락하게 지내실 정도의 재산은 이미 있을 것입니다. 그런데도 무엇을 고심하며 사람에게 원한을 사고 세상으로부터 비난을 받아 무리하게 재산을 마련하시는 겁니까? 왜 그렇게 돈이 필요한 겁니까? 누구나 자신에게 넘쳐 남는 돈은 자손에 남기려는 것 밖에는 없겠죠. 아버지께는 자식이 저 혼자니, 그 외동인 저는 단 한 푼도 아버지 돈을 물려받지 않을 겁니다! 갖고 싶지 않습니다. 그러면 아버지는 오늘날 아무 소용없는 돈을 모으기 위해 사람들의 원망과 세상의 비난을 받고 그리하여 지금 부자(父子)가 원수처럼 되었습니다. 아버지도 이런 가업을 결코 명예라고 생각하여 즐기시는 건 아닐 겁니다.

저 같은 자식이라도 사랑하신다면 재산을 남겨주시는 대신 제 의견을 들어주십시오. 의견이라고는 하지 않겠습니다. 제 부탁입니다. 일생의 부탁이니 부디 들어주십시오."

아버지 앞에 머리를 떨군 채 쉽사리 들지 못하는 그의 얼굴은 뜨거운 눈물로 뒤덮였다.

자못 움직일 기색 없는 다다유키는 오히려 미소를 띠고 말조차 부드러웠다.

"내 몸을 생각해서 그리 말해주니 기쁘나 그건 너의 기우일 게다. 나와 달리 너는 예민한 아이라 그리 생각하겠지만 세상은 말이다, 네가 생각하는 게 다가 아니란다. 학문을 좋아하는 머리로 사업하는 사람의 일을 추궁하는 것은, 그건 안 된다. 넌 사람의 원망이니 세상의 비난이니 하지만 우리들 동업자에 대한 사람들의 원한 따위는 각자 제멋대로 하는 푸념에 지나지 않는 거란다. 세상의 비난이라는 건 대부분은 시기지. 그 증거는 일하지 않는 놈이 가난해지면 불쌍히 여기고, 무슨 가업에 한하지 않고 돈을 마련하는 녀석은 반드시 세상으로부터 무언가 공격을 받는단다. 그렇지. 돈 있는 사람치고 평판 좋은 이는 한 사람도 없다. 바로 그렇다. 넌 학자이니 스스로 마음가짐도 다르고 재산 따위를 그리 귀중하게 생각하지 않는다. 학자는 그래야만 하지만 세상 사람들이 모두 학자는 아니지 않느냐. 실업가의 정신은 그저 돈이다, 이 세상 사람들의 욕망도 재산밖에 없다. 그 정도로 말이지 사람이 갖고 싶어 하는 게 돈이란다. 무언가 좋은 점이 없으면 안 되겠지. 어디가 좋은지, 왜 그렇게 좋은지는 학자로선 모를 거다.

너는 네 자신이 필요한 정도의 돈이면 충분하니 그 이상 바랄 필요는 없다고 하는구나. 그것이 바로 학자의 생각이라는 게다. 자신에게 충분한 돈만 있으면 그것으로 됐다고 만족해버려 손을 떼려는 생각이라면 나라는 금세 망한다. 사회의 사업은 발달하지 않는다. 그래서 나라 안에 젊은 은퇴자만 넘쳐나면 너는 어떻게 하겠니? 아, 욕심에 끝이 없는 것이 국민의 생명이다.

나에게 그렇게 재산을 마련하여 어떻게 할 거냐고 너는 의아해 하지만 나는 어떻게도 안한다. 돈은 더 많이 있는 것만으로 유쾌하다. 즉 돈을 마련하는 일이 더없이 재미있지. 네가 학문을 하는 것이 재미있는 것처럼 나는 돈이 생기는 것이 재미있단다. 너에게 책을 적당히 읽어라, 한 사람의 학문이 있으면 그 위에 더 바랄 필요가 없다 하면 너는 무어라고 대답하겠느냐?

너는 자주 이 가업을 부정하다, 비열하다 하는데, 돈을 버는데 군자의 길을 걷는 장사가 어디에 있겠느냐? 우리들이 고리대금을 빌려주는, 그래 고리지. 왜 고리인지 아느냐? 그건 무저당이기 때문이다. 그렇다. 빌리는 쪽에 무저당이라는 편의를 제공하니까 그 편의에 대한 대가로서 이자가 높은 거란다. 그래서 우리들은 결코 이자가 높은 돈을 싸다고 속여서 빌려주지는 않는다. 무저당으로 빌려주니까 이자가 높다. 그것을 알고서 모두 빌리는 거란다. 그게 왜 부정하고, 왜 비열한 일이냐? 이자가 높아서 부당하다고 생각한다면 처음부터 빌리지 않는 게 좋지. 그런 고리를 빌려서라도 급한 것을 구제하지 않고서는 놔둘 수 없을 정도로 여러 가지 일이 존재하는 게 오늘날의 사회란다. 고리대금업자를 부정하다 하면 그 부정한 고리대금업자를 만든 사회가 부정한 거지. 필요해서 빌리는 이가 있고 빌려주는 이가 있는 거다. 아무리 빌려주려 해도 빌리는 자가 없으면 우리들 가업은 성립하지 않을 게다. 그 필요를 내다보고 일을 하는 것이 즉 영업 정신이란다.

돈은 누구나 좋아하고 모두 얻고자 하지. 얻으면 놓지 않으려고 하고. 알겠느냐. 그 돈을 남들보다 많이 가지려면 평범한 수단으론 되진 않는단다. 서로 합의하에 대차하고, 그리하여 돈을 버는 일이 부정이라면 모든 장사는 다 부정이 아니겠니? 학자의 눈으론 돈 버는 자는 모두 부정한 짓을 하는 것이지."

이 변론에 너무나 감동한 그의 부인은 때때로 다다미치의 얼굴을 엿보며 어쩌면 그의 논리도 이로써 좌절되어 염려했던 언쟁 없이 끝날 것이라 은근히 기뻐했다.

다다미치는 우선 엄숙하게 머리를 저었다.

"학자도 상업가도 같은 인간입니다. 인간인 이상 인간된 도리는 누구라도 지켜야 합니다. 저는 결코 돈 버는 일을 나쁘다 하는 것이 아닙니다. 얼마든지 벌어도 좋으니 정당하게 벌어야 한다는 겁니다. 사람의 약점을 잡아 교묘하게 이용하여 고리를 빌려주는 일은 단언컨대 정당하지 않습니다. 그런 것이 장사의 기백이라뇨! 예를 들면 하자마가 재난을 당했죠. 그건 상대는 두 사람이고 게다가 기습공격을 당한겁니다. 아버지는 그 소행을 어떻게 생각하십니까? 남자다운 보복이라 생각하십니까, 아니면 비열하기 그지없는 놈들이라고 분하게 생각하십니까?"

그는 소리를 높여 다그쳤다. 그래도 아버지는 다른 것을 뒤돌아보고 아무런 대답조차 주지 않자 다시 소리를 가라앉혔다.

"어떻습니까?"

"물론."

"물론? 물론이고말고요! 어떤 놈들인지 모르지만 실로 더러운 근성, 비열한 놈들입니다. 그러나 원한을 갚으려는 점에서 보면 놈들은 훌륭하게 목적을 달성한 거지요. 그렇죠, 비록 그 수단은 어떻든 간에요."

아버지는 놀라지 않고 미소를 머금으며 붉은 수염을 만지작거렸다.

"비열하다고 하든 더럽다고 하든, 마음껏 보복을 한 놈들은 목적을 달성하여 필시 만족해 할 겁니다. 그놈을 잡아 죽이고 싶을 정도로 분한 것은 이쪽일 뿐.

아버지의 영업 주지도 그들 방식과 조금도 다르지 않습니다. 하자마 일에 관해 아버지가 원통하다 생각하신다면 아버지께 돈을 빌려 괴로워하는 이 역시 아버지를 원망하지 않을 수 없을 겁니다."

또다시 그의 어머니는 매우 감동하였다. 이리되면 남편은 어떤 말로 이에 대답하려나. 그녀는 이 이치의 즉효 당연함에 입을 못 열 것이라고 마음속으로 당황하며 남편의 기색을 살폈다. 그는 오히려 침착하게 자식이 멋지게 논하는 모습을 마치 마음속으로 대견하게 여기는 듯한 표정으로 미소를 지을 뿐이었다. 그러나 부인은 잘 알고 있다. 그가 미소를 짓는 것은 분명 사람을 마음대로 부리지 못할 때인 것을. 그녀는 지금의 미소가 그것인지 아닌지 의심스러웠다.

창백하게 수척해진 다다미치 얼굴은 불길하게도 창백하고 목소리는 새되게 가늘었으며 무릎에 올린 손끝은 자꾸 떨었다.

"아무리 논한들 다 아는 이치이므로 더 이상 말하지 않겠습니다. 말하면 그저 아버지 심기를 불편하게 할 뿐입니다. 그러나 이전에도 종종 말씀드렸고, 또 오늘 이렇게 말씀드리는 것도 모두 아버지 신변을 걱정해서입니다. 이에 대해 제가 얼마나 시종 고심하는지 모르시겠지만 생각 같아선 공부도 뭣도 다 집어치우고. 아아, 차라리 산속으로 은둔해버릴까도 생각합니다.

아버지는 이 가업을 부정하지 않다 하시지만 사실 세상에서는 지옥의 옥졸처럼 증오하고 경멸하며 부합(附合)하는 것조차 수치로 여깁니다. 세상 따위 상관할 바 없다고 아버지는 말씀하시겠지만, 자식으로서 그런 말을 듣는 마음의 고통을 헤아려 주십시오. 아버지는 상관없다 하시는 그 세상도 역시 제가 살아가야 하는 세상입니다. 그 세상에서 주눅 들어 결국에 용납되지 않는 것은 남자 면목이 서지 않습니다. 저는 그것이 무엇보다 슬픕니다. 이쪽에 큰 견식이 있어 그것이 세상과 충돌하고, 그로 인해 증오를 받거나 버려진다면 세상이 저를 버려도 저는 기꺼이 아버지와 함께 세상에 버려지겠습니다. 부자가 버려져 길거리에서 굶어죽는 것을 저는 부자의 명예, 가문의 영예라 생각합니다. 지금 우리 부자가 세상에서 소외받는 건 자업자득이 초래한 바로 불명예의 극치입니다!"

다다미치 눈에서 통한의 눈물이 솟구치며 그는 자기도 모르게 아버지를 노려보았다. 다다유키는 평소처럼 모르는 척 딴전을 부렸다.

다다미치는 오늘을 마지막이라고 생각한 듯이 끝까지 말을 멈추지 않았다.

"이번 일을 보더라도 얼마나 하자마가 원한을 받고 있는지 아실 겁니다. 아버지 대리인조차 저 정도가 아닙니까? 해서 보면 아버지가 받는 원한과 증오가 어떠할는지는 차마 말할 수 없습니다."

아버지는 바로 가로막고서,

"좋아, 알았다. 잘 알았다."

"그럼 제 말을 들어주시는 겁니까?"

"뭐, 음. 알았다, 알았으니까……."

"알았다고 말씀하셨으니 꼭 들어주시는 거겠죠."

"네가 말하는 뜻은 잘 알았다고. 하지만 너는 너고, 나는 나다."

다다미치는 참기 힘들어 주먹을 꽉 쥐었다.

"아직 젊구나 젊어. 책만 보고 있음 안 된다. 조금은 세상도 보거라. 과연 자식의 정으로서 부모 몸을 걱정해 주는 마음을 쓸데없다고는 생각지 않는다. 네 마음속도 헤아렸고 의견도 알았다. 그러나 난 나고 또 스스로 믿는 바가 있어 하는 일이니 모처럼의 충고라 하여 무리하게 따를 수는 없지 않겠느냐. 이번 하자마가 저런 사고를 당해서 나는 더 큰 일을 당할 거라고 걱정해주는 게냐, 어?"

이미 말해봤자 아무 소용없다고 단념한 다다미치는 입을 열지 않았다.

"그건 고맙지만, 뭐, 당분간 내 몸은 내게 맡겨 두어라."

그는 조용히 일어나서,

"지금 좀 다녀 올 데가 있어서, 천천히 있다 가렴."

허둥지둥 이중 외투를 입고 나가는 뒤에서 모자를 들고 배웅하는 아내는 살며시 행선지를 물었다. 그는 엄청난 코를 찌푸리며,

"내가 있으면 성가시니 잠깐 나갔다 오겠소. 좋게 말해서 돌려보내시게."

"예에? 그건 곤란해요. 여보, 저도 그건 곤란하지 않겠어요?"

"자 괜찮지?"

"괜찮지 않아요. 전 못해요."

미네는 발을 동동 구르며 괴로움을 호소했다.

"당신이라면 있어도 돼. 그리고 곧 돌아갈 테니."

"그럼 당신이 돌아갈 때까지 계세요."

"내가 있음 돌아가지 않으니까. 빨리 가시게."

역시 승강이하기 힘들어서 미네는 마지못해 우두커니 서 있는데 남편은 뒤돌아보지도 않고 쏜살같이 문을 나섰다. 어머니는 다다미치의 기세를 두려워하여 분명히 아까보다도 더 책망당할 거라 생각하며 호랑이 꼬리를 밟는 느낌으로 돌아왔다. 그러고 보니 다다미치는 팔짱을 끼고 머리를 떨군 채 꼼짝 않고 그대로 앉아있었다.

"벌써 점심땐데 뭘 먹겠니?"

그는 꼼짝도 하지 않았다. 거듭,

"다다미치." 하고 부르니 비로소 불안한 듯이 얼굴을 들었다.

"어머니!"

그 안타까운 목소리는 무어라 표현할 수 없이 어머니 가슴을 찔렀다. 그녀는 이 아이가 어렸을 때부터 자주 앓아 베갯머리를 지키던 그

마음이 떠올라 하마터면 갑자기 다가가려 했다.

"그럼 저는 이제 돌아가겠습니다."

"어머, 왜? 더 있으렴."

그녀는 이상하게도 갑자기 이별이 아쉬워져서 지금은 보낼 수 없다고 마음이 끌렸다.

"이제 점심이니 오랜만에 밥 먹고……."

"밥도 넘어가지 않으니……."

제2장

주인공 하자마 간이치가 대학 제 이(二)의원 병실에서 중상으로 밤낮을 괴로워하는 일 외에 달리 신변에 별일이 없는 틈을 타서 도미야마에게 시집간 미야의 그 후 소식을 전하려 한다.

그녀는 일월 십칠 일 아타미 달빛 아래에서 간이치와 헤어진 후 삼월 삼 일을 택하여 도미야마 가(家)로 시집갔다. 그곳에서 바로 간이치가 사라진 일은 시기사와 일가로선 뜻밖의 방해꾼을 떨어낸 건 의심할 여지가 없었지만 과연 집안은 모두 시끄러웠다. 그 아버지나 어머니보다도 미야는 더욱 간절한 진심을 담아 마음 아파했다. 그녀는 단지 버릴 수 없는 사랑을 버린 후회로 울뿐 아니라 의지할 곳 없는 간이치의 안부가 걱정되어 견딜 수 없었다. 매정하게 헤어졌지만 결국은 돌아올 것이라 믿었던 마음도 끝내 헛되었음을 깨달은 뒤에도 그래도 적어도 한번쯤은 서로 볼 수 있기를 바라였다. 또 그 마음속으로는 반드시 그런 만남이 있을 것이라 스스로 다짐하였지만 그의 행방은 알 길 없이 그녀가 집을 떠날 날은 밀물처럼 다가왔다. 마음 달랠 길도 없고 공연히 방황하여 평소에 늘 꺼려하던 점쟁이한테까지 물어보니 나중엔 해후하겠지만 지금은 여간해선 편지 소식도 없을 것이라 하였다. 붓을 자주 드는 사람이니 원망 서린 긴긴 편지를 보낼 것이라고 그것만은 손바닥을 들여다보듯 확실하다고 기다렸지만 의심했던 점쟁이 말은 불행히도 빗나가지 않아 미야는 그의 원망조차도 들을 수 없었다.

여하튼 한번이라도 보지 않고는 시집가지 않겠다고 처음엔 생각했지만 그것도 이루어지지 않자 하다못해 몇 자 소식이라도 들을 수 있기를 더욱 바랬다. 그러나 일은 마음과 달리 모두 어그러지고 그토록 바라지 않은 한 가지 일만큼은 구슬을 굴리듯 아무런 방해도 없이 진척되었다. 그녀가 간이치 소식을 헛되이 바랐던 하루하루와는 달리 삼월 삼 일은 금세 머리 위로 뛰어올라왔다. 마침내 미야는 몸과 마음을 허락했던 첫 사랑을 내던지고 고통의 몸부림 속에서 일생 가장 즐거워할 할 대례를 마쳤다.

미야는 실로 간이치와 헤어지고 나서야 비로소 자신이 얼마나 그를 사랑했는지 알게 되었다.

그가 떠나버리고 돌아오지 않는 그리움을 견디기 힘든 저녁이면 미야는 그의 책상에 기대어 생각하고 그의 옷에 남아있는 체취를 맡으며 괴로워하고 그의 사진에 뺨을 비비며 그리워하였다. 만약 그가 나를 받아주어 다정한 편지만이라도 보내준다면 부모도 집도 떨쳐버리고 당장 그에게 달려갈 텐데. 예물을 교환한 날도 미야는 도미야마 다다쓰구를 남편으로 받아들일 마음은 추호도 없었다. 하지만 자신은 결국 그 집으로 가야할 몸임을 잊지 않았다.

미야는 정말로 스스로 그 실마리를 찾지 못할 때까지 마음을 어지럽혔다. 그녀는 헤어진 간이치를 그토록 사모해 마지않았지만 잘못을 뉘우치고 정조를 지키며 굳은 각오로서 그 사랑을 다하려고는 하지 않았다. 정말로 그의 마음에 의지할 각오라는 건 없었다. 그리움에 지치면서도 생각을 관철하려고는 하지 않고, 이유 없이 연을 맺으려 했다고 생각하면서도 굳이 이제 와서 거절하려고도 하지 않았다. 간이치에 대한 그리움을 생각하고 도미야마의 부유함을 소중히 여기며 스스로 결정하고 이루는 바 없이 헛된 미혹에 사로잡혀 마침내 지체할 수 없는 삼월 삼 일을 맞이했다.

이 날, 밤이 저물고 합환주를 주고받는 그 때에 이르러서도 이상하게 미야는 결코 도미야마 다다쓰구를 남편으로 맞이할 마음이 일지 않았다. 그저 이 사람을 남편으로 정해야만 하는 자신의 처지를 잊지 않았을 뿐. 그녀는 스스로 생각하기를 이 마음은 처음부터 간이치에 허락한 것이지만 다만 인연이 있어 몸은 다다쓰구에게 맡기게 되었다고. 그러므로 몸은 다다쓰구에게 맡겼으나 마음은 영원히 간이치를 잊지 않는다고. 이렇게 생각한 미야는 그 심사(心事)의 부덕함을 알고 있었다. 하지만 이 부덕은 그 자신이 벗어날 수 없는 약속이라 믿고 오히려 깊게 의심하지도 않았다. 이리하여 미야는 다다쓰구의 아내가 되었다.

신랑은 그녀를 사랑함에 여념이 없었으며 그녀를 대함에 온 힘을 쏟았다. 미야는 날마다 그 신상이 빛남에 따라 점점 더 자신이 생각한 대로 되었지만 더더욱 즐겁지 않은 마음은 남편 사랑도 내키지 않아 그저 기계처럼 섬길 뿐이었다. 하지만 다다쓰구는 그가 말하는 꽃 같은 자태, 따뜻한 옥(玉)과 같은 용모를 한결같이 사랑하고 기뻐하였다. 그런 나머지 차갑고도 텅 빈 그릇을 안은 것과 진배 없는 아내를 안고 거의 혐오스러울 정도로 의기양양하게 아래턱을 쓰다듬었다. 그가 제일 의기양양해 한 것은 두 달 후 가장 사랑하는 부인이 임신하여 다음해 봄 귀여운 아들을 얻은 일이었다. 미야는 자신도 모르게 비참해져 산후 석 달 정도를 심하게 앓았다. 그런데 첫 아이는 매우 허약하여 미야가 다 낫기도 전에 폐렴으로 세상을 떠나버렸다.

아이를 낳은 뒤에도 미야의 아름다움에는 조금의 변화도 없고 오히려 관능적 정취마저 저절로 더해지니 남편 사랑은 더욱더 깊어지고 총애는 남들이 보기 흉할 정도로 더해만 갔다. 그는 아내가 늘 즐거워하지 않는 이유를 전혀 알아채지 못하고 처음부터 그저 그 안색을 보고 천성이 우울한 것이라고 지레짐작하여 대체로 묻지 않았다.

이렇게 사랑받으면서도 미야의 초지는 움직이려고도 하지 않고 소중한 사람의 정을 배반하고 여기로 시집온 죄조차 한탄해 마지않았는데 생각지도 않은 아이까지 만든 죄는 어찌 할 것인가. 스스로 용서하기 힘들어 부끄럽고 슬픔은 더욱 심해져 정말로 부모에 대한 증오는 견디기 어려웠다. 첫 아이를 잃은 후, 그녀는 다시는 다다쓰구

아이를 낳지 않겠다고 마음속으로 굳게 맹세하였다. 이 년, 삼 년 그리고 사 년이 지나도록 이상하게도 미야는 이 맹세를 지켰다.

그녀 마음은 점점 즐겁지 않았고 지금은 무슨 까닭으로 시집을 왔나 스스로를 괴롭혔다. 기계처럼 남편을 섬기고 장식품처럼 안에 놓인 채 한 번도 아내로서의 보람도 추억도 없이 새장속의 새가 자유롭게 하늘을 날기를 헛되이 갈망하는 처지였다. 그것만을 바라고 풍족한 생활도 부유한 살림살이도 흙처럼 돌아보지 않고 오히려 이 사년 동안 그리워하고 또 그리워하기만 한 아타미에서 행방을 감춘 그의 모습을 다즈미 자작 저택에서 볼 때까지 그녀는 전혀 소식조차도 듣지 못했었다. 친정 시기사와에서는 어렴풋이 알아겠지만 그런 부질없는 말을 할 정도로 어리석은 부모도 아니다 보니 미야가 이를 알수 있는 소식은 끊겼다.

몽매에도 잊지 못한 그 모습을 뜻밖에 보게 된 그녀 마음은 어떠했겠는가. 굶주린 자가 탐욕스럽게 먹는 것처럼 그녀는 한눈에 그 사 년 동안 바라던 바를 구하려 하였다. 그녀의 욕구는 성에 차지 않고 이날부터 더욱 급해져서 이미 스스로 심사(心事)의 부덕으로 허락할 수 있는 몸을 던져, 오로지 만사(萬事)를 즐겁게 오직 하나로 바꾸어 마지 않겠다고 마음 깊이 생각하였다.

오번가 와니부치 댁에 살게 된 이유는 시즈오로부터 들었지만 함부로 편지를 주고받기도 어렵고 길은 멀지않으나 혼자 나가 찾아다닐 만한 처지도 아니니 이룰 수 없는 일뿐으로 괴로워했다. 그러나 안부를 알지 못했던 지난 몇 년에 비하면 이미 주머니 속 물건을 찾는 것과 같다고 외곬으로 위안은 되면서도 날마다의 무료함을 견디기 괴로운 나머지, 자신의 마음을 남김없이 털어놓을 긴긴 장문의 편지를 쓰려고 마음먹었다. 그것은 기회를 봐서 보내려는 것도 또 만나서 할 수 없는 말을 쓰려는 것도 아닌, 그저 이렇게라도 덧없는 자신의 처지와 애절한 마음을 홀로 호소하고자 함이었다.

미야는 간이치를 잊지 못함과 동시에 또 오랫동안 아타미에서의 슬픈 이별을 잊을 수가 없었다. 더욱이 봐라, 해마다 돌아오는 일월 십칠 일은 그 슬픈 이별을 잊지 못하는 가슴에 또 다시 낙인을 찍어 그녀의 후회를 새롭게 하지 않는가.

"십 년 후의 금월 금일 오늘밤도 내 눈물로 달을 흐리게 할 테니 달이 흐리면 간이치는 어디선가 너를 원망하며 오늘밤처럼 울고 있다고 생각해라."

귀를 막아도 미야에겐 항상 이 목소리가 들렸다. 그녀는 그 날 그 밤을 마주할 때마다 과연 달이 흐린가 살폈으나 아직껏 그 사람이 어디선가 우는 징조는 없으니 이제는 원한도 잊었는지. 게다가 나까지 함께 쉬이 잊어버렸나. 그렇다면 어디서 어떻게 지내는지 더욱더 한탄스러웠다.

오늘로 네 번째 그날이 돌아왔다. 맑았던 하늘은 오후부터 흐려지고 조금씩 불어대는 바람이 몹시도 차가운, 예사롭지 않게 추운 날이었다. 미야는 여느 때보다도 마음이 복잡한 이 날이 되면 붓을 들어 계속 쓰려 하나 너무나도 심란하여 그럴 힘도 없으니 더욱더 잊기 어려웠다.

점점 더 추위가 심해져 견딜 수 없자 하녀에게 서둘러 난로조절을 시키고 그녀는 서양실로 옮겼다. 다다미 열장 정도의 방은 모조리 커튼을 쳐서 좁은 틈도 없이 에워쌌고 화기가 차츰 봄을 데우는 곳에 미야는 화려하게 염색된 긴 비단속옷 양쪽 단을 벌린 편안한 자세로 진홍색 무늬 능직을 댄 안락의자에 기대었다. 미야의 아름다운 눈은 그곳에 비치는 마음의 그림자를 바라보듯 그저 평평하고 흰 천장에 쏟았다.

그녀는 남편이 부재 시에는 이 집의 주인으로서 섬겨야 할 시부모도 어려워해야 할 시누이도 또한 거치적거리는 어린아이도 없었다. 한 명의 가정부와 두 명의 하녀에게 일체의 번거로운 일을 맡겨 하루 종일 아무 할 일도 없었다. 외출할 땐 차가, 밥상엔 고기가, 게다가 말하는 것마다 모든 들어주고 하는 것마다 모두 기뻐해주는 남편이 있으니 그녀는 지금 젊은 아내의 황금시대를 꿈꾸듯이 즐겼다. 미야는 문득 생각하길 세상의 아가씨들이 생각하고 생각하는, 바라고 바라는 절정이 참으로 나의 신상이로구나.

아아, 스스로도 이 신상을 바라고 바란 나머지 다시 얻을 수 없는 연인을 버렸구나. 그러나 이 신상의 궁극의 즐거움도 오 년 전 오늘의 더없는 슬픔과 바꿀 만한 것은 아니었도다. 그녀는 고통스럽게 한숨 지었다.

그녀는 이제야 비로소 깨달았다. 자신이 바랐던 이 신상은 그 연인과 함께하길 원한 즐거움, 바로 그것이었음을. 만약 심신(心身)의 즐거움을 함께 누릴 수 있는 행운이 없어 반드시 그 하나를 택해야 한다면 어느 것을 취해야 하는지 뒤늦게 깨닫고 마음풀 길 없어 후회하였다.

이 추운 날 이 따뜻한 방에서 이 애타는 몸을 이 마음속 사람과 나란히 이 진심으로 이 그리움을 이야기한다면. 이 생각에 미야는 마치 가슴이 찢어지는 고통으로 괴로워하였다. 지금 기다리는 몸은 기다리지도 않는 사람을 기다리는 몸이 된 그 애석함을 번민하며 의자에서 일어서 다가간 창밖을 무심코 바라보니 어느새 눈이 내렸는지 살짝 하얗게 뜰에 깔렸다. 일월 십칠 일이라는 느낌은 무척 격렬하게 움직여서 미야는 줄기차게 내리는 눈에 어떤 말을 들은 듯이 멈춰 섰다. 때마침 다다쓰구는 돌아왔다. 조용히 열리는 문소리는 깊은 생각에 잠긴 미야 귀에는 들어오지 않았다. 얼음장 같이 차가운 손을 당치않게 가슴 안으로 집어넣어 앗 하며 뒤돌아다보려 하자 뒤에서 꼭 껴안으니 남편이 늘 즐기는 향수 내음은 숨길 수 없었다.

"어머, 다녀오셨어요?"

"춥더군."

"눈이 꽤 내리네요. 힘드셨죠?"

"웬일인지 지독하게 춥더군."

미야는 안락의자를 남편에게 권하고 자신은 난로 장작을 지폈다. 방금까지도 외곬으로 간이치 생각에 깊이 잠겼던 마음으로 남편 다다쓰구를 이리 섬기는 것도 좀처럼 도리가 아닌듯하여 떳떳하지 못한 기분이었다. 창밖에 내리는 눈, 바람에 흩날리는 눈, 우듬지에 머문 눈, 뜰에 내려앉은 눈, 보이는 모든 흰빛은 간이치 마음에 쌓인 원망처럼 느껴지니 양심의 가책과 애달픔은 호되게 야단맞은 듯 견디기 어려웠다. 그러나 이 미인 앞에서 이 눈을 보게 된 남편의 의기양양함은 끝이 없고 양다리를 팔(八)자로 벌리고 이윽고 따뜻해진 아래턱을 내밀어 치켜들었다.

"아아, 내린다 내려. 재미있군. 이런 날은 모듬전골에 한 잔 하는 거지. 전골을 준비해 주게. 전골이 좋지. 그리고 커피 한잔 가져다 주고. 코냑을 좀 넉넉하게 넣어서."

미야가 가려하자,

"당신이 안가도 되잖소. 필요한 걸 가져오라 해서 여기서 만들어요."

그녀가 벨을 울리고 불가로 다가오자 다다쓰구는 그녀 손을 잡아 겨드랑이에 끼었다. 미야는 기뻐하는 기색도 없이 그가 하는 대로 맡길 뿐.

"당신 왜 그래? 뭘 우울해 하는 거지?"

끌어당겨진 미야는 거의 쓰러지려다 의자에 지탱하자 다다쓰구는 코가 닿을 정도로 그녀 얼굴을 들여다보고 여념 없이 주시하였다.

"안색이 너무 안 좋군. 눈 때문에 추워서 가슴이라도 아픈 건가? 아님 두통이라도? 그렇지도 않다? 어떻게 된 거야. 그럼, 좀 더 분명하게 말을 해야지. 그렇게 침울하면 정이 식은 것 같으니 말이야. 도대체 당신은 부부의 정이 옅은 게 아닌가 의심이 든다고. 어어? 그렇진 않겠지."

금세 문이 열리고 하녀가 지시받은 물건을 가지고 왔다. 남의 눈을 꺼리지 않고 그 아내를 사랑하는 다다쓰구의 한결같음을 보기 흉하게 생각하는 미야는 그 옆을 물러나려 해도 놓아주지 않았다. 이런 일이 예사라 하녀는 못 본 체하며 기구와 보틀(bottle)을 테이블에 두고 바로 물러났다. 미야는 이렇게 끊임없이 사랑받는 것이 너무나 괴롭고도 한심스러웠다.

눈은 바람을 타고 어지러이 흩날리고 흩날리며 내리고 어느덧 해질녘이 다가오자 다다쓰구는 이윽고 즐거운 밤이 다가옴에 매우 감사해하는 눈초리였다.

"요즘 당신이 유난히 우울해 하는 거 아닌가 해서. 내 눈엔 그렇게 보이는데 말이야. 그렇게 집에만 틀어박혀 있음 좋지 않아. 요새 전혀 안 나가지 않소. 그렇게 꼼짝 않고 있으니 점점 더 침울해지는 거요. 일전에도 도시바(鳥柴) 부인을 만났는데 요즘 왜 당신이 전혀 안 보이냐고 하더군. 연극 정도는 보러 나와도 괜찮을 텐데, 전혀 아무 흔적도 보여주지 않는다고 말이야. 아무리 소중히 여기서도 그렇게 집안에만 두시는 게 아닙니다, 자선한다 생각하시고 다른 사람들에게도 조금은 보여 주셔야죠 하고 제대로 한방 먹었지. 그리고 말이야, 당신도 알다시피 이번 선거에 실업가 후쿠즈미(福積)가 당선됐잖소. 나도 크게 이바지하여 힘을 보탰지. 그래서 근간 당선 축하연이 있고 그게 끝나는 대로 따로 위로회라는 이름으로 각별히 협조한 무리들을 초대한다는 거야. 그 자리는 부부 동반이라 하니 당신도 꼭 나가야만 해요. 놀랄 거야. 우리 사교계에서 도미야마 부인이라고 하면 평판이 나 있으니. 만난 적도 없는 녀석까지 당신에 대해 알고 있지. 그래서 사실은 나도 자랑스럽다고. 그렇게 평판이 나다 보니 경솔하게 나다니는 것도 재미없고. 얼굴을 그다지 보여주지 않는 편이 품위 있어 좋긴 한데, 하지만 요즘처럼 집에만 틀어박혀 있으면 우선 건강상 좋지 않소. 실은 나도 일요일마다 당신을 데리고 나가고 싶군. 당신 처음 시집왔을 땐 그렇지 않았던가. 아이를 낳고나서, 그래, 그리고 반년쯤 지나면서부터지. 별로 나가지 않던 게. 그래도 꽤 여기저기 나가지 않았나.

자아, 커피 됐나? 어 뜨거워, 맛있군. 당신도 마시지. 이거 반 줄까? 됐다고? 그러니까 당신은 너무 냉담해서 안 된다는 거야. 그럼 술이 안 들어간 걸 마셔요. 전골은 아직인가? 음, 저쪽도 준비가 돼 있으니 오면 말해 주겠나? 그거 좋은데. 서양실에서 전골은 풍류가 아니지. 저건 긴 화로에서 서로 마주앉아 먹는 게 최고라고.

괜찮지, 후쿠즈미 초대엔 모두가 깜짝 놀랄 정도로 아름답게 하고 가야한다고. 그러니 기모노나 뭔가 원하는 게 있으면 바로 마련해야지. 당신이 이거면 충분하다는 복장으로 어엿하게 진출하는 거야. 그런데 당신 요샌 옷에도 별로 신경을 안 쓰던데. 안돼요. 항상 이 자잘한 무늬의 칙칙한 하오리만 입으니 질리는군. 왜 그 코트를 입지 않지? 그거 잘 어울리던데 말이야.

모레는 일요일이니까 어딘가 나갑시다. 그 기모노 보러 미쓰이(三井)라도 갈까? 아니, 그래 그래, 가시와바라(柏原) 부인이 당신 사진을 꼭 갖고 싶다고 만날 때마다 성가시게 재촉해서 당해 낼 수가 없어. 내일은 일이 있어 가야하니 가지고 가야겠군. 난처해서 말이야. 아직 있지? 없나? 그럼 안 되는데. 한 장도 없어? 그럼 안 되지. 그럼, 모레

찍으러 갑시다. 훨씬 젊어진 둘이서 찍는 것도 좋지 않겠소?

그래, 모듬전골이 준비됐다고? 자 갑시다."

미야는 남편을 따라 방을 나가려다 생각하듯 잠시 창밖을 내다보았다.

"왜 이렇게 내리는 걸까요?"

"뭘 대수롭지도 않을 걸 가지고. 어서 가요, 갑시다."

제3장

미야는 이미 부유함과 풍족함에 싫증 났다. 처음부터 그녀가 이 집에 시집온 것은 깊은 미혹으로 순진한 아가씨의 외곬스런 마음에서 부귀영화를 원하는 대로 누릴 수 있는 신분을 원해서였다. 그러므로 처음부터 남편의 애정 같은 건 있어도 좋고 없어도 상관없는, 거의 무용지물처럼 가볍게 여겼다. 지금은 그 바람이 채워졌지만 결국 싫증이 난 그녀는 더욱더 휘감기는 애정의 성가심에 견딜 수 없었다. 그리하여 오히려 그림자를 쫓는 것보다도 더 덧없는 옛 사랑을 생각하며 은밀히 즐기는 묘미를 느꼈다.

이때부터 자연히 그녀는 다다쓰구 면전을 꺼리고 쓸쓸히 방에 틀어박혀서는 마음껏 사색을 즐겼다. 그런데 예기치 못하게 다즈미 자작 저택에서 옛날과 다름없는 일개 서생 차림의 간이치를 보고나니 한번 끊어진 사랑이고 또한 명명(冥冥)하나 그래도 앞날에 희망이 있는 듯하였다. 그가 그처럼 예전 모습 그대로인 것으로 보아 지금도 여전히 홀로 때가 되기를 기다리는 것 같았다.

그 때는 과연 도래할 것인가. 미야는 스스로 마음속을 두드리고 답을 구해도 찾을 수 없었다. 역시 자신도 모르는 비밀을 숨기는듯하여 한편으로는 미덥지 못하였으나 또 한편으로는 어찌되었든 믿었다.

즉 미야가 남편의 사랑을 참기 힘든 괴로움으로 여기게 된 것은 그의 사진기 렌즈 앞에서 기절한 그날부터였다. 그 그리움에 못 견디게 괴로워지면 자, 그럼 이 부유함에 질리고 풍족함으로 진력난 집을 버릴 것인가. 버리라고 하면 망설이지 말자는 생각도 종종 하였다. 단지 굳이 이를 실행하지 못하는 것은 은근히 희망을 걸면서도 내가 갈 곳의 원망이 풀리지 않았다면 하는 두려움때문이었다.

처음부터 미야는 다다쓰구를 사랑하진 않았지만 결코 미워하지도 않았다. 하지만 이제는 바로 그런 마음이 일어났다. 스스로 생각건대, 내 남편이야말로 사랑과 부의 가치를 몰랐던 그 때 자신을 속여 공허하게 빛나는 부를 보여주어 팔 수도 없는 사랑을 빼앗았구나. 후회한 나머지 맺힌 원한조차도 남에게 전가하고 자신의 잘못조차도 고스란히 남편의 죄로 돌렸다.

마음이 이러한 미야는 이 일월 십칠 일을 맞이하여 이 일월 십칠 일의 눈을 마주하자 간이치가 한층 더 그리워지면서 악인인 남편이 몹시도 미웠다. 무고(無辜)한 다다쓰구는 오늘밤 이런 즐거움을 가져다 줄 이 아름다운 아내를 받들 뿐만 아니라 있는 정성을 다 바치어 꿀보다 달콤한 속삼임들을 멈추지 않았다. 그러나 미야 귀에는 오로지 눈 내리는 소리만이 선명하게 울려 퍼졌다.

그 눈은 새벽이 되어서야 그쳤다. 천지가 하얗게 감돌고 눈부시게 들이비치는 햇살은 온종일 넘칠 정도로 따뜻한 빛을 펼치어 칠 푼(七分)(약2cm) 눈은 그날로 녹았다. 다음날은 이미 왕래에 지장도 없었고 곳곳의 진창은 계속되는 쾌청한 하늘에 쐬어 시시각각 말라 갔다.

이 눈 때문에 나가지 못했던 사람들은 이 맑게 갠 날씨와 이 길을 보고는 참기 힘들어 외출한 이가 어제보다도 많을 것이다. 하물며 오늘은 손놓고 있을 수 없는 골목길, 불량한 뒷골목, 고급주택가 골목 등 얼어붙은 꾸불꾸불한 눈길. 또는 반죽한 팥죽 바다에 다다르는 극도의 고생을 모르고 멀리 바라보이는 바싹 말라 굳은 길에 이끌려서 외출을 삼간 사람들이 모두 나온 것 같았다. 왕래가 평소보다 빈번한 오전 열한 시쯤 웅크리듯 지친 인력거꾼은 진흙 옷을 걸친 수레바퀴를 힘들게 끌었다. 그 수레는 여성용 검정능직비단 외투에 검푸른 비단 두건을 깃에 두른 쉰 가량의 고상한 부인을 태우고 남쪽에서 시바이이구라(芝飯倉) 거리에 다다랐다.

어떤 골목을 서쪽으로 틀어서 모(某) 신사(神社) 돌 울타리를 따라 완만한 언덕길은 좁고 무성한 나무들로 남쪽은 막혀 있다. 많은 잔설과 진흙이 섞여 짓밟힌 그곳을 인력거는 힘들게 올라가 훌륭하게 꾸며진 토담에 전등 달린 문안으로 들어갔다.

여기는 도미야마 다다쓰구의 거택으로 그 여자 손님은 미야의 모친이었다. 주인은 이미 회사에 출근하였고 평소 그 시각에 오는 머리 손질하는 사람이 방금 돌아가서 아직 그 뒤처리도 못하였다. 금방이라도 물방울이 떨어질 듯 윤기 나는 큰 둥근 올림머리에 순백문양 비단에 살구 빛 홀치기염색을 한 댕기가 유난히 눈에 띄었다. 미야는 옥구슬 같은 목에 흰 명주 손수건을 두르고 감기 기운인지 빈번히 기침을 하면서 안에서 마중 나왔다. 그저 감기 때문이라고는 생각지 못할 만큼 너무나 뚜렷하게 야윈 얼굴은 한 눈에 어머니를 놀라게 했다.

미야는 한가한 몸이어서 달마다 친정 부모님께 문안하고 어머니도 비슷한 정도로 찾아오는 것이 더할 나위 없는 은거의 보양이었다. 정말로 모친은 딸이 시집가서 그 가문이 번영하고 그 딸이 별 탈 없이 편안히 지내며 게다가 크게 출세한 모습을 지켜보는 일보다 더한 기쁨은 없을 것이다. 모친은 미야를 볼 때마다 큰 공적이라도 이룬듯 하였다. 본인이 아는 부모들은 모두 재치 없고 운수가 박하여 솔직히 딱한 사람들뿐이라고 스스로 자신의 자랑으로 삼았다. 그러니 달마다 그녀가 도미야마 문을 들어설 때는 바로 자식 가진 어머니로서 성공의 개선문을 지나는 기분이었다.

그리움과 기쁨과 여전히 무언가 하나 더. 어머니는 서둘러 안으로 안내되었다. 한동안 틀어박혀 친구가 필요했던 미야는 구원받은 기분으로 있을 수 없는 일이나 아니면 혹여 간이치 소식을 은밀히 전해주기를 무리하게 마음속으로 빌며 그나마 근심에 갇힌 마음을 잠시나마 편안하게 하였다.

어머니는 평소 쌓아 둔 여러 말을 제쳐 놓고 우선 미야 혈색이 걱정되어 쇠약해진 이유를 다그쳤다. 그녀는 남편에게도 같은 말을 들었던 참이라 그렇게까지 자신이 말랐는지 걱정하였다.

"그래요? 하지만 아무데도 아픈 덴 없어요. 너무 몸을 안 움직여서 그 때문인지도 모르겠네요. 그래서 그런지 요즘 가끔 너무 우울해서 견딜 수 없을 때가 있어요. 이거 부인병이라고 하지요."

"아, 그건 부인병이야. 나도 지병이 있으니 역시 그럴 거다. 그래도 그 때문에 마르면 좋지 않으니 의사한테 진찰받아 보렴. 내버려 두니까 결국 지병이 되는 게야."

미야는 그저 고개를 끄덕였다.

어머니는 갑자기 생각이 났는지 자못 조급하게,

"아이가 생긴 거 아니니?"

미야는 살짝 웃었다. 하지만 여느 때의 부끄러움이 아닌 옆에서 보기 딱한 나머지 넌지시 암시하는 웃음이었다.

"그런 일은 없을 거예요."

"그렇게 언제까지나 소식이 없으면 곤란하잖니. 정말 아직 그런 기미는 없는 게니?"

"없어요."

"없는 걸 큰 공이라도 세운 것처럼 뭐냐. 아직 하나도 없으니 어찌할 건지. 앞으로 가보렴, 후회할 테니. 원래라면 둘은 있어야 하는데 그 후론 영 생기질 않는걸 보니 역시 몸이 약해진 게다. 지금 몸 보신을 해서 튼튼하게 해야 된다. 넌 그렇게 태평하게 언제까지나 젊을 것 같지만 시댁 분들도 얼마나 애타게 손자를 기다리시겠니. 우리 집에선 또 아버지가 어떻게 된 거냐고 말씀하실 게다. 한심스런 노릇이다, 여자가 자식을 못 낳는 건 창피한 일이라고 몹시 성화신데 당사자인 넌 이상하게 침착하니 얄밉기까지 하구나. 그리고 넌 전에는 아이를 좋아했으면서 네 아이는 갖고 싶지 않은 게냐?"

미야도 역시 당혹해하며,

"원하지 않는 건 아니지만 생기지 않는 걸 어쩌겠어요."

"그러니까 뭐든지 몸보신을 해서 몸을 튼튼히 하는 게 우선이라는 게다."

"몸이 약하다 하시는데 전 특별히 어디 아픈 데도 없어서 진찰받는 것도 이상하고……. 그런데 어머니, 예전부터 말해야지 했던 건데요, 실은 마음에 걸리는 일이 있어요. 그래서 시종 뭔가 기분이 좋지 않아요. 그 때문에 자연히 몸도 안 좋은 건지도 모르겠어요."

어머니는 눈을 휘둥그래하며 무릎을 바싹 앞으로 당겼고 그리고 그 가슴은 미어졌다.

"무슨 일이니!"

미야는 숙였던 얼굴을 쓸쓸히 들었다.

"저요, 작년 가을, 간이치 씨를 만났어요……."

"그랬구나!"

본인도 듣기를 꺼리는 비밀처럼 어머니는 그 응하는 목소리까지 낮추고, 게다가 방심할 수 없다는 듯 사방을 둘러보았다.

"어디서 말이냐?"

"집에서도 그 이후론 전혀 소식을 모르시나요?"

"그래."

"조금도요?"

"그렇단다."

"어떻게 지낸다는 그런 이야기도요?"

"그렇다니까."

어머니는 간신히 이렇게 대답할 뿐 스스로 일으킨 만감의 소용돌이 속에 빠져 들었다.

"그래요? 아버지는 은밀히 알고 계시지 않고요?"

"아니, 그런 일은 없다. 어디서 만난 게냐?"

미야는 대강의 이야기를 했다. 듣던 어머니는 별 탈 없이 그 자리를 피한 자초지종을 소상히 듣고는 비로소 무거운 짐을 내려놓은 듯 '휴' 하고 한숨을 쉬었다. 사실 그녀는 아타미 매화정원에서 진땀을 흘렸다. 또 계속 그 일과 관련지어 나쁜 일을 생각하고 쓰라린 경험을 되풀이한 미야의 불행이 불민하고 또 애처로워 새삼스레 마음이 아팠다. 그러나 지나간 일보다는 혹시나 그로 인해 미야 앞길에 일대 장애가 생기지는 않을까 걱정된 어머니는 좀처럼 마음이 평온해지지 않았다.

"그래서 간이치는 어떻게 하던?"

"서로 모르는 체하고 헤어졌지만……."

"아, 그리고는?"

"그거뿐인데 마음이 쓰여서요. 그것도 훌륭하게 출세했으면 그렇지 않겠는데 별 볼일 없는 모습에 어쩐지 무척 말랐고. 저도 쑥스러워 잘은 못 봤지만 불쌍하게 초라한 모습이었어요. 게다가 들으니 반초의 와니부치라는 땅이나 가작(家作)을 알선하는 집에 고용된 것 같으니 역시 좋은 일은 아니겠지요. 그렇게 어렸을 때부터 함께 했던 사람이 저리 되었나 싶어 옛 일이 떠오르면서 왠지 제가 너무 매정하게 한 것 같아서……."

그녀는 속옷 소매 끝으로 가만히 눈시울을 닦았다.

"기분이 좋지는 않았어요. 안 그래요?"

"그래, 그리 되었구나."

어머니 안색도 이상하게 두려움이 엄습한 듯이 보였다.

"거기까지예요. 생각이 안 난 건 아니지만 작년에 만난 뒤로는 매일처럼 마음에 걸려서 종종 악몽을 꿔요. 아버지, 어머니를 뵐 때마다 이번에는 말해야지, 이번에는 말해야지 하면서도 제 입으로는 왠지 말씀드리기 어려워서요. 실은 오늘까지 말하진 않았지만 그 일이 항상 고통이 된 탓으로 마음을 다치니 몸에도 지장이 있는 게 아닌가 하고, 그렇게 생각한 거예요."

생각에 열중한 듯이 어머니는 한 쪽을 응시하면서 말없이 끄덕였다.

"그래서 어머니께 의논드려 간이치 씨를 어떻게 해 주고 싶어요. 그때 그런 얘기도 있었잖아요. 그러니 역시 시기사와 대는 간이치 씨에게 잇게 해주세요. 그렇지 않고서는 제 마음이 풀리지 않아요. 지금까지는 행방을 몰라 어쩔 수 없었지만 알아보면 바로 알 수 있을 테니 그대로 내버려 두면 이쪽이 나쁜 거예요. 아버지라도 만나서 어떻게든 이야기를 마무리 짓도록 해주세요. 그리하여 이전대로 집에서 보살펴 어떻게든 그 사람이 목표를 이루어 우리집 대를 훌륭하게 잇게 해주세요. 그러면 저는 형제의 약속을 하여 어디까지나 친정 오라

버니로서 두고두고 힘이 되었으면 해요."

미야의 이 말은 결코 안으로 자신을 속이고 또 굳이 밖으로 남을 속이려는 것이 아니었다. 그림자조차도 허무하게 떨어져 가로막힌 먼 연인으로서 다른 곳에서 쇠하게 하느니 가까운 타인으로 나를 죽이고 똑같이 받을 고통이라면 그 견디기 쉬운 길을 따르기를 간절히 바랐다.

"그건 그렇지만 꽤 신중히 생각할 일이다. 간이치 일이라면 집에서도 가끔 얘기가 나와 어디서 어떻게 지내는지 걱정을 안 한 건 아니란다. 하지만 아버지도 자주 말씀하시는 게, 아무리 그래도 간이치 처사가 너무나 괘씸하다고 말이야. 과연 그건 너하고의 약속이지 그것을 파기했다 해서, 물론 젊으니 화도 나겠지. 그래도 자신의 처지를 조금은 생각해 봐야지. 어렸을 때부터 그렇게 보살펴줘서 완전히 우리 덕분에 어쨌든 그만큼이라도 된 거 아니냐. 그 은혜도 또 의리도 있을 게다. 그런 생각을 좀 하면 어찌 그렇게 집을 나가버리니. 정말로 그런 분풀이 같은 처사를 어찌 할 수 있느냐 말이다.

그리고 그 약속을 파기하여 이제 너하고는 용건이 없으니 아무렇게나 혼자 멋대로 하라고 몰인정한 짓을 한 것도 결코 아니고. 시기사와 집을 물려주고 원한다면 서양유학까지도 보내주겠다 하지 않았느냐. 그거야 한 때는 화도 나겠지만 잘 궁리하여 전후를 고려해 보면 모두 이유를 알 수 없는 이야기도 아닌데, 우리 체면을 세워준들 그렇게 벌받지도 않았을 게다. 게다가 아버지도 충분히 이유를 말하고 머리를 숙일 정도로 부탁하지 않았니. 그러니 이쪽에는 조금도 무리가 없을 텐데도 간이치가 너무나 분수를 모르더구나.

그건 옛날에 아버지가 그 부친에게 신세진 일이 있다 해서 말이야. 그 보답이라면 갈 곳 없는 몸을 열다섯부터 맡아 고등학교 졸업까지 마무리 지었으니 그것으로 충분하지 않겠니.

정말이지, 너, 간이치가 한 행동은 거만하고 버릇없는 짓이란다. 그러니 아버지도 나도 그렇게 당하고 나니 안쓰러운 마음이 전혀 안 들더구나. 그러니 이제 와서 이쪽에서 찾아 이러니저러니 할 것 까진 없지. 아무리 그렇더라도 분별없는 거란다."

그 분별없음 외에는 특별히 싫어하고 두려워하고 훈계할 일도 없다고 어머니는 마음속으로 깊이 생각하였다.

"아버지 어머니 입장에선 그렇게 생각하시는 것도 무리는 아니에요. 하지만 아무래도 제가 이대로는 마음이 개운치가 않아요. 지금 생각해보면 간이치 씨가 나쁜 것도 또 아버지 어머니가 나쁜 것도 아니에요. 완전히 제 잘못인데 간이치 씨에게는 부모님을 원망하게 하고, 부모님께는 간이치를 괘씸하다 여기게 하였으니, 역시 제가 중간에서 원래대로 돌려놓지 않으면 끝나지 않을 거예요. 부디 저를 봐서 간이치 씨 잘못은 없던 일로 용서하시고 새롭게 간이치 씨를 우리 집 양자로 삼아주세요. 만약 그리되면 저도 그것으로 괴로움이 사라져 틀림없이 몸도 좋아질 테니 꼭 그렇게 아버지께도 부탁해주세요, 네? 어머니. 그렇지 않으면 저는 점점 더 몸이 나빠질 거예요."

이렇게 말을 꺼낸 미야는 여기에서 모든 죄를 참회한 것처럼 다소 가슴속 시원함을 느꼈다.

"그렇게까지 말하니 돌아가서 아버지께 말씀은 드려보겠지만 특별히 그 일 때문에 몸이 나빠진다는 게 핑계가 되겠니?"

"아니요, 정말 그 때문이에요. 늘 그게 마음에 걸려서 가끔씩 생각에 잠기면 정말로 마음이 견디기 힘들어요. 일전에 만나기 전까지는 그렇지 않았는데 그 이후로 갑자기. 글쎄, 뭐라 하면 좋을까요. 제가 그렇게 불행한 처지로 만들어 버렸나 그런 생각이 들어서 분명히 저를 원망하겠구나 싶어 가엾기도 두렵기도 해요. 그래서 왠지 슬퍼요. 이것 말고는 아무것도 바라는 바가 없으니 부디 그 사람만큼은 예전의 그 다정한 마음씨로 내내 아버지와 어머니의 보살핌을 받는다면 얼마나 기쁠까. 그것만 생각하면서 우울해 지는 거예요.

언젠가 제가 아버지께 말씀을 드리겠지만 우선 어머니께서 이유를 잘 말씀해주세요. 정말로 부탁드려요. 제가 이, 삼 일 내로 갈 테니까요."

그러나 어머니는 고개를 숙인 채,

"내 생각으로는 아무래도 이제 와서 말이다, ……."

"어머니! 그렇게 간이치 씨를 나쁘게 생각하지 마세요. 애써 말씀드렸는데 어머니가 그런 마음이시면 아무래도 아버지도 승낙해주시지 않을 테니까요……."

"네가 그 정도까지 이야길 하니 나는 반대는 안하겠지만……."

"됐어요. 승낙하지 않으시는 거잖아요. 아버지 역시 간이치 씨가 미워서 틀림없이 반대하실 테니 전 기대하지 않을게요. 승낙하지 않으시면 그걸로 됐어요."

미야가 눈물을 머금으며 초조한 마음을 드러내자 어머니는 당혹스러웠다.

"자, 들어보렴. 그건 있잖니, ······."

"어머니, 됐어요. 전, 괜찮아요."

"괜찮지 않다."

"괜찮지 않아도 되요."

"어머, 아니, ······원 참."

"어차피 됐어요. 제 일은 개의치 않으셔도······."

미야는 무의식중에 뿜어 나오는 울음소리를 소매로 급히 막아도 흘러나오는 눈물을 주체할 수 없었다.

"그렇다고 뭐 울 것까진 없잖니. 이상하구나. 네가 말한 건 잘 알았으니 집에 가서 얘기를 한 뒤에······."

"됐어요. 그러면 제게도 생각이 있으니 어떻게든 제가 알아서 할게요."

"본인이 그런 일을 한다니, 그건 좋지 않다. 이런 일은 결코 네가 나서서 할 일이 아니니 그건 안 된다."

"······."

"돌아가서 아버지께 잘 말씀드려 볼 테니······. 울 일은 아니지 않니?"

"그러니까 어머니는 제 마음을 모르시니 부탁한 보람이 없다는 거예요."

"그래 실컷 말해 보거라."

"말할 거예요."

정색을 한 모친은 화롯가에 담뱃대를 완전히 털자 외출용으로 한 동안 쓰지 않아 말라 느슨해진 담뱃대 대통이 똑 빠져 재속으로 날아들어 갔다.

제4장

두부좌상(頭部挫傷)으로 하마터면 뇌막염까지 일으킬 뻔한 간이치는 온몸에 난 수 군데 상처와 함께 벗어날 수 없는 약간의 후유증을 얻었을 뿐이다. 바야흐로 날이 갈수록 회복의 발걸음을 쫓아서 힘들지만 스스로 거동할 수 있게 되었다. 종일 하는 일도 없이 침대에서 정양에 힘써야 하는 병원의 무료함은 살아있으나 거의 묻힌 지겨운 상태였다. 더욱이 그는 이 병과 상관이 있는 듯 없는 듯 또 다른 형태의 고뇌가 병발(併發)하였다.

주치의도 조수도 간호사도 간병인 할멈도 접수도 사환도 혹은 몇몇 환자들도 모두 곁눈질하며 그와 가장 밀접한 관계임을 의심치 않을 정도로 미쓰에는 빈번하게 병원을 찾아왔다. 삼 개월에 걸쳐 긴 시간 아름다운 그녀가 끊임없이 드나드니 소문은 저절로 원내에 퍼졌다. 마침내 아무개 박사까지도 부추겨서 슬쩍 엿보러 이리로 발걸음을 돌렸다고 전해졌다. 처음에는 누구인지 알 수 없었으나 의사 중에 괴로워하는 이가 있어 그 유명한 미인크림이라는 말이 흘러나오게 되었다. 그 후론 더욱더 사람들 귀를 놀라게 하고 눈을 즐겁게 하는

가십거리가 되어 간이치의 염문도 이와 함께 구설수에 올랐다.

간이치는 그런 줄도 모르고 아무 이유 없이 자주 찾아오는 미쓰에가 괴로운 나머지 몇 번이나 그녀에게 말하기도 하였다. 그러나 문병이라는 명목으로 찾아오니 이치로서는 호의를 거절할 수도 없었다. 그렇기는 하나 이것이 연정(戀情)의 덫임을 안 이상 또 달게 받을 수도 없었다. 그뿐만 아니라 원래부터 그는 미쓰에의 됨됨이를 증오하고 그 아름다운 용모도 그리고 절실한 마음도 헤아리지 않았다. 게다가 남편 있는 몸이니 여차하여 염문이라도 돌면 어쩌나 싶었다. 간이치는 그녀가 들어오면 갑자기 식은땀이 솟고 상처가 욱신거리고 이상하게도 몸이 완전히 마비되는 것 같았다. 스스로도 심약하다 책망도 해보았지만 아무 효과가 없었다. 사실 그는 늘 이 번민을 벗어나기 위해 애써 이 적을 피해 지냈다. 그러나 지금 그 몸은 제 이(二)의원 한 병실에 밀봉되었고 게다가 숨을 곳 없는 침대 위에 누워있으니 마치 도마 위 물고기처럼 허무하게도 다른 사람 손에 맡겨진 행운을 쥐어뜯으려는 고통으로 몸부림쳤다.

이러한 괴로운 베갯머리에서 그는 또 놀랄만한 사실을 알고서는 거꾸로 자신을 되돌아보니 뜻하지 않게 끼친 폐는 볏짚 이불속 바늘로 싸여있는 느낌이었다. 지금도 그가 아픈 것은 필시 몸이 삼(三)이요, 정신이 칠(七)이니 오히려 그것을 괴로워함에 있지 않은가. 간이치도 그 일을 염려하였는데 과연 와니부치는 그와 미쓰에 사이를 의심하기 시작했다. 간이치는 또 와니부치가 의심함으로서 그와 미쓰에 사이까지도 대충 짐작할 수 있었다.

그 성가신 사람은 오늘도 찾아 왔고 게다가 원망이 아닌 정성을 담은 병문안 선물을 가져왔다. 이미 한 시간 여가 지났는데도 그의 베갯머리에서 일어났다 앉았다 하며 좀처럼 돌아갈 기미가 보이지 않았다. 간이치는 깨어있으면서도 다가오지 못하게 돌아누워 눈을 감은 채 아주 조용히 누워있었다. 간병인 할멈이 때마침 나가자 미쓰에는 의자를 무릎걸음으로 다가왔다.

"하자마 씨, 하자마 씨. 저기요."

그녀는 베개 끝을 손으로 소리를 내보기도 했지만 잠들지도 않은 간이치는 아무런 대꾸도 하지 않았다. 미쓰에는 일어나서 침대 저쪽으로 돌아가 그의 잠든 얼굴을 들여다보았다.

"하자마 씨."

여전히 대답이 없자 가볍게 어깨를 흔드니 그마저 모르는척하기 힘들어 간이치는 비로소 눈을 떴다. 그는 이렇게 눈을 떴으나 미쓰에는 조금 전의 간이치가 그리운 듯 다가 선 자세 그대로 그의 어깨에 손을 얹고 얼굴을 베갯머리 가까이에 대었다.

"저 당신에게 좀 드릴 말씀이 있으니 들어주세요."

"아, 아직 계셨습니까?"

"항상 오래 머물러서 아마도 귀찮으셨겠죠."

"……."

"다름이 아니라……."

그녀가 바싹 다가서자 간이치는 멀리하려고 일부러 몸을 뒤척여 의자 쪽으로 돌아누웠다.

"자 이쪽으로."

이 마음을 알아차린 미쓰에는 끝까지 얄미운 짓을 하는구나 하며 들고 있는 손수건으로 침대를 쳤다. 이런 취급을 받으면서도 여전히 이 사람을 사모할 수밖에 없는 내 신세인가. 애쓴 보람도 없이 너무나도 가볍게 취급하니 부끄러워 우두커니 서 있었다. 그러나 간이치는 바로 자리를 옮기지 않는 미쓰에를 위해 다시 말하려고도 하지 않았다.

지기 싫어하는 그녀는 생각이 가슴에 가득차서 들으라는 듯이,

"아, 당신에게 경멸당하는 걸 알면서도 왜 난 화낼 수가 없는 걸까요. 정말 당신은!"

미쓰에는 그의 베개를 잡고서 부들부들 떨었지만 간이치가 숙연하게 눈을 감자 더욱더 조바심이 났다.

"너무 하십니다. 하자마 씨, 뭔가 말씀을 좀 해주세요."

그는 참을 수 없는 듯 못마땅하게 입가를 일그러뜨렸다.

"딱히 할 말은 없습니다. 첫째 당신 문병은 달갑지 않은 친절로……"

"뭐라고 하셨습니까!"

"앞으로는 문병을 사양하겠습니다."

"당신, 정말……!!"

미쓰에는 눈썹을 치켜 올리며 달려 들었다. 간이치는 쳐다보고서 눈을 감았다.

미쓰에는 처음부터 그의 무뚝뚝함을 알았다. 그의 무뚝뚝함이 자

신을 향해서는 더욱 심한 것도 잘 안다. 미쓰에가 사람을 교묘히 구슬리는 술책은 지금 그 얼굴에도 나타났듯이 결코 속에서 참기 힘들어 그런 것이 아니었다. 이렇게 이 사람과 언쟁하는 것 역시 이루어지지 않는 사랑 속에서 다소나마 즐길 수 있는 길이었기 때문이다. 눈물로 희미하게 붉어진 눈동자는 빛나고 어느새 꽃잎에 머문 새벽이슬처럼 가득 찼다.

"댁에도 환자가 계신데 빨리 돌아가셔야 하지 않겠습니까? 저도 당신이 자주 오시니 심히 성가십니다."

"성가셔 하시는 건 처음부터 알고 있었습니다."

"아니, 그것 말고도 최근에 또 일이 있습니다."

"아! 와니부치 씨에 관한 일 아닌가요?"

"뭐, 그렇습니다."

"그래서 제가 말씀드릴게 있다 하지 않았습니까? 그걸 당신은 제가 말하면 뭐든지 귀찮아하니, 아무리 그래도 그러시는 거 아닙니다. 그 일이라면 당신만 곤란하신 게 아니에요. 저도 얼마나 난처한지 모릅니다. 요전에도 와니부치 씨가 불쾌한 말을 하시던 걸요. 전 전혀 상관없지만요. 그런데 그렇지도 않은 게 앞으로 당신에게 폐가 돼선 안되니 제가 그것을 걱정하는 정돕니다."

듣지 않는 것은 아니지만 간이치는 전혀 대꾸하지 않았다.

"실은 진작부터 말씀 드리려 했습니다만 그런 불쾌한 일을 제 입으로 퍼뜨리는 것 같아서요. 오히려 아무것도 모르는 편이 나을까 싶어 아무 말씀도 안 드렸어요. 하지만 와니부치 씨가 이런저런 말씀도 어제 오늘 일이 아니니 이젠 정말이지 제가 곤란합니다. 시종 무책임한 말을 하고는 도망치시는데 와니부치 씨는 제가 이렇게 당신을……. 그건 모르셔서 그래서 끝났습니다만 당신이 입원하시고 제가 이렇게 시종 찾아오고 그리고 와니부치 씨도 자주 오셔 뵙게 되니 무언가 생각을 하셨겠지요. 그래서 일전에는 드디어 그 말씀을 하시면서 이유가 있으면 있는 대로 숨기지 말고 이야기를 하라는 게 아닙니까. 전 어쩔 수 없어서 약속을 했다고 말씀드리고 말았습니다."

"뭐요!" 간이치는 붕대 감은 머리를 쳐들고 그녀의 의기양양한 얼굴을 용서할 수 없다는 듯 쏘아보았다. 미쓰에는 과연 잘못을 후회하는 기색으로 천천히 왼쪽 소매를 무릎에 올리고 모란 꽃봉오리처럼 갖추어진 홍견(紅絹) 안소매를 만지작거리며 그의 책망을 두려워하는 눈짓을 하였다.

"정말 무례하군! 당치도 않은 말을 하신 겁니다."

풀이 죽은 미쓰에를 무시하고,

"이제 됐으니 빨리 돌아가시오."

그는 큰소리로 꾸짖은 분노가 솟구치는 대로 반쯤 일으킨 몸을 넘어뜨리자 다친 허리가 세게 부딪쳐서 참을 수 없는 고통으로 신음하며 괴로워했다. 미쓰에는 갑작스러움에 너무나 당혹하여,

"어떻게 하셔서? 어디가 아프십니까?"

재빨리 이불을 들치려 하자 뿌리치며,

"이제 돌아가십시오!"

단호하게 말하고 간이치는 늘 그렇듯 등을 돌리고 갑자기 침울해

하였다.

"저는 돌아가지 않습니다! 당신이 그렇게 심하게 하시면 더 가지 않겠습니다. 언제까지나 있을 수 있는 몸은 아니니 얌전히 돌아가게 해 주세요."

너무나 매정한 처사에 일어 선 미쓰에는 문이 열리자 놀랐다. 들어오는 사람은 간병인 할멈도 간호사도 의사 회진도 아니었다. 사환도 아니었다. 아니다!

흑백이 섞인 두꺼운 나사(보풀을 세운 모직물)이중 외투를 걸친 비대한 노신사는 유유히 들어오다 안의 광경을 보자마자 돌연 기분 나쁜 기색을 띄었다. 미쓰에는 마음속으로 조금 당황했으나 내색하지 않고 얌전하게 허리를 약간 굽히며 말하였다.

"어머, 오셨습니까."

"이런, 이건 매번 문병을 와 주시고."

마찬가지로 가볍게 머리 숙여 정중히 인사하였지만 의심할 여지 없이 불쾌감을 드러낸 옴팡눈의 거침없는 눈빛으로 여자 옆모습을 흘끗 쳐다보았다. 조용히 누워있던 간이치는 발작과 같은 고통을 느끼며 몸을 일으켜 다다유키를 맞이하였다.

"어떤가? 좋은 분이 문병을 와 주셔서, 좋은가?"

지나치게 노골적인 말에 두 사람 모두 불쾌하여 갑자기 대답도 못하고 그 자리가 어색해지자 다다유키는 여봐란듯이 혼자 웃었다. 어떻게 대답해야 하나, 어떻게 설명해야 하나, 어떻게 처신해야 하나, 번민하는 간이치가 난처한 얼굴을 떨구자 미쓰에는 여간해서 주눅도 들지 않고 의자 앞 손난로에 다가섰다.

"그러나 댁의 사정도 있을 테고 또 바쁘신데 번번이 문병을 오시니 송구스럽습니다. 게다가 이제 병세도 호전되었으니 걱정마시고 아무쪼록 앞으로는 삼가해 주시길 바랍니다."

감언이설로 일부러 방해 놓는 다다유키가 미쓰에는 밉살스러웠다.

"아니오, 천만의 말씀이십니다. 종종 이 부근에 일이 있어 겸사겸사 오는 것이니 그리 걱정하실 건 없습니다."

다다유키 눈은 다시 빛났다. 간이치는 공연히 그를 괴롭히고 싶지 않아 옆에서 말을 거들었다.

"매번 찾아주시니 오히려 제겐 폐가 됩니다. 부디 당신께서 적절히 삼가주십시오."

"당사자도 미안하게 여겨 이리 말하니 모처럼이긴 하나 결코 걱정하지 마시기를. 아시겠나."

"문병이 방해가 되면 제가 삼가겠습니다."

미쓰에는 낯빛이 달라져서 다다유키를 흘끗 보고 그 얼굴을 돌려 엉뚱한 사람을 쳐다보았다.

"아니, 아니, 뭐, 결코 그런 뜻은……."

"인사치곤 너무 심하시군요! 여자라고 그리 말씀하시는지는 모르겠습니다만 그런 지시까지는 받지 않으니 됐습니다."

"아니, 그렇게 곡해하면 심히 곤란하군요. 필경 당신을 생각해서인데……."

"무슨 말씀이시죠? 문병이 왜 제게 해가 된답니까?"

"그런데 마음에 걸리는 일이 없습니까?"

다다유키는 그 자주 웃는 미소로 교묘하게 온화한 얼굴을 만들었다. 미쓰에는 약간 다그쳤다.

"없습니다!"

"그건 젊으시니 그렇겠죠. 꽤 실례입니다만, 그럼 말해 보자 말입니다. 당신도 젊고 하자마도 젊단 말입니다. 젊은 남자에게 젊은 여자가 번번이 드나들면 그런 일은 없어도 사람들이 이러쿵저러쿵 말하기 쉽다는 거죠, 괜찮겠습니까? 그러면 하자마는 어찌됐든 아카가시 씨라는 남편이 있는 당신 입장엔 흠이 생길 겁니다. 그것이 해가 되는 일이 아니겠습니까, 아닙니까?"

뒤에서는 본인이 더 심한 해를 입히면서 사람의 입이란 이토록 편리하구나 하는 생각에 미쓰에는 우스웠다.

"이거 정말 마음 써주셔서 감사드립니다. 저는 어찌 됐든 간에 하자마 씨는 앞으로 아름다운 부인을 맞이하실 중요한 몸이시니, 저 때문에 폐를 입으시면 참으로 송구하오니 앞으로 조심하겠습니다."

"이거야 대단히 무례한 말씀을 드렸는데도 바로 받아주시니 감사하군요. 그러나 하자마도 당신 같은 분과 헛소문이라도 이런저런 소리 들으니 얼마나 기쁘겠소. 나 같은 늙은이는 죽을 병이어도 아카가시 씨가 오시지는 않을 텐데 말이죠."

간이치는 몹시 불쾌하여 못들은 척 하였다.

"그럴 리가 있겠습니까? 당연히 문병을 와야지요."

"그럴까요. 하지만 이렇게 자주 오시지는 않겠죠."

"그거야말로 사모님이 계시니 너무 자주 찾아뵈면……."

더 이상 말없이 살짝 웃는 교태 어린 눈매, 자못 부끄러운 듯 손수건으로 가린 입, 다다유키는 문득 넋이 나가 한참이나 쳐다보았다.

"하, 하, 하, 그럼 여긴 부인이 없어서 마음 놓고 오시는 게군요. 제가 아카가시 씨에게 가서 말해야겠습니다."

"네, 말씀해주시죠. 제가 이쪽에 자주 문병 나오는 것은 집에서도 아시니까요. 방금 전에도 당신께 주의를 받았습니다만, 저도 일을 하는 몸으로 이렇게 찾아오는 것은 그리 하지 않으면 죄송한 이유가 있어서죠. 사실을 말씀드리면 간이치 씨는 오히려 제 문병을 귀찮게 여기십니다. 그건 저 같은 사람이 너무 찾아오면 눈에 거슬릴지도 모르겠습니다만 다른 것도 아니고 문병이니 그렇게까지 안하셔도 되지 않겠습니까?

하지만 그래도 제가 마음에 걸려 이리 찾아오는 것은, 그렇습니다, 저희 집에 오셨다 돌아가시는 길에 이렇게 다치신 겁니다. 게다가 제가 더 죄송스러운 건 그 때 큰길 쪽으로 가시겠다는 것을 쓰노카미 언덕 쪽이 가깝다고 권해 드려 그 길에서 이런 화(禍)를 당하신 겁니다. 그래서 제가 생각할수록 죄송하고 집에서도 몹시 걱정하여 되도록 자주 문병을 가지 않으면 풀리지 않는다 하여 그 마음으로 매번 찾아오는 것입니다. 그러니 조금 전과 같은 충고는 참으로 유감스럽습니다. 그런데 찾아오면 하자마 씨는 하자마 씨대로 기뻐하지 않으시고."

그녀는 너무 괴롭고 원망스럽고 게다가 슬프게 다다유키를 보았다. 다다유키는 또 그 괴로움과 원망과 슬픔에 싸인 미쓰에 얼굴을 슬며시 옴팡눈 한 구석으로 홀리면서 유심히 바라보았다.

"그렇군요. 과연, 잘 알았습니다. 대단한 호의로 하자마도 필시 만족했을 겁니다. 또 저로서도 그건 깊이 감사를 드립니다. 그런데 말이지요, 인사는 인사고 지금의 충고는 충고이니 나쁘게 받아들이시면 곤란합니다. 당신이 그렇게 생각하여 매번 찾아 주시니 나도 실로 기쁩니다. 모처럼의 호의를 말이죠, 아무쪼록 사양하는 무례한 말은 결코 하지 않으려 합니다만 당신을 생각해서죠. 이도 역시 노파심으로 내버려 두질 못해서. 하여튼 이래서 늙은이를 싫어하는 게지요. 당신도 역시 늙은이는 싫을 테지요? 안그렇소? 어떠신가?"

붉은 수염을 계속 꼬면서 다다유키는 여자의 기색을 몰래 엿보았다.

"그렇습니다. 노인도 물론 괜찮습니다만, 아무래도 젊은 사람은 젊은 사람끼리 마음이 맞아 좋습니다."

"그런데 댁의 아카가시 씨도 노인일 텐데요."

"그래서 정말이지 잔소리가 많아 질색입니다."

"그럼 잔소리도 없고 까다롭지도 않다면 어떻습니까?"

"그래도 전 좋아하지 않습니다."

"그래도 좋아하지 않는다? 꽤나 싫은 모양이군요."

"허나 노인이여서 싫고 젊으니 무조건 좋다고 말씀드리는 건 아닙니다. 아무리 이쪽에서 좋아해도 상대가 싫어하면 아무런 보람도 없지요."

"그렇죠. 그렇지만 당신 같은 분이 좋다하면 누구도 싫다고는, 그런 일은 없을 테죠."

"그런 말씀을! 어떠신가요? 저는 그런 기억이 없어 전혀 모르겠습니다."

"그런가요? 하하. 그런가? 하하."

그는 의자까지 기울어질 정도로 몸을 젖히고 짐짓 일부러 흔들면서 웃었다.

"어떤가, 하자마? 아카가시 씨는 저렇게 말하는데 그런가?"

"어떨까요? 그런 일은."

누가 까마귀 암수를 판별하겠냐는 듯이 간이치는 냉담하게 시치미 떼었다.

"자네도 모르는가? 하하하."

"저 자신도 모르는데 하마자씨가 알 리 없지요. 호호호."

그 짐짓 꾸미는 모습조차도 그에게 지지 않으려고 미쓰에는 손뼉을 치며 웃었다.

다다유키 눈은 누구를 보는 것도 아니고 홀로 빛났다.

"그럼 전 이제 물러나겠습니다."

"저런, 벌써 돌아가시나? 나도 빨리 가야 되니 근처까지 함께."

"아니오, 전 잠깐 니시쿠로몬초(西黑門町)에 들려야 해서 매우 실례입니다만……"

"뭐, 괜찮소. 거기까지."

"아니오, 정말로 오늘은……"

"아니, 괜찮은데. 실은, 뭐냐, 그 아사히자(旭座) 주식 건 말입니다.

그게 바로 해결이 될 것 같아서 이 기회에 의논해두지 않으면 '고토부키(琴吹)' 징수가 재미없어서요. 만나서 다행이니 잠깐 그 이야기를."

"그럼 내일이라도 다시. 오늘은 좀 서둘러야 해서요."

"그렇게 갑자기 서두르지 않아도 될 텐데 말이요. 장사에는 늙은이도 젊은이도 없다는데 그리 싫어하면 어떻게 하겠소?"

잠시 입씨름 끝에 그는 마침내 미쓰에를 억지로 데리고 갔다. 남은 간이치는 악몽에서 깬 듯 자꾸 큰 한숨을 쉬다가 결국은 어찌할 도리가 없어 자리에 누워 볼 것도 없는 곳에 그저 한없이 시선을 빼앗겼다.

제5장

노송나무와 전나무의 빈약하고 해묵은 잎이 바라보이는 정원이라고도 할 수 없는 창밖의 황폐한 광장은 그저 화창한 햇살만이 풍성하게 남아있었다. 그 근처 매화는 슬슬 피기 시작하는데 스스로 머뭇거리어 정취를 자아내지 못하는 것처럼 보였다. 봄 빛깔과 향기로 나온 매화는 애달파하고 안개 낀 흐릿한 하늘에 자주 오는 직박구리는 더욱더 맹렬하게 몹시도 울어 댔다. 오후 두 시를 지난 원내의 적적함 속에 때때로 울리는 것은 느리게 복도를 지나는 환자 발소리뿐이었다.

이 때 베개 위의 무료함은 사람을 짓눌러 그 무게를 견디지 못하게 하였다. 책을 보는 듯이 보였던 간이치는 간신히 꿈으로 이어졌다. 그는 정말 꿈이 아니고서는 있을 수 없는 이상한 꿈에 농락되어 스스로도 꿈이라 알고 깨어나려 하였다. 그러나 그러면 그럴수록 더욱더 잠 속으로 사로잡히는데 뜻밖에도 사람이 부르는 소리에 놀라 나른한 몸으로 누워서 귀를 기울였다.

그는 깜짝 놀라 응시하였다. 침대 옆에 서 있는 사람은 그 이상한 꿈속에서 시종 서로 헤어지지 않으려 했던 바로 그 사람이 아니던가. 다시 또 다시 보아도 찾아 온 사람은 틀림없이 미쓰에였다. 그렇다고 는 하나 그는 꿈인지 생시인지 의심하지 않을 수 없었다. 그것은 사실 보다 오히려 꿈이라 믿는 것이 맞는 것 같았다. 그녀의 아름다움 역시 평소보다 더하여 꿈에 볼 만한 모습으로 사방을 비추고 대, 여섯 살이 나 젊어 보여 여동생으로 보일 정도였다. 하물며 예순 넘은 남편이 있 는 몸이라고 누군들 생각하겠는가.

머리를 타이완 은행잎처럼 묶고 장식으로는 일부러 대모갑공예 빗 하나만 꽂았다. 오글쪼글한 검정 비단 하오리 안에 칠기풍으로 물 들인 봄 뜰에 남색 줄무늬의 진한 팥색 사라사비단 기모노에 여러 악 기무늬를 자근수자직으로 수놓은 앞뒤가 다른 오비를 하였다. 색실 로 누빈 살구색 장식용 깃은 하얀 목덜미에서 향기를 풍기는 것 같았 다. 화장은 다소 진하고 예의 그 팔찌만큼은 반짝반짝 눈에 거슬렸다. 오늘은 특히 무리해서 찾아왔는데 또 책망 받으면 어쩌나 하는 견디 기 힘든 마음으로 서 있는 모습이 한없이 요염하였다.

"주무시는데 생각지도 않은 실례를 했습니다. 찾아올 생각은 없었 습니다만 꼭 드려야 할 말씀이 있어 잠시 들렸으니 오늘은 부디 용서 해주십시오."

그의 허락을 얻기까지는 자리에 앉기조차 꺼리는 듯 미쓰에는 방황하듯 서 있었다.

"아, 그렇습니까? 그저께 그만큼 말씀드렸는데도……."

안에서 타오르는 분노를 억누르면서 간이치의 말은 끊겼다.

"와니부치 씨 일이어서요. 제가 곤란하여 어찌 하면 좋을까요? 하자마 씨, 이런 겁니다."

"아니, 그 일이라면 들을 필요도 없습니다."

"어머, 그런 말씀 마시고……."

"실례합니다. 오늘은 허리 상처가 또 도져서요."

"이런, 그거 더 심해지신 게 아닌가요?"

"아니오, 뭐."

"자 편안히 계세요."

간이치는 얇은 줄무늬 솜이불을 아무렇게나 끌어당겨 덮고서 눕자 미쓰에는 소홀함이 없도록 부지런히 돌보고는 비로소 자신도 의자에 앉았다.

"이런 일을 당신에게 말씀드리기는 어렵습니다만 실은 이틀 전 일입니다. 그런 연유로 와니부치 씨가 밥을 먹자고 어쨌든 따르라 하셔서 유시마(湯島) 텐진(天神) 요정에 들렀습니다. 그러자 아니나 다를까 불쾌한 말을, 정말이지 집요하게 말씀하시는 겁니다. 그리고 끝까지 당신과의 관계를 의심하여 시종 그 이야기만 하시니 전 그것이 제일 난처했습니다. 나이 값을 못하고 도리를 모르는 것도 정도가 있지, 대체 그분은 저를 뭐라 여기시는 건지 모르겠습니다. 접객업 여자에게 하듯 희롱하고 그것도 한 두 번이 아니니 제가 분하여 그날도 울었습니다. 그래서 이 후로 두 번 다시 그런 얘기 못하도록 제가 그 자리에서 충분히 말씀드릴 건 드렸습니다만 이상하게 억측하시는 분이니 당신에게 엉뚱한 화풀이로 폐를 끼칠 것 같아서요. 제가 무엇이라 변명할 여지가 없으니 부디 그것만은 헤아려 주셔서, 언짢지 않게…….

다음에 만나시면 와니부치 씨가 뭐라 하실 지도 모르겠습니다. 필시 성가시겠지만 아무쪼록 잘 말씀해주세요. 그것도 뭐 당신이 조금이라도 그런 마음이 있으시면 모르겠지만 몹시도 싫어하는 저 같은 사람과 무슨 내막이라도 있는 것처럼 들으시면 분명 괴로우실 겁니다. 그러나 저 같은 것이 들러붙은 것도 운명이라 생각하시고 체념하세요.

당신도 운명이라면 저도……저는 더욱더 운명입니다. 이런 것이 정말로 운명이라는 거겠지요."

홀로 희미하게 타는 금담뱃대를 손에 쥔 채 미쓰에는 허무한 마음을 풀길 없는 듯이 풀이 죽었다. 그럼에도 바라보지도 대답조차도 하지 않고 완강하게 돌처럼 누운 간이치.

"당신도 단념하십시오. 완전히 운명이니 적어도 그렇다고 단념이라도 해주시면 그것만으로도 전 제 마음이 어느 정도 당신께 전해진 기분이 듭니다.

하자마 씨, 언젠가 제가 이렇게 사모하는 이 마음을 언제까지나 잊지 말아 달라 말씀드렸더니 그 마음은 결코 잊지 않겠다고 하셨지요. 기억하고 계실 겁니다. 그렇죠? 설마 잊진 않으셨겠지요. 어떠신가요?"

기세 좋게 캐 묻자 대단한 일도 아니라는 듯이,

"잊지 않았습니다."

미쓰에는 그의 얼굴을 눈도 깜박이지 않고 심히 원망스럽게 쳐다보는데 그 때 인기척이 나면서 서서히 문이 열렸다.

안내하는 간병인 할멈이 문 밖에서 맞으려는데 손님은 그 나이에 걸맞지 않게 새삼 안쪽 상황에 심란한 모습으로 간병인 할멈에게까지 조심스런 작은 목소리로 지시하면서 명함을 건넸다. 미쓰에가 누군지 슬쩍 보니 백발 섞인 수염은 가슴부근까지 길게 늘어지고 독실한 얼굴은 말랐으나 비루하지 않았다. 키는 크지 않고 본디도 넉넉하지 않은 몸이 자연히 노쇠함에 깎여 초목이 시든 겨울 산봉우리가 우뚝 솟은 듯하였다. 의복도 신분에 걸 맞는 듯하고 깊이와 품위가 있어 누구인지는 모르겠으나 행여 소홀히 대해서는 안 될 것 같았다. 그녀는 재빨리 이 손님 자리를 마련하고 기다렸다.

간치이는 간병인이 내보인 명함을 받아 아무 생각 없이 흘끗 보았는데 시기사와 류조라고 적혀 있었다. 그 참을 수 없는 놀라움에 사로잡혀 낯빛을 잃은 간이치는 바로 몸을 뒤집어 그쪽을 보려다가 그대로 다시 누워 끝끝내 움직이지 않았다. 미친 듯이 터져 나오는 숨을 힘겹게 막고 타는 듯한 성난 눈동자는 명함을 주시하자 그토록 깊이 감췄던 천만무량의 통한이 한 점 눈물이 되어 무의식중에 굴러 나왔다.

할멈은 이를 이상하게 여기면서도,

"이쪽으로 들어오시라 말씀드릴……."

"몰라!"

"네?"

"이런 사람은 몰라요."

보는 눈만 없다면 갈기갈기 찢어 버릴 명함을 역겨운 듯이 던지자 마루 위로 떨어졌다. 그는 억지로 눈을 감고 몸의 떨림까지도 자신과 자신의 손으로 꽉 껴안고는 한은 잊지 않아도 분노는 참아야한다고 채찍을 가하듯 스스로를 억눌렀다. 머리카락은 거꾸로 서 굼실거리고 끊어 오르는 머릿속 피는 제멋대로 쏟을 곳을 찾아 마음도 미칠 듯 어지러웠다. 그는 이 분노와 싸우면서 계속 억눌렀다. 낯빛은 점차 재처럼 변했다. 할멈은 두려운 눈빛을 손님에게 드러나지 않게,

"모르시는 분이라고요?"

"전혀 몰라요. 착각한 것 같으니 돌려보내주시게."

"그렇습니까? 그런데 당신 성함을 말씀하시고 물어……."

"아, 어쨌든 됐으니까 어서 돌려보내요."

"네, 그럼 거절하겠습니다."

할멈은 시기사와에게 그 뜻을 전하고 던져진 명함을 돌려주니 손님은 뒷짐 진 채로 받지 않고 애써 온화한 얼굴을 하였으나 거북해 보였다.

"아, 그래요? 모를 리가 없는데. 하하하, 아주 오래전 일이어서 잊으셨는지도 모르겠군. 그럼 좋소. 내가 직접 만나겠소이다. 여기가 하자마 간이치 씨 병실이 맞소? 아, 그럼 틀림없군."

여러모로 확실하다고 생각한 시기사와가 의자 쪽으로 다가서자

미쓰에는 자리에서 일어나 가볍게 인사하고 자리를 권했다.

"간치이 군, 날세. 오랫동안 못 만나 잊었는가?"

병실 구석에서 간병인 할멈이 차 준비를 하자 미쓰에는 손수 가서 지시하고 또 직접 가지고 와서 권하는 등 평범한 문병객은 아닌 듯싶어 시기사와는 비로소 이 여자에게 주목하였다. 간이치는 모르는 척 등지고 누운 채 대답하지 않았다. 사정이 있겠지만 미쓰에는 늘 그렇듯 그의 무뚝뚝함을 옆에서 보면서 딱하기도 하고 이상하기도 하였다.

"간이치 군, 날세. 참으로 찾고 싶었네만 여하튼 거처를 전혀 알 수 없어서 말이네. 그저께 우연히 듣고선 이렇게 우선 찾아왔네만 몸은 어떤가? 뭔가 큰 부상이라 하던데."

여전히 대답이 없는 것이 괘씸하였지만 미쓰에가 있음을 다행으로 여겼다.

"잠 들었습니까?"

"글쎄요, 그런가요."

그녀는 이 노인의 괴로움을 옆에서 보다 못해 간이치 베개 가까이로 다가가 살펴보니 눈물이 흐르는 얼굴을 요에 파묻고 흐느끼고 흐느끼며 어깻숨을 몰아쉬었다. 무슨 일인가 싶어 깜짝 놀랐으나 내색도 또 이상한 기색도 전혀 입 밖으로 내지 않고 모르는 척 하였다.

"손님이 오셨어요."

"방금 말 한대로 전혀 모르는 분이니 돌아가시도록 해주시오."

그는 얼굴을 묻은 채 다시 입을 다물었다. 미쓰에는 재빨리 그 의중을 헤아려 다시 묻지 않고 자리로 돌아왔다.

"사람을 잘못 보신 게 아니신가요? 아무래도 기억이 없다고 말씀하십니다."

시기사와는 긴 수염을 비비며 어찌할 도리가 없음에 쓴웃음을 지었다.

"잘못 봤다는 건 당치도 않소! 오 년, 아니 칠 년을 못 만났다 해도 나는 아직 그 정도로 늙지는 않았소. 그러나 기억이 없다면 어쩔 수 없지만 기억도 있을 것이고 사람을 잘못 본 것도 아니니 이렇게 애써 만나러 온 것인데. 늙은이인 내가 일부러 찾아왔으니 그걸 좀 봐서라도 잠깐이라도 만나주시게나."

아무리 대답을 기다려도 간이치는 소리조차 내지 않았다.

"그렇다면 뭔가, 이렇게 말해도 승낙해주지 않는 건가? 아아. 그런가. 별수 없군.

그러나 간이치 군, 잘 생각해 보게. 뭐, 우리들 일을 어떻게 생각하는지는 모르겠으나 자네의 이제까지의 행동, 또 오늘 이 상황은 좀 온당치 못하지 않은가? 어쨌든 시기사와 아저씨한테 이럴 것까진 없을 거라 생각하네만 어떤가? 자네쪽에서도 역시 할 말은 있을 걸세. 그것도 들으러 왔네. 내 쪽에서도 할 말이 전혀 없는 건 아닐세. 그것도 들려주고 싶고. 그래서 이렇게 일부러 찾아 온 것이니 이쪽에서는 이미 굽히고 나온 걸세. 그리고 자네를 만나 하려는 얘기는 결코 염치없는 일도 아니고, 역시 자네 신상에 도움이 되게끔 상의하고 싶은 노파심이라네. 내 쪽에서는 그 당시에도 자네를 버린 기억은 없고 또 오늘도 오 년 전과 같은 생각이네. 그것을, 뭐, 젊은 사람의 혈기라고 하겠지.

오직 외곬으로 생각하여 오해하니 나로서는 참으로 유감이 아닐 수 없네. 지금까지도 오해하다니 정말로 뜻밖이군. 자네 주소를 알자마자 바로 찾아 온 걸세. 정말이지 오해받는 것처럼 마음이 괴로운 일도 없다네. 사람을 위해 도모하다 약간의 착오로 원망을 받고, 은혜를 받으려 하진 않았으나 원망을 받을 것이라고는 누구도 생각지 못했네.

그리하여 그렇게 화목한 일가족을 등지고 우리 또한 임종까지 신세질 생각이었는데 사소한 오해로 소식불통이 돼 버려 참으로 한심스럽고 나도 정말이지 마음이 개운치 않다고 집사람과도 자주 말했다네. 내 쪽에서는 어디까지나 예전대로 되어서 빨리 은퇴라도 하고 싶네. 그러나 그것도 자네 마음이 풀리지 않고서는 얘기가 안 되니 그건 둘째치고서라도 우선 오해받는 그 일 말이세. 만나서 차분히 이야기 나누면 이유도 바로 알 수 있을 테고 꼭 한 번은 들어주었음 하네. 그러고 나서도 마음이 풀리지 않으면 정말로 거기까지네. 나는 자네 부모님 성묘를 가서 말이지, 자네를 처음 맡은 날부터 오늘날까지의 일을 소상히 말씀드리고 시기사와는 이런이런 일을 하고 이렇게 생각했습니다. 하지만 경과가 이런 상황이 된 것은 유감이지만 어쩔 수가 없었다고 제대로 사과하고, 그리하여 내 면목을 세우고 나서 당당하게 연을 끊고 싶네, 알겠나. 벌써 오 년이나 소식을 전하지 않았으니 자네는 이미 연을 끊었다 생각했겠지만 내 쪽에서는 아직 그렇지 않다네.

나는 생각하네. 예를 들어 이 시기사와 아저씨가 한 일이 불합리했어도 하자마 간이치 자네가 단 한 번 정도는 어떻게든 참아줄 수는 없었나 하고 말일세. 또 혹여 그럴 수 없다면 조금 더 타당하게 일을 생각해주었음 했네. 내 쪽에서 할 말이란 그걸세. 말하자면 그 때 나도 할 말은 있었다는 거네. 허나 지금 그런 말을 하러 온 건 아니고 내 쪽에서도 역시 실수가 있었으니 그 사과도 하고. 또 예나 지금이나 이쪽 심경은 변함없다는 걸 제일 알리고 싶었네. 아저씨가 오래간만에 온 거니, 알겠나, 간이치 군. 오늘은 아무 말 말고 시원하게 만나주게."

이제껏 듣지 못한 연인의 신상 비밀이구나 하고 미쓰에는 별스럽게 흥미를 느껴 귀 기울였다.

고집스럽게도 여전히 말을 하지 않자 마침내 참기 힘든 시기사와는 당장 자리에서 일어나 억지로라도 그 얼굴을 보려고 다가갔다. 무슨 곡절인지는 알 수 없으나 이 손님이 잘 알아듣도록 여러 가지로 말하는 것에도 일리가 있어 딱 잘라 완전히 모른 체 할 수도 없었다. 그렇기는 하나 간이치가 한 마디도 하지 않고 그저 눈물만 흘리고 또 아주 잘 아는 사람을 기억에 없다 하니 꽤나 사연이 있는 것 같아 미쓰에는 두말없이 연인 편을 들어 위급한 상황을 넘기려했다.

그녀는 베갯머리를 살피면서 걱정스러운 듯이 눈썹을 모으고 아직 말을 꺼내지 않은 시기사와보다 먼저 말하였다.

"저는 간병하러 온 사람으로 누구신지 모르겠습니다만, 요 하루 이틀 환자는 열 기운으로 시종 깜박깜박하고 때때로 헛소리를 하고 울거나 화내거나 합니다만……."

고개를 돌려 미쓰에를 바라본 시기사와의 낯빛은 이 때 새삼스럽게 노여움이 풀린 듯 보였다.

"아하, 아, 그렇군요."

"아까부터 말씀을 들으니 오래된 친분임에도 사람을 잘못 봤다 하고, 매우 실례를 범했습니다만 역시 열 때문에 전후 사정을 몰라 그러하니 부디 유념치 마십시오. 이 열도 곧 떨어진다 하니 다시 날을 정하여 오시기를 부탁드립니다. 오늘은 제가 명함을 받아두고 쾌차하는 대로 바로 자세히 말씀드리겠습니다."

"아, 이거야 감사합니다."

"실은 어떻게 된 건지 어제도 문병 오신 분에게 이상한 말을 걸어서 특별히 병인지라 어쩔 수는 없습니다만 제가 아주 난처했습니다. 오늘은 또 어찌된 일인지 어제와는 마치 정반대로 전혀 말이 없습니다만 오히려 터무니없는 말을 하기 보단 상황이 낫습니다."

이리한데도 상황이 더 낫다는 말에 시기사와는 울상이 되어 억지로 미소를 띄우자 미쓰에는 그 말을 다 마쳐 기쁜 듯이 웃었다. 그녀는 간병인 할멈을 불러 따뜻한 물로 다시 차를 권하며 손님을 다시 자리에 권했다.

"그런 거라면 이야기도 알기 어렵겠군요. 그럼 다시 찾아오겠습니다. 저는 시기사와 류조라는, 명함을 두고 가겠습니다. 여기에 주소도 있습니다. 실례입니다만 부인은 역시 와니부치 씨 친척이라도?"

"네, 친척은 아닙니다만 와니부치 씨와는 부친이 아주 각별한 사이시고 게다가 집이 이 근처여서 가끔 문병을 와서 도와드립니다."

"하아, 그렇습니까? 저와 하자마는 서로 오해가 있어 오 년 정도 만나지 못했는데 작년쯤인가 아내를 맞이했다고 들었습니다만, 어떻습니까?"

그는 이 아름다운 간병인이 어떤 사람인지 알고 싶어 터무니없는 질문까지 만들었다.

"그런 얘긴 한 번도 못 들었습니다만."

"그렇군요, 그렇게만 생각했습니다만."

용모는 여염집 딸로도 또 부인으로도 보이지 않았고 게다가 두드러지게 치장한 모습이 여색(女色)을 파는 부류가 아닐까 하는 의심도 들었다. 그러나 사람을 대하는 말씨나 태도 또 예절의 사소한 부분이 그렇지는 않은 것 같았다. 과연 이 여자가 누구인지 시기사와는 쉽사리 그 일부분조차도 추측할 수 없었다.

그러나 친한 사이라든가 거들어 준다든가 하는 말이 모두 거짓은 아닌 것 같았다. 바른 집안의 친지도 평범한 집안의 딸도, 또 간이치 부인도 아닌 깊은 내막이 있는 은밀한 사이일 것이다. 만약 그렇다면 간이치는 그 자신의 처지와 함께 타락하여 심성도 썩고 품행도 흐트러져 버렸구나. 어쨌든 바라여 옛 인연을 이어갈 만한 것은 아니다. 이런 무리를 드나들게 하면 시기사와 집안에 결국 뜻밖의 재앙을 초래할지도 모른다는 두려움이 갑자기 생겼다. 그렇다면 그의 원한이 깊어 말을 받아들이지 않는 것이 오히려 다행이구나. 오늘은 일단 돌아가서 더 살피고 숙고한 뒤에 다시 오더라도 늦지 않겠다는, 실망 이면에 다소간 얻는 바가 있어 은근히 기뻐하였다.

"아, 이건 정말 뜻밖에 폐를 끼쳤습니다. 근간 다시 날을 정해 찾아뵙겠습니다. 실례입니다만 성함을 여쭙고자 합니다만."

"예, 저는." 하면서 자줏빛 비단 손가방에서 작은 명함을 꺼냈다.

"매우 실례입니다만."

"네, 이것은. 아카가시 미쓰에(赤樫満枝) 씨라고 하십니까?"

이 여자의 신분에 대한 시기사와의 의문은 점점 깊어만 갔다. 지아비가 있는 몸으로 준비된 명함도 걸맞지 않고 하물며 뒤에 영어를 넣은 것은 더욱 조신하지 않았다. 사람 응대에 정숙하고 익숙하며 옷차림은 현대적이고 귀족적이어서 혹시 유럽풍의 여자직업을 자영업으로 하는 사람이 아닐까. 다만 그 미색이 너무나 뛰어나서 역시 그런 신분에는 어울리지 않고 이는 마침내 기분 좋은 수수께끼 하나를 그에게 던져 주었다. 시기사와 아저씨는 간이치의 냉대에 노여움조차도 잊고 이 수수께끼로 고민하며 병원을 떠났다.

손님을 배웅하러 나간 미쓰에는 안으로 들어와 침대에 몸을 꼿꼿이 세우고 앉아 바싹 마른 주먹을 쥐고는 말없이 참았던 원통함에 씩씩거리며 홀로 질시(疾視)의 눈동자를 응시하는 간이치와 마주쳤다.

제6장

수일 전부터 와니부치 집에는 등불이 켜질 무렵 어디에서 왔는지 알 수도 없는 한 노파가 찾아오는 일상이 시작되었다. 그녀는 예순 남짓의 얼굴은 주름졌지만 피부는 곱고 짧게 자른 머리를 미망인 머리 모양으로 뒤로 묶어 늘어뜨린 꽤나 사연 있는 모습으로 옷차림은 보기 흉하지 않았다. 단 이상한 것은 다갈색 줄무늬 비단코트를 입고서 사라사(saraça) 작은 보자기에 유지(油紙)로 덧씌운 것을 비스듬히 가로질러 짊어지고 지저분한 고무바닥 운동화를 신었다.

용건은 긴히 주인을 만나고 싶다는 것이다. 공교롭게도 올 때마다 출타 중이어서 아쉬워하며 급히 돌아가고는 지치지도 않고 또 다시 찾아왔다. 미네는 차츰 이상한 생각이 들었다.

사흘째 되던 날 그녀의 거동이 평소와 다르고 특히 아주 거리낌 없이 사람을 지켜보는 눈빛과 때아니게 혼자 씨익 웃는 어쩐지 섬뜩하기까지 한 무서운 모습은 미치광이임에 틀림없다. 게다가 어김없이 밤 귀가를 살피러 오는 게 아무래도 우리 집에 재앙을 가져오는 게 아닌가 싶어 미네는 마침내 두려움마저 들었다. 남편에게 한번은 만나서 또 다시 발걸음 하지 않게끔 그 사정을 계속 부탁하자 오늘은 신경 써서 네 시쯤 일찍 돌아왔다.

"여보, 아무래도 그 여잔 미친 것 같아요. 그래도 품위가 있는 게 뭐 무사이거나 무슨 은거한 노인 같아요. 하지만 높은 코에 큰 눈에 갸름하고 마른 얼굴이 무서워요. 문밖에서 용건을 말할 때 그 목소리가 정말 섬뜩해요. 언제나 어김없이 "부탁합니다, 네 부탁합니다." 이렇게 차분하게 천천히 두 마디 해요. 이제 정말이지 그 목소리만 들어도 소름끼치고, 아아 정말 싫어요. 왜 하필이면 그런 미친 여자가 찾아오는 건지 정말로 불길해요!"

미네는 기둥의 시계를 쳐다보았다. 불이 켜지려면 아직 시간이 남았다. 다다유키는 언짢게 눈살을 찌푸리고 입을 굳게 다물었다.

"누군지 모르겠군. 전혀 짚이는 데가 없는데 이름은?"

"물어봤는데 말하지 않던걸요. 그 상태면 이름조차도 모를 것 같아요."

"그래서 오늘 밤 오는 건가?"

"오면 안 되지만 꼭 올 거예요. 그런 사람이 매일 밤마다 찾아오니 견딜 수가 없어요. 당신이 오면 차분히 타일러서 정말이지 다시는 못 오게 해주세요."

"그건 장담 못해. 상대가 정신이 돌은 사람이니."

"그러니까 저도 어쩐지 불안하고 무서워서 부탁하는 거잖아요."

"아무리 부탁해도 정신 나간 사람은 나도 어쩔 수 없구려."

의지할 남편이 그리 심각하게 여기지도 또 미덥지 않게 말하자 미네는 낙담하는 한편 적잖이 당황했다.

"당신이 못 할 것 같으면 순사에게 넘겨요."

다다유키는 웃었다.

"뭐 그렇게까지 소란피울 건 아니지 않소."

"소란은 안 피우지만 전 싫어요."

"누구도 미친 사람은 좋아하지 않지."

"그거 보세요."

"뭘?"

모른다. 그 노파가 누구인지. 광인(狂人)인가 아니면 걸인인가. 도부꾼인가 혹은 남편의 지인인가. 이러는 사이에도 정체가 나타날 시간은 시시각각 다가왔다.

이상하게 온 종일 엷은 햇살조차 아까워 새나가지 못하게 한 흐린 잿빛하늘은 점차 저물고, 더욱더 심해진 추위를 조금이라도 피하기 위해 평소보다 다들 일찍 문을 닫았다. 또한 아직은 어슴푸레 밝은, 두툼한 얼음을 걸어놓은 것 같은 서쪽 하늘부터 은은하고 쓸쓸한 잔광(殘光)이 멀리서 다가오다 갑자기 떠나기 아쉬운 듯 방황하는 거리 곳곳에 처마램프는 이미 다 켜져 새롭게 하얀 불빛을 발하였다.

바람은 한차례 모래를 휘말아 일어났다. 수상한 노파는 이 바람에 내뿜어지듯 모습을 나타냈다. 짧게 묶은 머리는 헝클어져 거꾸로 서고, 펄럭펄럭 뒤집히는 소맷자락에 나부끼며 떠돌듯이 가다 멈추면서 거리 남쪽을 찾고 찾아 와니부치가 사는 골목으로 들어갔다. 철책울타리 돌담 너머 흐드러지게 핀 매화 한 그루를 처마램프가 비스듬히 비추는 바로 그 문이다.

그녀는 마치 자기 집에 돌아온 양 성큼성큼 다가가 문을 열려했다. 그러나 열리지 않자 정숙한 목소리로 천천히 청하였다.

"부탁합니다, 네, 부탁합니다."

바람은 휘이휘이 울리며 지나갔다. 이 소리를 들은 미네는 얼어붙어 일어서지 못했다.

"여보, 왔어요."

"응, 저건가?"

다다유키도 과연 기분 나쁜 목소리라고 생각했다. 작은 냄비를 끓이는 화로 가장자리에 작은 사기잔을 내려놓고 하녀에게 등불을 가져 오라 명하였다. 그리고 우선 현관으로 나가 문 안쪽에서 말하였다.

"네, 누구십니까?"

"바깥양반은 댁에 계십니까?"

"있습니다만, 누구신지?"

답은 없고 중얼거리는지 속삭이는지 작은 말소리가 빈번히 들릴 뿐이었다.

"누구십니까? 성함이 어찌 되십니까?"

"뵙게 되면 아실 겁니다. 어쨌든, 오오, 어머나, 매화가 아주 흐드러지게 피었습니다. 그날의 꽃도 역시 이 매화가 좋겠군요. 자, 부디 이쪽으로 들어오시지 않겠습니까? 사양치마시고, 어서요."

열려 해도 열리지 않자 그녀는 문을 격하게 두드리며 안내를 청했다. 그러고 보니 틀림없이 미친 사람이로구나. 다다유키는 성가셨지만 이대로 내쫓아도 떠나지 않을 테니 어쨌든 한번은 만나야겠다 싶었다. 마지못해 문을 여니 듣던 대로 노파가 들어왔다.

"내가 와니부치인데 무슨 일이오?"

"오, 네가 와니부치인가!"

그녀는 갑자기 몸을 앞으로 쑥 내밀고 다다유키 얼굴에 눈동자를 고정하였다. 다다유키는 소름끼치도록 무서운 기운에 휩싸여 금세 오싹해져 부들부들 떨었다. 노파는 뚫어지게 주시하던 눈을 떼자마자 주름진 손으로 얼굴을 감싸고 하염없이 울기 시작했다. 어이가 없어 놀란 다다유키는 옴팡눈으로 그 우는 모습을 응시할 뿐이었다.

그녀는 울고 울며 울음을 그치지 않았다.

"모르겠군! 도대체 무슨 일이오? 아, 나에게 용건이라는 게?"

고목이 저절로 쓰러져 가듯 완전히 풀이 죽은 노파는 사납게 쳐다보며 피를 토하듯 필사적으로 소리를 쥐어짰다.

"이 대 사기꾼 놈!"

"뭐라고!"

"극, 극악무도한 놈! 너 같은 놈이 감옥에 가지 않고, 우리……우리……마사유키(雅之) 같은 효자가……우리 선조를 물으면 가이노쿠니현(甲斐国県)(현재의 야마나시현(山梨県)) 주민 다케다신겐(武田信玄)(戰國時代의 武將) 영주님이시다. 촌부야인에게 사기를 당해서 이대로 단절하는 집안으로 누가 시집을 오겠는가. 가시와이(柏井)의 스즈(鈴)양이 시집을 와주면 내 행복은 말 할 것도 없다. 마사유키도 얼마나 기뻐했겠는가. 자식을 버리는 눈먼 자는 있어도 징역을 보내는 부모는 없다. 스물일곱이나 세상물정에 어두운 우리 마사유키를 네 놈은 아주 잘도 속였구나! 자아 자, 원수를 갚을 테니 입회(立會)하거라."

다다유키는 혀를 내두르며 혼잣말을 하였다.

"아, 확실히 미쳤군."

노파의 분노는 순식간에 격해지고 형상은 점차 무시무시해졌다. 마치 귀신이 빙의한 듯 일거일동이 전혀 사람이 아니었다. 발을 쿵쿵 구르고 짐승의 어금니처럼 성긴 흰 이를 드러낸 채 일념으로 뭉친 눈초리는 오로지 다다유키만을 바라보았다.

"돌아가신 남편에게 거듭거듭 부탁받은 비장의, 비장의 외아들. 그런 아이를 속여 네놈이 징역을 보냈지. 나를 여자라고 업신여겨 그런 괘씸한 짓을 한 거냐? 나기나타(長刀:긴 자루 끝에 휘어진 칼이 달린 무기. 에

도시대에는 무가 여인들이 사용하여 무가 여인들의 무도로서 발전하여 현대에 이름.) 한수도 익혔다. 놀랐는가?"

그녀는 갑자기 아주 유쾌한 듯이 웃었다.

"그렇고말고, 용서해주지. 우리 집에는 스즈 양이 오늘을 기다려 화려하게 차려입고, 그 아름다움이란! 참으로 그렇게 예쁘고 마음씨도 고우며 시가와 서예와 바느질에 능하고 아니 그런 걸 말할 때가 아니지. 애타게 기다리고 기다렸는데도 빨리 돌아오지 않는 법이 어디 있느냐. 정말 대단히 수고하셨습니다. 자아 자, 어서. 마차를 대기시켜 놓았으니 신발은 여기 있군. 아니, 자네 난 기차로 가니 문제는 없고말고."

이렇게 말하면서도 조급한 듯이 자기 신발을 벗어서 거기에 가지런히 두고 등에 짊어진 보퉁이 매듭을 풀어 싸놓은 유지를 다다유키 앞에 펼쳤다.

"자아 자, 네 목을 이 안에 넣는 거다. 싹뚝 베어라. 바로 떨어지니. 빨리 베거라."

과연 처치 곤란하여 어찌 할 바 모르는 다다유키를 노파는 흐뭇해하며 어디서 나오는 소리인지 세상에 없는 이상한 소리를 내며 천천히 웃었다. 그는 까닭 없는 섬뜩함에 자기도 모르게 어깨를 치켜 올렸다.

징역이라 하고 마사유키라는 말에서 그는 비로소 이 미친 노파의 정체가 떠올랐다. 그의 채무자 아쿠라 마사유키(飽浦雅之)는 사문서위조죄의 피고로서 요 십수 일 전 벌금 십 엔, 중금고(重禁錮) 일 년에 처해졌다. 노파는 바로 마사유키 모친이었다. 그의 모친은 이 때문에 정신이상이 된 건가.

다다유키는 그렇게만 생각할 뿐 이외에 또 다른 생각을 하고 싶지 않았다. 마사유키가 사문서위조로 형을 받은 일은 사실 명목상이고 그 죄의 이면은 그가 모략에 빠뜨린 것이다.

그들이 사용하는 악(惡)수법 중 하나가 연대 보증인을 구하기 힘들면 일단 도장 하나로 교섭 상 빌려줄 수 있다고 권한다. 단 증서 체제는 갖추어야 하니 예의 그렇듯이 형식상의 연대자 기명날인(記名捺印)을 요구한다. 그리하여 임시로 적당한 친족이나 지인 등의 명의를 사용(私用)하여 마침 거기 있는 인장을 찍게 한다. 그리고 애초부터 각별한 사이에서의 내약(內約)이니 그 위조를 따지지 않는다고 가볍게 말을 꺼내지만 실은 법률상 유효한 증서를 만들게 한다. 차입자(借入者)도 이러한 소행의 불의(不義)를 알지만 하나는 초미지급(焦眉之急)에 쫓겨서 또 하나는 기간 내에 변제만 하면 아무 일도 없을 것이라는 일시 방편으로 이 계략에 걸려든다.

기한이 다 되어서도 갚지 못하면 그는 바로 마수를 드러내어 은밀히 고소(告訴)의 뜻을 비치고 이것으로 협박하여 심하게 부당이익을 탐한다. 그리하여 그 뼈와 살이 다하여도 여전히 만족 못한 욕심은 더 나아가 그 연대자에게 아닌 밤중에 홍두깨처럼 강제집행을 가한다. 이를 표면화하면 채무자는 논란의 여지없이 형법 죄인이 될 수밖에 없다. 일이 이에 이르면 누구나 두려워 허둥대고 당황하고 마음이 혼란해져 소리 높여 울고 불며하며 사력을 다해 여기저기서 돈을 조달하려 한다. 이 때 악마 같은 힘은 숨통을 조이고 그 등을 친다. 사람의 생사가 모두 그의 수중(手中)에 달렸으니 단단히 조여 원하는 바로서 얻지 못하는 것이 없다.

마사유키도 이 덫에 걸려 학우 부친의 이름을 빌려 서명날인을 하고 말았다. 일이 파탄에 이르렀을 때 불행히도 그 학우는 때마침 해외 유학 중이었다. 더구나 학우 부친은 그를 몰랐기 때문에 그 사이 조정이 이루어지지 못해 결국 그의 행위는 제 이백십 조에 걸렸다.

법률은 무쇠팔처럼 마사유키를 잡아 갔다. 그뿐만 아니라 의지하던 자식과 떨어져 눈물로 비틀거리는 노모까지도 길가에 내동댕이쳐지고 뒤돌아보지 못하였다. 아아! 어머니는 얼마나 이 자식에게 희망을 걸었던가. 부모를 섬김에 더없이 극진했고 가시와 스즈라는 아름다운 규수와 이번 가을에 혼례를 치를 예정이었다. 연말에는 신흥철도회사의 지인에게 좋은 자리를 부탁해놓은 일도 모두 허사가 되었다. 그는 사람 축에 끼지 못하는 국법 죄인이 되었고 치욕과 분한(憤恨) 그리고 비탄과 우수로 마음 둘 곳 잃은 그의 모친은 끝내 미쳐 버렸다.

무익하게 말하느니 그저 부드럽게 끌어내는 것이 낫겠다 싶어 다다유키는 조금도 거스르지 않고, "아 좋소. 이 목을 원하는가? 줘야지. 주고말고. 여기선 안 되니 밖으로 나갑시다. 자 함께 갑시다."

미친 노파는 몹시 싫은 듯 고개를 흔들었다.

"네 말은 모두 거짓말이다. 그 수법으로 마사유키를 속였겠지. 그거, 그것 봐라. 효자에다 정직한 우리 마사유키를 속여서 엄청나게 돈을 뺏고 징역을 보낸 증서 한통을 이처럼 보내지 않았는가. 이래도 여전히 시치미를 떼는 겐가?"

펼친 유지를 집어 다다유키 눈앞에 들이밀자 무엇을 싼 냄새인지 속이 메슥거릴 정도로 불쾌한 일종의 비린내가 심하게 코를 찔렀다. 다다유키는 여전히 거스르지 않고 어쩔 수 없어 얼굴을 돌리자 미친 노파는 눈을 크게 뜨고 덩실덩실 춤췄다.

"오오 오오, 어구 어구! 이거야 기쁘군. 네 목이 저절로 점점 가늘어지는구나. 아아, 그래그래, 이제 곧 떨어진다."

땅에 떨어뜨리지 않으려고 허둥지둥 부산을 떨며 유지로 받으려는 그 오른팔을 느닷없이 잡아 다다유키는 격자문 밖으로 밀어내려 하였다. 그녀는 밀리면서도 격자문에 매달려 막무가내로 맞섰다.

"그래, 너는 사람을 이 벼랑에서 밀어 떨어뜨릴 작정이구나. 이 늙은이를 속여 치려고 하는 게냐."

큰소리로 아우성치며 몸을 비틀어 대며 달려든 힘이 괴이하게도 세서 다다유키는 발이 미끄러져 엉덩방아를 찧자 그녀는 요란하게 소리를 지르며 웃었다. 바로 일어난 다다유키는 그녀 목덜미를 거머쥐고서는 힘껏 밖으로 밀어내고 재빨리 덧문을 잡아당기는데 삐걱거리며 움직이지 않는 사이에 다시 달려든 미친 노파는 그 섬뜩한 얼굴을 대문간에 들이밀었다. 너무나 무서운 나머지 다다유키는 자기도 모르게 그 얼굴을 탁 치고 잠시 기가 꺾인 틈에 문을 잠그자 밖에서 문을 부서지듯 두드렸다.

"자, 목을 넘겨라. 중요한 증서까지 빼앗아버렸구나. 귀중한 신발도 가져갔구나. 신발도둑놈, 협잡꾼 놈! 목을 내놔라, 모가지를 내놔."

다다유키는 잠시 멈춰 서서 모습을 살폈다. 살금살금 다가온 아내는 뒤에서 작은 소리로, "여보, 무슨 일이예요?"

남편은 그녀가 아직 문밖에 있음을 손으로 가리켰다. 미네는 봉당에 흩어져 떨어진 고무신과 유지를 발견하고 쓸데없는 담보물을 빼앗았다고 걱정하였다. 마침 그 때,

"부탁합니다. 네, 부탁합니다."

하는 그 목소리가 들렸다. 미네는 진저리를 치며 여기에 길게 머무를 수 없어 남편에게 권하여 안으로 들어갔다. 문 두드리는 소리는 그 후에도 한참이나 울렸다. 다다유키가 뒷문으로 나와 살폈을 때는 바람이 더욱 심해져 대문의 매화가 바람에 흩날리는 눈처럼 점점이 날리었다. 등불이 어슴푸레 비추는 곳에 그녀의 그림자는 보이지 않았다.

다음날도 예의 그 시간이 되면 미친 노파는 또 찾아 왔다. 미네는 하녀에게 주인이 부재중임을 전하면서 그녀가 남긴 두 물건을 돌려주게 했다. 그랬더니 전날 밤에 미쳐 날뛰던 기색 없이 기특하게도 잘 알아듣고 돌아갔다.

미네는 그 다음날도 반드시 올 것이 두려워 남편에게 집에 있어달라 부탁했는데 아니나다를까 또 찾아왔다. 오늘도 하녀를 시켜 부재 이유를 말하니 이번에는 바로 떠나지 않았다.

"그럼 돌아오실 때까지 여기서 기다리겠습니다. 실은 꼭 받을 물건이 있어 그것을 가지고 가지 않으면 곤란하니 며칠이라도 기다리겠습니다."

그녀는 문간에 웅크리고 앉아 움직이지 않았다. 하녀는 이런저런

말로 꾸며대며 달랬지만 노파는 돌부처마냥 한마디도 들리지 않는 듯이 대꾸하지 않았다. 하녀는 어쩔 수 없이 이를 안에 고했다. 다다유키도 어찌할 방도가 없어 내버려 두니 대략 두 시간쯤 머물더니 보이지 않았다.

미네는 걱정이 되어 이 이상은 그냥 경찰 손을 빌리자고 술렁거리자 다다유키는 다른 사람을 성가시게 할 만한 일은 아니라며 듣지 않았다. 그러면 다시는 오지 않도록 쫓아버릴 만한 방법이 있느냐고 채근하자, 해를 끼치는 것도 아니니 떠돌이 개가 잔다고 여기고 걱정 말라고만 하였다. 걱정할 수밖에 없는 일을, 그녀는 새삼스레 남편을 본받지 말아야지 하며 화가 났다. 이 일뿐만이 아니다. 항상 남편은 함께 상의하지 않고 아녀자라고 업신여기는 경향이 있어 미네는 분하고 한스럽고 또 어떤 때는 허전하고 의지할 데가 없었다. 이런 나머지 신을 믿으면서부턴 남편에게 의지되지 않는 부분을 신의 가호에 의지하고자 수많은 신이란 신을 차별 없이 공경하며 믿었다. 그 중에서도 요 수년전부터 새로이 신토(神道) 일파(一派)를 창시하여 덴손교(天尊敎)라 칭하였다. 보라빛 일대명성(一大明星)을 신체(神體)로 숭상하였으며 그 이름을 오오미아카리노미코토(大御明尊)라 하였다. 천지혼돈으로 일월(日月)도 아직 이루어지기 전 고천원(高天原:여러 신이 산다는 하늘)에 출현하셨다 하여 천상천하 만물의 지배자로 우러렀다. 여러 부족함을 채우고 모든 결핍을 완전케 해주시는 천황맹세로서 국토백성을 편안하게 은혜를 베풀어 주신다고 한다. 그녀는 일찍이 신심(信心)이 일어 이 신을 일신일가(一身一家)의 수호신으로 공경하고 받들면서 일이 생기면 일심(一心)으로 기원(祈願)하여 의지하고 기도하였다.

　이 밤은 특별히 몸을 맑게 하고 많은 등명(燈明)을 올려 재난즉멸(災難卽滅)과 원적퇴산(怨敵退散)의 기원을 담았으나 다음날 등불을 켤 무렵이 되니 또다시 찾아왔다. 남편은 출타하여 아직인데 만약 욕설을 퍼붓고 소동을 피우며 집안으로 뛰어 들어오기라도 하면 어쩌나 싶었다. 전후 분별을 못 할 만큼 몹시 놀라 하녀에게 일러 내보내고 본인은 신단(神壇) 앞으로 달려가 떨리는 목소리를 높여 정성을 다하여 축문(祝文)을 올렸다. 미친 노파는 부재중이라 하자 굳이 승강이를 하지 않고 어제처럼 여기서 기다리겠노라 하고는 같은 곳 같은 모양으로 웅크리고 앉았다. 하녀는 격자문을 단단히 잠그고 안으로 들어왔는데 한동안은 아무 소리도 안나더니 갑자기 이야기인지 욕인지를 하는 소리가 때때로 들려왔다. 행여 주인이 모르고 돌아와서 잡히지는 않을까 부엌 작은 창으로 들여다보니 그녀 외에는 아무도 없는데도 사람이 있는 것처럼 말하였다. 그 이야기하는 바는 하녀로서는 이해하기 어려웠지만 자기 자식이 이 주인에게 속아 억울한 죄에 빠진 진상 하나하나를 앞뒤가 맞지 않게 울기도 하고 화를 내기도 하며 호소하였다.

제7장

자식의 원수인 다다유키 목을 얻으려고 저녁때마다 광녀(狂女)가 찾아 온지 여드레째에 이르렀다. 볼꼴사나우나 쫓아 버리지도 못하고 또 문간에서 소동을 피우는 것도 아니니 어찌됐든 손을 대기가 힘들어 내버려 두었다. 다다유키가 말한 것처럼 분명히 그녀는 아무런 해도 가하지 않아 개가 누워있는 것과 다를 바 없었다. 하지만 으스스한 해질 무렵 오글쪼글 한 비단 코트에 잿빛 올림머리를 흐트러뜨린 사람이 문간에 웅크리고 있었다. 그녀는 요성(妖星:옛날 불길한 조짐으로 생각되었던 별)과도 같은 눈을 흘겨 젖히고 웃는가 하면 울고 우는가 하면 화를 내었다. 자신의 가슴처럼 속내도 모르고 검고 탁해진 저녁노을 하늘을 향해 그 슬픔과 원한을 호소하고 비린내 나는 유지를 비틀며 사람 목을 얻고자 기다리는 광녀! 설사 지금은 아무런 해를 가하지 않는다 하여도 결국 이 집에 재앙이 될 만한 소원을 비는 것이 틀림없다. 사람이 집착하는 일념은 물로 불을 이루고 산으로 바다를 이루며 철을 세차게 뚫고 바위를 부수는 선례가 있다. 하물며 집안을 멸망시키고 사람을 몰살하는 일 따위는 먼지를 부는 것보다도 쉬운 일이거늘. 두렵구나! 무탈하면 좋겠다고 미네는 혼자 무어라 표현할 수 없는 마음에 괴로워하였다.

남편은 미네에게 결코 마사유키의 사문서위조를 자신이 빠뜨린 계략이라고 말하지 않았다. 그러므로 잘못은 바로 광녀 자식에게 있으며 이쪽엔 원한을 살 만한 이유가 없는데도 저절로 이런 일이 생기는 것 역시 가업상의 승패이다. 또 한편으로는 대손(貸損)의 손모(損耗)임을 생각하면 어차피 쓰러뜨리거나 쓰러지는 것 역시 장사에 늘상 있는 일이라고 미네는 스스로 마음을 강하게 먹었다. 이 노파가 발하는 광기를 남편이 저지른 업이라고는 추호도 생각지 않았다. 그렇기는 하지만 자식 갖은 부모의 절절한 정을 생각하면 정말로 오죽했으면 하고 마음에 애절하게 와 닿기도 하였다. 대부분 사람은 이러한 연유로 원한을 사서 괴이한 재앙도 입는다고 그저 지나치게 걱정하여 끝없는 공포가 더해질 뿐이었다.

날마다 어김없는 미친 노파의 방문은 남몰래 우리 목숨을 끊기 위해서이다. 그리고 문간에 한동안 꼼짝없이 죽치고 있는 것은 그 망집의 염력(念力)을 모아 우리부부를 저주하는 것이라 확신하면서 해질녘 미네의 괴로운 마음은 비할 데가 없었다. 그리하여 미친 노파가 문간에 있는 동안에는 오오미아카리노미코토 어전에서 끊임없이 축문을 읊으며 견딜 수밖에 없었다. 이러한 중에도 약간의 방심이 생겨 휘황하게 널리 빛나던 등명 빛이 갑자기 어두워지고 천존 모습이 소실할 듯 아련히 혼재되어 보이기도 하였다. 그러면 혹여 신의 은총에서 누락되어 신의 가호(加護) 줄도 다 끊어지는 것이 아닌가 하여 그녀는 자신도 세상도 잊은 듯이 정성을 다해 향을 피우고 땀을 흘리며 신의 마음을 깨웠다.

창(槍)은 떨어져도 반드시 돌아온다고 두려워하며 기다린 아흐레째 그 시간이 되었지만 어찌 된 일인지 광녀는 보이지 않았다. 다시 추워진 이 날의 날카로운 한기는 침(鍼)으로 살갗에 서리를 심으려는 것 같았다. 밖에는 거센 바람이 노여움에 부르짖으며 나무를 울리고 집을 흔들고 모래소용돌이를 일으키고 자갈을 날렸다. 가뜩이나 흐린 하늘은 날아 오른 먼지로 뒤덮여 온 하늘은 검게 어지러웠고 게다가 햇빛은 황색으로 탁해져 무언지 모를 무서운 해질녘 기운이었다.

와니부치 대문 등(燈)의 유리양면마저 바람에 날려 깨지고 불은 꺼진 채 램프는 뒤집혔다. 안의 등불은 평소보다 선명하게 주인의 저녁 반주상을 비추고 화로에 얹은 냄비는 보글보글 맛있는 냄새를 풍겼다. 어느덧 작은 술병 하나를 다 비웠는데도 아직 미친 노파는 찾아오지 않았다. 미네는 한편으론 불안해하면서도 약간의 안도를 즐기며 기쁜 기색이었다.

"그 여자도 이 바람에는 질렸나 보네요. 벌써 분명히 올 시간인데 안 오는 걸 보니 오늘밤엔 안 오려나 봐요. 아무리 그래도 이 바람엔 날아 가버릴 것 같으니까요. 아아, 정말로 천존님의 은혜가 있었던 거예요."

남편이 내미는 작은 사기잔을 받으며,

"상대를 해 드릴까요? 특별한 건 없어도 이렇게 기분 좋을 때 마시면 맛있는 법이죠. 아니에요, 그렇게 계속해서는 도저히……어머나, 여보. 어머 어머 이미 일곱 시가 지났어요. 그렇다면 드디어 오늘 밤은 안오나 봐요. 그럼, 문단속을 시킬까요? 정말이지 오늘밤처럼 기분이 후련하고 정말로 기분 좋은 날도 없어요. 그 미친 여자 때문에 얼마나 가슴을 졸였는지 모를 거예요. 이제 이것으로 다시는 오지 못하게 천존님께 부탁드립시다. 네, 받지요. 술도 맛있는 거군요. 뭐 그 노파가 단지 무서워서가 아니에요. 그건 기분이 나쁘긴 하지만 말이에요. 무섭다기보다 어쩐지 무시무시해서 견딜 수가 없어요. 그 여자가 오면 오싹하고 소름이 끼쳐서 몸이 움츠러드는 걸요. 단순한 두려움하고는 달라요. 그게 왠지 이렇게 귀신한테 홀린 것 같은 기분이기도 하고. 저어, 그 있잖아요, 자주 꿈에서 무서운 놈들한테 뒤쫓겨서 도망가려는데 도망도 못치고 소리 지르려 해도 나오지 않아 어찌된 일인가 할 때요. 완전히 그런 기분이어서요. 아아, 이제 그런 이야기는 그만둡시다. 전 조금 취했네요."

하녀가 작은 술병을 바꾸어 가지고 오자,

"긴(金)아, 오늘 밤은 드디어 오지 않는구나, 미친 할멈 말이야."

"정말 잘됐습니다."

"네겐 나중에 상으로 과자를 줄 테니. 여보, 얘가 요즘 그 미친 할멈과 친해져 버려서요, 그 할멈 응대는 긴이 그만이에요."

"어머나 마님, 그런 말씀 마십시오."

불어오고 불어가는 바람은 큰 파도가 밀려왔다 되돌아가듯 끊임없이 울려 퍼졌다. 그 격렬함은 기둥을 몹시 울려대며 흔들고 물건을 넘어뜨리어 삐걱대고 잡아 찢고 휘어 꺾는 울림은 여기저기서 들려와 그저 가만히 있어도 간담이 서늘해졌다. 긴 화로에는 열심히 숯을 더하고 더해 철주전자 수증기는 구름을 계속 내뱉는데도 철판을 짊어진 것 마냥 추위는 더욱더 엄습해왔다. 다다유키는 마셔도 거하게 취하지 않자 더 마시려 하였다. 또한 미네도 자축의 술잔을 넘어 거듭 들이키니 그 붉게 물든 맨얼굴은 니스를 칠한 것처럼 밝게 빛나며 거나하게 취했다.

광녀는 과연 오지 않았다. 기뻐 취한 미네도 그저 취한 남편도 상을 받은 하녀도 열 시 무렵에는 모두 잠들어 조용해졌다.

바람은 더욱더 거세게 옆으로 휘몰아치고 높은 나뭇가지는 비로 쓴 것처럼 휘어지고 드문드문 흩어진 별은 마침내 밑으로 끌어 내려졌다. 겹겹이 엉긴 추위는 생기를 한껏 다 빨아들여 그렇지 않아도 음삼(陰森)한 야경은 점점 더 어둡고 점점 더 차디차졌다. 와니부치의 집 뒷문 근처에서 순식간에 칠흑 같은 어둠을 거세게 뚫고 한 줄기 빛이 솟아올랐다. 낮게 일어 사물에 가로막히니 무슨 불꽃인지 분별하기 어려웠다. 그 세차게 내뿜는 붉은 연기 속에서 안채와 토광의 그림자가 흐릿하게 나타나는가 싶더니 눈 깜짝할 사이에 없어지고 거센 바람이 불어 깔렸다. 조금 후 비슷한 불빛이 또 비추는가 싶더니 희미해지고 이번에는 타오르지도 꺼지지도 않고 잠시 빛을 머금었다. 그러다가 바람이 잠잠한 틈에 곳간 판자문을 따라 훨훨 솟아오른 불길은 비로소 사방을 환히 비추었다. 울타리를 따라 사람이 움직이는 듯 보였지만 여전히 어두워 확실치 않았다.

수초 사이에 불길은 종횡으로 널리 퍼지며 곳간 안으로 난입하였다. 그러자 분출하는 검은 소용돌이 연기는 무너지고 겹치면서 그 밖을 계속 에워싸고 에워싸서 널리 보이던 집도 토광도 두두룩하게 높아진 어둠 바닥에 묻히었다. 어둠은 불길에 부서지고 불길은 연기에 세차게 비벼지고 연기는 바람에 더욱더 부서지며 쩌대는 기세가 굉장하였다. 더욱 비좁고 넘칠 만큼 많아져 분간할 수 없이 흐트러진 연기 속에서 막연하게 울리며 하늘도 태워버릴 것처럼 곳간은 온통 맹화(猛火)로 변했다.

그 확실치 않은 형태는 이 때 분명히 빛났다. 초저녁에 와야 했던 미친 노파였다. 미쳐 날뛰는 연기 속에 얼굴이 짓무를 정도로 침착하게 비춰진 모습은 이 재앙을 관장하는 귀녀(鬼女)가 아닌가 하는 의심이 들 정도였다. 과연 그녀는 눈을 치켜뜨고 불이 어떻게 타고 어떻게 태우는지 엄숙하게 감시하듯 그곳에서 한 발짝도 움직이지 않았다. 바람과 연기와 불길이 서로 뒤섞이고 맞서고 기세를 다투며 온 힘을 휘두르자 썩 잘했다고 들뜬 웃음을 드러내는 그녀의 낯빛은 이 세상에 비견할 만한 것이 없었다.

때마침 울려 퍼지는 난폭한 바람 소리에 섞여 잠결에 이를 알아들은 이도 누구 한 사람 소란을 피운 이도 없었다. 그 사이 불은 활활 타올라 원채 작은 지붕을 덮쳐누르고 불타오르는 부엌바닥에서 외마디 소리로 부르짖은 사람은 누구일까. 광녀는 희희낙락하며 크게 웃었다.

사람들이 목격하여 큰 소란이 일어났을 때에는 불이 시작된 건물 대부분이 맹렬히 타올라 토광 창문마다 불길을 내뿜어 이미 손을 쓸 수 없는 상태였다. 진화에 힘을 쏟았으나 그토록 대단한 강풍으로 인하여 서른 채 가까운 집을 태우고 새벽 두 시에 이르러서야 진화되었다. 소동 속에서 수상한 자는 이미 잡혔다고 전해졌다. 그 광녀는 떠나지도 않고 붙잡혔다.

발화지라고 밝혀진 와니부치 쪽은 티끌 하나 가지고 나오지 못하고 불쌍하게도 한 덩어리 초토(焦土)만을 남겼을 뿐이었다. 가족의 소식은 바로 경찰이 신문(訊問)하는 바가 되었다. 하녀는 간신히 도망쳐 목숨만 부지하였다. 그녀는 눈을 뜨자마자 베갯머리 맡이 온통 불바다로 기겁하여 안을 향해 두, 세 마디 소리지르고 뛰쳐나와서 주인은 어찌 되었는지 모른다고 하였다. 새벽녘이 되어서도 부부가 나오지 않는 것은 심각한 부상이라 보고 경찰은 현장수색에 착수하였다.

뜨거운 재속에서 반쯤 타다 만 짓무른 시체 한구를 찾아냈다. 차마 눈뜨고 볼 수 없을 만큼 끔찍하고 너무나 처참했으나 주인의 아내라고 바로 분별할 수 있는 모습은 타다 말았다. 그리하여 그 근처를 샅샅이 뒤졌지만 달리 눈에 띄는 것은 없고 곳간 앞이라고 여겨지는 부근에서 다 타버린 인골을 비로소 찾아냈다. 취해서 갈팡질팡한 까닭인지 탐욕스러워 자신 몸을 잊은 탓인지, 어찌됐든 주인 부부는 이 불로 목숨을 잃었다. 가옥도 토광도 하룻밤 연기가 되어 와니부치의 흔적이란 적토(赤土)와 재 외에 찾을만한 것도 없었다. 다만 바람 불어 헤매는 긴 연기와 짧은 불길이 어지러이 뒤얽힌 곳에 주인이 거실에 설치한 금고만이 홀로 무사하였다.

따로 사는 다다미치는 여행 중으로 아직 돌아오지 않았고, 간이치는 때마침 미네의 사체가 나왔을 때 병원에서 달려왔다. 그는 삼 일 후에 퇴원할 예정으로 지금은 완전히 나아 일하는 데에 지장은 없었다. 그러나 너무나도 갑작스럽고 뜻밖의 중대한 일로 심란하여 병후의 몸으로 이를 대하려니 무척 고통스러웠다. 그럼에도 불구하고 그는 사력을 다하여 모든 일을 처리하면서 오로지 다다미치의 귀경을 기다렸다.

　베개에서 머리조차도 못 들던 환자가 지금 이렇게 건강하게 일어설 수 있도록 항상 친히 와서 위로해주던 고집스럽고도 강인했던 다다미치. 허무하게 타다 만 그의 유골을 대면하고도 애도의 말조차 나오지 않는 것이 이 갑작스런 재앙에 대한 간이치의 진심이라면 진심이었다. 사람은 모두 죽는 존재임은 누구나 알고 있다. 그렇지만 그 항상 보는 사람의 죽음은 생각하지 못한다. 간이치는 지난 오 년을 함께 지낸 가족을 단 한 사람도 남기지 않고 집과 곳간 모두가 다 타버려 하룻밤사이에 덧없이 끝나버린 일을 마주하게 되니 그 품속에 있던 것들이 이유 없이 소실된 것 같아 믿기 어려웠다. 또한 내 신세 역시 오늘밤 어찌 될지조차 헤아릴 수 없는 인생무상의 슬픔이 자꾸 마음속으로 스며들었다.

　살 집이 흔적도 없이 소실된 것조차 못다 이룬 꿈같은데 하물며 의지했던 주인 부부를 잃었음에야. 그들의 목소리와 환영은 사라지지 않아 정말로 이승과 저승의 경계를 분간할 수 없었다. 게다가 무미건조한 병원생활에 오래 시달려 절실히도 이 집을 그리워했는데. 추모의 정은 극도에 이르러 미혹에 집착하고 추궁하면 얻는 바가 있을까 싶어 간이치는 밤늦게 이치가야(市ヶ谷) 피난소를 나와 지팡이에 의지하여 그리 멀지 않은 불탄 자리를 문상하였다.

　연일 바람이 일고 춥더니 오늘밤엔 마침내 누그러져 희미한 달빛도 따뜻하고 흐리지 않은 안개 낀 거리도 조용히 잠들었다. 매캐한 연기의 고약한 냄새는 사방에 가득 차있고 마구 짓밟혀 엉망이 된 길은 물에 잠기고 재에 묻혔다. 타버린 말뚝과 기와 등이 비좁게 겹겹이 쌓인 빈터는 발화지여서 널판장도 두르지 않았다. 그렇지 않아도 구별 없이 불타 버린 들판의 낭자(狼藉)함으로 와니부치 집은 그 형태를 완전히 잃었다. 검게 그을리고 깎여 짧은 줄기만 남은 가로수 옆에 두두룩하게 흙무더기가 높게 쌓인 곳이 토광 흔적이라고 밟아 가니 다 탄 재의 열기는 아직도 식지 않아 어렴풋이 얼굴을 때린다. 간이치는 지팡이를 짚고 창연히 멈춰 서 있었다. 그가 서 있는 두세 걸음 앞은 다다유키 유골을 꺼낸 곳이다. 원망하듯 보이는 죽은 얼굴의 달빛은 몸의 파편이 버려진 듯이 붉게 깔린 만지(滿地)의 기와를 비추었다. 사방이 비어있는 적막함에 눈에 들어오는 일체의 사물은 모두 엎드리고 검게 켜진 인영(人影)을 그는 스스로 매우 끔찍하게 여겨 회상하게 되었다.

꼼짝 않고 서 있는 간이치 마음에는 지난날의 집이 선명히 비추었다. 붉게 빛나는 미네 얼굴도 거북스런 입모양의 주인 얼굴도 눈에 떠오르며 생생히 마주하는 기분이 들어 한동안 그 갈림길에서 넋을 잃었다. 이윽고 조용히 올려다보고 다시 숙이고, 또 조용히 한 걸음 가고 한 걸음 되돌리면서 더욱더 생각에 잠기어 이따금 눈물도 닦았다. 그는 사뭇 인생의 처량함을 느끼지 않을 수 없었다. 적어도 가까이 지낸 이의 절반이 중도에서 떠나 등지지 않은 자가 없었다. 보아라, 혹은 그가 버려진 한을 남기고 혹은 빼앗긴 슬픔을 당하고, 이전의 한도 사라지지 않았는데 또 새로운 슬픔을 더하는구나. 버린 자는 떠나고 버리지 않은 자는 죽고, 슬픔에 잠겨 나 홀로 남았구나. 살아서 기뻐해야 하는가, 죽어서 애통해야 하는가. 남은 자는 적우(積憂) 속에 살고 죽은 자는 비명(非命) 속에 쓰러졌구나. 대체 이 삶과 죽음은 어느 것을 불쌍히 여기고 어느 것을 슬퍼해야 하는가.

내 번민의 삶은 그들의 참담한 죽음과 서로 다를 바가 없으니 단지 떠나고 남는다는 것이 다를 뿐. 그들의 죽음으로 조금이라도 내 삶의 고통이 위로가 되겠는가. 내가 살아 비로소 그들의 참혹한 죽음에 충분한 애도가 되겠는가. 내 창자는 끊어지고 내 마음은 찢어졌다. 그들의 육신은 짓무르고 뼈는 부서졌다. 살아서 그렇게 고통스런 내 몸조차 과연 넋도 사라질 만큼 너무나 놀랄 만한 그들의 처참한 죽음이다. 재물과 집을 잃고 게다가 목숨을 잃는 평범한 끝을 얻지 못한, 극악 중죄자라 해도 일찍이 이와 같은 잔혹한 형벌의 치욕을 받지는 않았다. 개처럼 하찮은 짐승도 전생의 업으로 이승에서 이런 치욕을 당하지는 않을진데 천리(天理)인지 운명인지 아니면 응보(應報)인지. 그러나 우리 다다유키만이 홀로 세상에 선(善)을 행하지 않았다고 하지 말라. 인정(人情)은 어둠속에서 칼을 휘두르고 인생행로 도처에 함정을 만들어 음으로 양으로 악행을 저지르고 나쁜 짓을 하지 않는 이는 없다. 만약 우리 다다유키가 행한 바로서 비난받아야 한다면 누군들 비난받지 않겠는가. 게다가 이보다 더한 행동을 하고서도 하늘도 미워하지 않고 목숨도 가볍게 여기지 않고 응보까지도 피한 이를 보지 않았는가. 그들의 참사를 모욕하지 말라. 그저 기화(奇禍)를 피하지 못했을 뿐이다.

이렇게 생각하는 간이치는 생전에 정이 깊었던 부부의 죽음을 한탄하고 이 영원한 이별을 마음 달랠 길도 없이 슬퍼하고 애석해하였다. 하지만 언제까지나 여기에 있을 수 없어 주인 유골과 부인 사체가 놓여 있던 부근에 배례(拜禮)하고 마음 쓸쓸히 떠나려 하였다. 그런데 이상하게 갑자기 그의 가슴 속이 흐트러지고 마음이 어지러워지면서 애도하는 사람 하나 없이 깊숙한 저 세상 황천길에 버려진 부부를 슬퍼하였다. '아아 잠시 더 머무르지 않겠는가?' 하며 부부가 너무나도 간절히 매달려 청한다 생각하니 갈 수도 없어 다시 되돌아와 쌓인 흙더미에서 쉬었다.

사실 그도 집안에서 혹은 유해 앞에서 한없이 어지러운 생각에 잠기기보다 여기 망자와 가까운 곳에서 유언 비슷한 어떤 소식이라도 얻을 수 있을까 싶었다. 그리하여 세운 지팡이에 무거운 머리를 지탱하고 저승으로 간 부부의 이런저런 일들을 눈 감고 생각하였다. 이윽고 그는 무언가 깨달은 듯 끊이지 않는 눈물이 볼을 따라 뚝뚝 흘러내렸다.

밤의 어둠속에서 차 소리가 울려 퍼졌다. 쏜살같이 달려온 차는 불탄 곳 가장자리에 멈추고 휙 하고 내린 이는 곧바로 와니부치 집터 앞으로 찾아가서 발걸음을 멈추었다.

탄 기와를 짓밟는 소리에 얼굴을 들은 간이치는 그 사람 그림자가 가까이 다가오자 누구인지 확인할 새도 없었다.

"하자마 씨입니까?"

"아, 다다미치 씨! 돌아오셨습니까?"

그 사람은 기다리고 기다렸던 다다미치였다. 간이치는 분주하게 맞이하였다. 마주 선 두 사람은 달빛에 서로 얼굴을 쳐다보았지만 모두 입을 다문 채 돌연 아무 말도 할 수 없었다.

"참으로 갑작스런 일이어서 뭐라 드릴 말씀이 없습니다."

"예. 제가 부재중이어서 유난히 폐를 끼쳤습니다."

"저는 일이 일어난 밤은 아직 병원에 있어서 이런 일이라고는 전혀 몰랐습니다. 새벽녘에서야 겨우 부랴부랴 달려온 상황입니다. 이제 와서 이런 말씀 드려봐야 푸념에 불과하겠습니다만, 제가 있었다면 설마 이렇게까지는 안됐을 것이라 생각되니 참으로 한탄스럽기 그지없습니다. 또 두 분께서도 그 정도 일로 당황하실 분들은 아니신데 너무 느닷없는 일이었는지 아니면 여기까지가 운명이셨는지 유감스런 일입니다."

다다미치는 감았던 눈을 천천히 나른한 듯이 뜨고서,

"모두 다 탔겠군요."

"단 하나, 금고만 무사하고 이외에는 모조리 타버렸습니다."

"금고가 남았습니까? 무엇이 들어있었습니까?"

"돈도 약간 있습니다만 주로 장부나 증서 종류가 대부분입니다."

"대금(貸金)에 관련한?"

"그렇습니다."

"아아, 그걸 태워버리고 싶었는데!"

그의 얼굴에는 분한 기색이 강하게 떠올랐다. 간이치는 그가 부친과 의견이 서로 맞지 않아 여러 해 전부터 별거한 내막을 소상히 알기에 오히려 기뻐하지 않고 이렇게 한탄하는 까닭을 알고 있다.

"집이 타도 토광이 무너져도 상관없습니다. 오히려 타버려야 하는 것들이니 그건 괜찮습니다. 부모님께서 돌아가셨는데도 이렇게 울며 슬퍼하는 사람은 당신과 나, 여기에 있는 우리 둘 뿐입니다. 세상에 누구 하나……분명 모두가 기뻐하리라 생각하면 그저 부모님을 잃은 일이 비참한 정도가 아닙니다."

그래도 막을 길 없이 흐르는 것은 은애(恩愛)의 눈물이다. 그를 꺼린 아버지와 그를 두려워한 어머니는 모두 그를 자식으로서 사랑함을 결코 잊지 않았다. 그를 꺼려하고 두려워한 사실 말고는 그 어떤 다른 자식보다도 더 많은 사랑을 받았다. 살아있어 다투기도 했던 아버지. 돌아가신 지금은 그 들을 수 없는 한(恨)보다 부모로서 섬기지 못한 불효의 한이 다다미치 마음을 괴롭혔다.

갑자기 뜨뜻미지근한 바람이 불어와 그 외투 소맷자락을 휘몰아쳤다. 이것은 바로 여기에서 돌아가신 어머니가 주신 옷임을 우연히 떠올리고 그 정도는 너무나 익숙해져 감사히 여기지도 않았구나. 세상에 헤아릴 수 없이 수많은 사람 중에 누가 이유도 없이 종이 한 장을 주겠는가. 나는 지금 초빙 받았던 측량지에서 돌아왔다. 이 학술과 이 지위를 주고 은혜라고 생색내지 않을 이가 누구겠는가. 밖에서 이를 구할 수 없고, 다시 한 번 더 얻을 수 없는 아버지와 어머니는 서로 손을 잡고 아득히 먼 저 세상 사람이 되었다.

활활 타오르는 맹렬한 불길 속에서 부모님은 고통으로 몸부림치며 얼마나 도움을 청했을까. 그들은 과연 누구를 불렀을까. 생각이 이에 이르자 다다미치의 애열(哀咽)은 혼신을 눈물의 화신으로 바꾸려

했다.

"세상 사람들이 기뻐할 테면 기뻐하라지요. 당신 한 사람의 마음
으로 부모님께서는 만족하실 겁니다. 이런 말씀을 드리면 정말로 실
례입니다만, 당신이 오늘날까지 부모님이 계셨다는 것은 제 처지에
서 보면 더없이 부러웠습니다. 이 세상에 부자(父子)의 정만큼 거짓 없
는 것은 결코 없습니다. 저는 열다섯 되는 해에 고아가 되었습니다만
그것은, 부모가 곁에 없으면 모두 업신여깁니다. 너무나 업신여기어
이것이 자포자기의 시작으로 결국 저도 이런 이유로 참된 사람이 되
는데 실패하고 말았습니다. 물론 제가 저지른 죄입니다만 애당초 부
모가 없던 것이 큰 불행이었습니다. 이런 박명(薄命)한 자도 이렇게 살
고 있습니다. 이는 이제 몇 살이 되었으니 부모와 떨어져도 괜찮다는
이치는 없지만 조금 위안삼아 그리 생각하셔야 합니다."

간이치가 다다미치에게 오늘 밤처럼 친히 이야기한 적은 없었다.
그가 말을 하지 않기보다는 다다미치가 그를 싫어하고 가까이 하지
않았다. 이유는 그야말로 아버지의 불선(不善)의 조수라고 애초부터
축생시하여 할 수만 있다면 때려죽이고 싶다는 마음까지도 늘 가지
고 있었다. 그런데 지금 그의 말 한마디 한마디에서 인간다운 울림을
듣고 매우 의아해하였다.

"그럼, 당신은 참사람이 되는데 실패했다는 거군요."

"그렇습니다."

"그러면 지금은 참사람이 아니라는 말씀이십니까?"

"물론입니다."

다다미치는 고개를 숙이고 말하지 않았다.

"아니, 당신 같은 분에게 이런 불평을 하여 죄송합니다. 자, 가실까요?"

그는 여전히 고개를 숙인 채 말없이 고개를 끄덕일 뿐이었다.

밤은 매우 깊어가고 그렇지 않아도 소리를 가로막은 적막함은 여기에 맑게 퍼졌다. 외곬으로 깊은 생각에 잠겨 괴로워하는 다다미치가 짓밟는 구두 아래서 맥없이 깨지는 기와소리가 날카롭게 울렸다. 황폐해진 땅과 모든 것이 부서진 폐허 속에 서있는 한 사람과 앉아있는 한 사람. 말없는 쓸쓸한 모습에 무심하게 달빛이 은은히 비추며 아련하게 슬픈 정경을 그려냈다.

그리하여 잠시 후, 다다미치는 갑작스럽게 말을 꺼냈다.

"당신, 참사람이 되지 않겠습니까?"

근심어린 그 목소리에 애정까지도 담겨진 듯 들렸다. 간이치는 대략 그의 뜻을 알아차렸다.

"예, 감사합니다."

"어떻습니까?"

"모처럼의 말씀이십니다만, 저는 부디 이대로 놔두십시오."

"그건 왜입니까?"

"이제 와서 참사람으로 돌아갈 필요도 없겠지요."

"글쎄 필요는 없을 겁니다. 저도 필요해서 당신에게 권하는 것은 아니니 다시 한 번 생각해보시고 답을 주세요."

"이거, 불쾌하셨다면 용서해 주십시오. 지금까지 다다미치 씨와는 차근차근 이야기를 나눈 적도 없어 저라는 사람이 어떤 인물인지 모르실 겁니다. 제 쪽에서는 당신에 관한 이야기를 늘 들어서 잘 알고 있습니다. 아주 청렴한 분으로 정신적으로 상처입지 않으신, 그런 분에게 우리 같은 사람들의 심사를 말씀드리기는 정말로 너무 부끄러운 일입니다. 그러므로 말하는 하나하나가 모두 비뚤어져서 바르고 올곧은 귀로는 들을 바가 못 됩니다. 그래서 청렴한 당신과 삐뚤어진 저와는 처음부터 대화가 잘 되지 않으니, 그러니 이야기를 하는 이상 부디 다 흘려 들으시기를 부탁합니다."

"아, 잘 알았습니다."

"참사람이 되지 않겠냐고 해주신 말씀이 저는 매우 기쁩니다. 이런 장사는 참사람이 할 일이 아니라는 걸 알면서도 이렇게 하고 있는 제 마음은 괴롭습니다. 그런 생각을 하면서 왜 하는가! 복잡한 사정이 있어 한마디로 말씀드리긴 어려우나 정신적으로 심하게 상처받은 반동(反動)이라고 우선 생각해 주십시오. 제가 술을 마실 수 있다면 홧술이라도 마셔 몸을 망가뜨리고 그것으로 끝냈을지도 모릅니다. 허나 술은 마시고 못하고 할복할 용기도 없고 결국 기개 없는 탓에 이런 놈이 돼버린 것이라 생각합니다."

간이치가 바르다고 말한 다다미치의 깨끗한 마음의 동정은 넌지시 비춘 그의 술회로 다소 동요되었다.

"이야기를 들어 보니 당신이 오늘날의 처지가 된 데는 어지간한 깊은 사정이 있나 본데 어떤 겁니까? 소상히 들려주시지 않겠습니까?"

"너무 어리석은 이야기로 도저히 들려드릴 만한 것이 못됩니다.

또 저 스스로도 이 일은 다른 사람에게는 말하지 않겠다고 굳게 결심해서 도저히 말씀드릴 수 없습니다. 즉 어떤 일에 관해서 어떤 사람에게 배반당했습니다."

"예, 그럼 이야기는 그것으로 그만합시다. 그래서 당신도 그런 가업은 참사람이 할 일이 아니라고 충분히 아신다는 거군요. 하지만 아버지는 결코 부끄럽게 여길만한 일은 아니라고 끝까지 고집을 부리셨습니다. 정말로 한심스런 일이라 생각하여 한 때는 차라리 아버지 앞에서 죽음으로써 마지막 의견을 전할 수밖에 없다고 결심한 적도 있었습니다. 아버지는 끝까지 듣지 않으셨고 저도 끝까지 포기할 수 없는 정신, 어떻게 해서라도 꼭 마음을 돌리려고 각오했던 차에 이번 재난으로 아버지를 잃었습니다. 한스럽게도 마음을 고치지 않고 돌아가셨으니 이것이 일생의 유감입니다. 일시에 부모님과 헤어지고 임종도 보지 못하고 그 임종이라 함은 가엾기 그지없어 뭐라 말할 수도 없는……무릇 자식으로서 이보다 더한 슬픔이 있을까, 제 심정을 헤아려주십시오. 그와 관련하여 회개 없이 돌아가시게 했으니 더욱더 한탄스러워 빨리 회개하셨더라면 이 재난은 틀림없이 피할 수 있는, 아니 저는 그렇게 믿습니다. 그러나 지난 일은 이제 와서 어쩔 수 없으니 아버지 대신에 당신이 꼭 회개해주었으면 합니다. 지금 당신이 개심(改心)해 주시면 저는 아버지가 개심한 것이라 여기고 그것으로 만족할 겁니다. 그러면 반드시 아버지 죄도 없어지고 제 염원도 이루어지는 겁니다. 당신도 바른 길을 가면 마음이 편안하고 즐겁게 세상을 지낼 수 있습니다.

역시 이야기로는 이런 가업에 몸을 던진 까닭도 어쩔 수 없는 사정 때문인 것 같습니다만 아버지에의 추선(追善), 또 길거리를 방황하는 그 유족을 구한다 생각하고 고리대금은 그만두십시오. 아버지에 관한 재산은 모두 당신에게 양도하겠으니 그것을 자본으로 무엇인가 사람을 이롭게 할 만한 장사를 해주신다면 이보다 더한 기쁨은 없겠습니다. 아버지는 당신을 매우 사랑하셨습니다. 당신도 아버지를 사랑해 주시겠지요. 사랑하신다면 아버지를 대신하여 잘못을 회개해주십시오."

듣고 있는 간이치는 이슬 맺힌 새벽 풀잎처럼 머리를 떨구고 올려보지 않았다. 이야기가 끝나도 여전히 고개를 들지 않았다. 어떠냐고 물어도 고개를 들지 않았다.

갑자기 섬광이 불탄 자리를 가로지르는 길 부근을 비추고 이를 수상쩍게 본 순사의 등불은 이쪽을 향해 가까워졌다. 두 사람은 똑같이 그 쪽을 돌아다보고 기다리는 것도 아니면서 꼼짝도 하지 않자 순사는 그들 앞에 이르러 램프 빛으로 그들을 또렷하게 비추었다. 순사는 얼마나 놀랐는지. 간이치도 다다미치도 모두 참혹하게 창백한 얼굴로 눈물을 흘리고 있었다. 게다가 여기는 사람이 울만한 곳이던가. 때는 바야흐로 오전 두 시 반.

옮긴이의 말

　번역의 정의를 굳이 논하지 않더라도 글에서 글로 옮겨지는 과정 속에서 지은이의 감정과 의도를, 아울러 원문의 감동을 짊어지고 독자에게 다가서기란 참으로 녹록치 않은 작업이다.

　더군다나 2020년을 맞이하는 이 시점에서 백여 년의 시간을 거슬러 오자키 고요의 『금색야차』와 마주하는 일은 과연 독자에게 어떠한 의미로 다가설 것인가. 그뿐만 아니라 "김중배의 다이몬드가 그리도 좋단 말이냐"라는 대사로도 익히 알려진 『장한몽』은 『금색야차』의 번안소설로서의 한계성을 지적받기도 하나 한국문학사에서 차지하는 비중 또한 부정하기 힘들다.

　이러한 사실은 역자에게 번안소설의 한계를 뛰어넘어 원작이 지니는 감정선과 의도를 어떻게 풀어낼 것인가 하는 의문을 끊임없이 던졌다. 어찌 할 것인가. 아니 무엇을 할 수 있겠는가. 이러한 의문은 점차 왜 하고자 하는가 하는 의문으로 바뀌면서 나쓰메 소세키의 『풀

베개』(夏目漱石『草枕』)의 한 구절이 떠올랐다.

山道を登りながら、かう考えた。　산길을 오르면서 이런 생각을 했다.

智に働けば角が立つ。　지성에 치우치면 모가 나고

情に棹させば流される。　감정에 노를 저으면 휩쓸리고

意地を通せば窮屈だ。　의지만 앞세우면 옹색해지고

兎角に人の世は住みにくい。　하여튼 세상사 살기 힘들구나.

(夏目漱石『草枕(풀베개)』)

　의지인지 고집인지 아니면 의욕인지. 하여튼 멈출 수 없는 역자의 욕심과 의욕의 경계 그 어디쯤에선가 시작된 이 작업은 『금색야차』 속으로 점점 이끌려가며 마침내 감긴 얼레가 서서히 풀리는 듯하였다.

　청일전쟁(1894)을 치르고 러일전쟁(1904)을 앞둔 일본의 질주하는 제국주의 그리고 자본주의의 급상승은 금전만능주의의 폐해를 초래하였다. 이는 곧 '돈이 권력'임을 깨닫고 고리전주로 재산을 늘리는 구로야나기(畔柳)와 그의 드러나지 않는 대자본의 힘으로 고리대금이라는 악업(惡業)을 가업(家業)으로 삼은 와니부치(鰐淵). 그리고 사랑하는 여인 미야(宮)를 돈에 빼앗긴 그 분한(憤恨)으로 참된 인간이기를 포기한 그의 대리인 간이치(貫一).

　이들을 통해서 돈과 남녀의 사랑이 화두로 던져진 당대의 사회분위기를 읽을 수 있었다. 고리대금으로 팍팍한 서민의 삶은 더욱더 고달프고 더 나아가 한 인간을 파멸시키기까지 하는 극악무도한 고리대금업자에 대한 증오와 경멸. 또한 사랑하는 이의 배신뿐만 아니라 우정과 은혜, 원한과 복수에 이르는 모든 인간관계가 실은 모두 이(利)라는 한 글자로 생성되고 파괴되어 가는 과정은 마치 타임슬립을 연상케 한다.

지금 이 순간을 살아가는 우리 앞에 만약 미야가 있다면, 또 간이치가 있다면. 우리는 과연 돈이 아닌 사랑을, 실리가 아닌 보은(報恩)의 의리를 지켜야 한다고 그들에게 말할 수 있을까. 거대한 자본주의의 힘과 돈을 쫓고 실리를 따지는 우리의 삶은 언제나 정의롭고 정당한 명분을 지니는가. 작금의 세태는 마치도 백여 년의 세월을 훌쩍 뛰어넘어 금색야차라는 제목처럼 '돈만 있으면 두억시니도 부릴 수 있다'는 말을 떠올리게 한다.

그러나, 그래도, 무언가 지정의(知情意)를 지닌 인간으로서 물러서고 싶지 않은, 타협하고 싶지 않은 가치 하나쯤은 우리들 마음속에 남아있지 않겠는가. 다다미치(直道)가 아버지 다다유키(直行)와의 설전을 통하여 진심으로 호소하는 '아버지는 상관없다 하시는 그 세상도 역시 제가 살아가야 하는 세상입니다'라는 구절을 역자는 '우리 모두가 함께 살아가야 하는 세상'이라고 조용히 읊조려 보았다.

원작의 묘미를 최대한 살리고자 원문에 충실하며 자간(字間)과 행간(行間)에서 지은이의 감성과 의도를 민감하게 느끼고 그 맛을 살리려 하였으나 역자의 한계로 부족함이 있다면 그 질책을 달게 받고자 한다.

끝으로 이 역서가 세상에 나올 수 있도록 길을 내어주신 가천대학교와 한국인 독자에게 다가설 수 있도록 애써주신 도서출판 역락의 이대현 대표이사님께 깊은 감사를 드린다.

또한 번역을 총괄해주신 이태곤 편집이사님, 옮긴이보다도 더 살뜰하게 원고 구석구석을 살피고 다듬어 주신 문선희 편집장님,『금색야차』에 근사한 날개를 달아주신 최선주 과장님, 그 외에 일일이 성함을 열거하지 못하여 너무나도 송구한 역락출판사의 관계자분들께 진심으로 그리고 거듭 감사의 말씀을 드리는 바이다.

2019년 한 해의 끝자락에서

지은이

오자키 고요(尾崎紅葉, 1868~1903)

일본 메이지시대 소설가로 본명은 오자키도쿠타로(尾崎德太郎)이다. 1885년 야마다비묘(山田美妙), 이시바시시안(石橋思案) 등과 함께 겐유샤(硯友社)를 결성하여 잡지 〈가라쿠타 문고(我楽多文庫)〉를 발간했다. 『두 여승의 참회(二人比丘尼色懺悔)』(1889)로 문단에 등장하여 많은 작품을 발표하였고, 성격 묘사와 심리 묘사에 새로운 경지를 개척한 『다정다한(多情多恨)』(1896)을 발표했다. 이것이 그의 대표작이며, 일본 근대문학의 명작 중 하나이다. 그 후 1897년부터 일대의 역작 『금색야차(金色夜叉)』(1897)의 집필에 몰두하였으나 완성을 못 본 채 1903년 10월에 사망하였다.

저서:『두 여승의 참회(二人比丘尼色懺悔)』(1889)

『침향 목침(伽羅枕)』(1890)

『다정다한(多情多恨)』(1896)

『금색야차(金色夜叉)』(1897~1902)

『마음의 어둠(心の闇)』(1903)

옮긴이

박미숙

한국외국어대학교에서 문학박사 학위를 받았으며 현재 가천대학교 아시아문화연구소 책임연구원으로 있다. 주요 논저로는 「일본어 부사의 오용과 지도방안에 관한 연구」(2018), 『맛있는 일본어문법250』(공저) 등이 있다.

박진수

고려대학교 일어일문학과를 졸업하고 도쿄(東京) 대학에서 문학박사 학위를 받았으며 현재 가천대학교 동양어문학과 교수(아시아문화연구소 소장 겸)로 있다. 주요 저서로는 『소설의 텍스트와 시점』, 『근대 일본의 '조선 붐'』(공저) 등이 있다.

임만호

도쿄가쿠게이(東京学芸)대학 대학원을 졸업하고 다이토분카(大東文化)대학 대학원에서 일본문학 박사과정을 수료하였으며 현재 가천대학교 동양어문학과 교수로 있다. 역서로는 『아쿠타가와류노스케(芥川龍之介)전집』(공역)이 있다.